DER WEG ZURÜCK ZU MIR

DIE BRÜDER WILDER

BUCH EINS

CARRIE ANN RYAN

DER WEG ZURÜCK ZU MIR

EIN ROMAN AUS DER REIHE „DIE WILDER BRÜDER"

Von
Carrie Ann Ryan

EINE NACHT FÜR UNS

EINE NACHT FÜR UNS

Eli Wilder weiß nicht weiter. Aufgrund einer Tragödie, der Zeit und des Lebens im Allgemeinen verlassen er und seine fünf Brüder gleichzeitig das Militär.

Keiner von ihnen hat eine Ahnung, wie es mit ihnen weitergehen soll.

Eli hat einen Plan, wenn auch einen so weit hergeholten, dass ein Wunder nötig wäre, damit er Zustimmung fände.

Als er das Risiko eingeht, begegnet er der perfekten Frau. Einer, mit der er nicht gerechnet hatte.

Jetzt hat er eine Nacht Zeit. Er muss beweisen, dass er der richtige Mann für den Job ist. Und für sie.

KAPITEL 1

Eli

Zu Hause ist es doch am schönsten. Und es gibt kein besseres Gefühl, als nach einem langen Tag dort die Stiefel auszuziehen. Nach einer langen Woche. Verdammt, nach zwanzig langen Jahren.

Ich war noch nicht einmal vierzig Jahre alt und schon im Ruhestand. Oder zumindest so im Ruhestand, wie man es nach zwanzig Jahren beim Militär sein kann. Ich hatte mein ganzes Leben und meine gesamte Karriere einem einzigen Ziel gewidmet, und jetzt war ich raus. Es gab kein Zurück. Ich würde nie wieder für das Militär arbeiten, weder als Zivilist noch in einer GS-Position. Ich war einfach ich … in diesem Haus, das ich gemietet hatte, weil ich mir nicht sicher war, wo ich leben wollte. Aber vorerst war es mein Zuhause.

Meine Stiefel standen abgewetzt und abgetragen im

Schrank und würden höchstwahrscheinlich bald im Müll landen.

Doch ich trug meine neuen Stiefel, die ich gerade einlief, damit sie sich meinen Füßen anpassten. Außerdem hatte ich ein Dach über dem Kopf und das Haus war ziemlich schön. Also war das hier wohl mein Zuhause.

Ich kniff mir in die Nasenwurzel und atmete aus. Offenbar brauchte ich mehr Kaffee, wenn ich schon Redewendungen auseinanderpflückte und meine eigene Poesie hinzufügte.

„Warum hast du uns eigentlich herbestellt, wenn du die ganze Zeit nur vor dich hin brummst?", fragte Evan von der Küchentür aus. Ich drehte mich um und sah meinen Bruder dort stehen. Seine Haltung war steif, und um seine Augen herum waren leichte Schmerzfältchen erkennbar. Er gewöhnte sich noch an die neue Prothese, aber mithilfe von Therapie und einer ganzen Armee von Ärzten konnte Evan immerhin wieder aus eigener Kraft mit finsterer Miene in meiner Küche stehen. Wobei die finstere Miene schon immer da gewesen war, auch schon vor dem Sprengstoffanschlag.

„Kommst du jetzt rein zu uns? Es gibt Grillfleisch."

„Von Harmon's?", fragte ich, und mein Magen knurrte.

„Natürlich von Harmon's", rief Everett aus dem Wohnzimmer, und ich schnaubte, bevor ich mir das Sixpack Bier schnappte, das ich für diesen Anlass bereitgestellt hatte.

Ich folgte Evan ins Wohnzimmer, wo es sich Everett, Elijah, East und Elliot bereits bequem gemacht hatten. Wir hätten im Esszimmer sitzen können, aber ich hatte keinen Tisch, der groß genug für uns alle war. Also verteilten wir uns auf meinem abgewetzten Sofa und den gebrauchten Sesseln. Ich hatte mein ganzes Erwachsenenleben nie wirklich eigene Möbel gehabt. Ich war von Ort zu Ort gezogen, angefangen in der Kaserne. Dann hatte ich gemietete Möbel vom Militär, weil ich entweder im Ausland oder auf der Basis stationiert war. Als ich von der Basis wegzog, hatte ich das meiste Geld gespart und mich nicht um eine teure Einrichtung gekümmert. Jetzt hatte ich Möbel aus Secondhandläden und von Flohmärkten. Die meisten Männer in meinem Alter und mit meinem Rang besaßen Haushaltsgegenstände, die nicht nach Junggesellenbude aussahen. Aber sie waren alle verheiratet und hatten Familien. Ich war vor meiner eigenen geflohen.

„Was ist das bitte für ein Sofa?", fragte Elijah, der kerzengerade auf der Kante saß. „Wir sind erwachsen. Solltest du nicht etwas haben, das nicht so braun und unförmig ist, dass man darin versinkt?"

Evan grunzte, als er sich in den Sessel setzte und sein Bein gerade vor sich ausstreckte. „Dieser Sessel ist nicht so schlecht, aber auch nicht wirklich gut."

Ich zeigte beiden den Mittelfinger, während ich jedem ein Bier reichte und mich auf den Boden setzte. Zwar war ich der Älteste hier, aber meine Brüder hatten sich bereits die Sessel geschnappt, sodass mir nur dieser Platz blieb. „Ehrlich gesagt dachte ich gerade, dass ich neue Sachen brauche, aber zuerst brauche ich ein eigenes Haus. Nicht zur Miete, sondern etwas Eigenes."

„Der Markt ist gerade gut", warf Elliot ein, ohne von seinem Handy aufzusehen. Er wippte schnell mit dem Fuß, während er sprach, und ich unterdrückte ein Schnauben.

„Ich weiß. Aber ich will kein Haus kaufen." Das war eine gute Überleitung, also atmete ich tief durch. „Aber ich will kein Haus kaufen."

East riss die Augen auf. „Sondern?"

Ich sah meine fünf Brüder an, die auch meine besten Freunde waren. Mit unserer jüngsten Schwester Eliza waren wir zu siebt. Alle hatten Namen, die mit E begannen, und alle waren auf die gleiche Weise unterschiedlich. Irgendwie waren wir sechs Brüder alle zur Luftwaffe gegangen und hatten selten am selben Ort gelebt. Es war schon schwer genug, überhaupt eine passende Stelle im Militär zu finden, geschweige denn einen Ort in der Nähe eines Geschwisters. Das hatte einfach nicht geklappt. Ich war zwar mindestens einmal mit einem meiner Brüder gleichzeitig auf Tour gewesen, aber wir waren nie am selben Ort stationiert. Das war Absicht, seit den Zeiten, als ganze Geschwader und damit ganze Geschwistergruppen in Kriegen ausgelöscht wurden. Aber ich hatte trotzdem das Gefühl, dass es Jahre her war, seit ich wirklich Zeit mit meinen Brüdern verbracht hatte. Jetzt waren wir alle am selben Ort, *im Ruhestand.*

Evan wollte nicht hier sein, aber ich wusste, dass es nicht an der Familie lag. Nein, er hatte seine eigenen Gründe, warum er nicht nach San Antonio zurückziehen wollte. Wir hatten hier schon als Kinder gelebt, wir sieben, und als wir klein waren, hatten wir uns hier zu Hause gefühlt. Wir hätten in den Westen ziehen können, wo unsere Onkel auf dem Weingut lebten, aber das hatte sich nicht richtig angefühlt. Jetzt waren wir in Texas und versuchten, uns ein eigenes Zuhause aufzubauen.

San Antonio hatte genügend Stützpunkte, sodass sich viele Militärangehörige in dieser Gegend zur Ruhe setzten. Es war wunderschön, das Wetter war angenehm, wenn man die Hitze mochte, und man konnte das Hügelland, das Weinanbaugebiet, die Wüste, die Stadt und sogar den Strand in etwa fünf Stunden mit dem Auto erreichen. Es war eine schöne Gegend, und ich war froh, dass wir hier unsere Wurzeln schlugen.

Allerdings zog Eliza nicht mit uns um. Als die Jungs und

ich planten, wo wir unseren Ruhestand verbringen wollten, ging ich immer davon aus, dass sie mitkommen würde. Dann verlor sie ihren Mann bei einer Explosion einer improvisierten Sprengvorrichtung. Das war der Auslöser dafür, dass wir Wilders alle wegzogen.

Nach Evans Unfall und dem Unfall von Elizas Ehemann wollten wir nicht mehr zu Hause bleiben. Ich hatte meine zwanzig Dienstjahre absolviert, die anderen noch nicht, aber wir waren alle draußen. Eliza hatte jedoch irgendwie wieder die Liebe gefunden und lebte mit der Familie ihres Mannes in Fort Collins. Ich beneidete sie nicht darum und wusste, dass wir alle unsere kleine Schwester oft besuchen würden, aber es war trotzdem seltsam, dass sie nicht mehr bei uns sein würde.

So oder so, wir waren hier – die Wilder-Brüder. Evan war momentan ziemlich mürrisch und nicht gerade angenehm. Das hatte jedoch nichts mit seinen Schmerzen zu tun, sondern ausschließlich mit seiner Vergangenheit.

Everett gefiel es hier, zumindest soweit ich das beurteilen konnte. Er war der Ruhigste von uns allen, und manchmal fiel es mir schwer, nachzuvollziehen, was genau in seinem Kopf vorging.

Elijah fühlte sich überfordert und war wütend, aber er hatte immer ein Lächeln auf den Lippen. Er war auch der Einzige von uns, der tatsächlich gerne Anzüge trug. Vielleicht würde ihm mein Vorhaben also gefallen. Vielleicht aber auch nicht.

East wusste, was er wollte, auch wenn er es uns nie sagte. Er war mürrisch, ein wenig schroff, aber wenn man bedachte, was er früher gemacht hatte, passte das zu ihm. Doch ich wusste, dass er Wurzeln brauchte, dass er mit uns sesshaft werden musste, und deshalb waren wir hier. Um ihn zu schützen. Um uns alle zu schützen. Auch Elliot, unseren jüngsten Bruder. Er war ein paar Jahre älter als Eliza und früher ausgestiegen als wir anderen. Er hatte seine eigenen Gründe gehabt, und ich kannte sie alle. Von uns allen würde er wohl am ehesten mit meiner Idee etwas anfangen können. Zumindest hoffte ich das.

„Warum sind wir hier?", schnauzte Evan und seufzte dann.

Ich nahm an, ich könnte ihnen genauso gut erzählen, was ich vorhatte, auch wenn es ihnen verrückt vorkam. „Ich habe nicht vor, lange in diesem Haus zu wohnen. Es ist gemietet, und ich möchte etwas kaufen. Nur kein Haus."

„Das hast du schon gesagt, aber was meinst du damit?", fragte Everett und beugte sich über unser Essen.

„Ich möchte ein Stück Land kaufen."

Sie blinzelten mich an. Evan neigte den Kopf. „Willst du Rancher werden? Oder einfach nur Land mit vielen Eichen kaufen?"

Ich schnaubte und dachte an das Land um uns herum, das zum Verkauf stand. Der Markt war heiß und viele Leute, die hierherzogen, wollten es wegen der Privatsphäre, nicht unbedingt wegen seiner früheren Nutzung. „Auf dem Grundstück, das ich im Auge habe, gibt es ein paar Eichen, aber es ist keine Ranch. Und es ist so teuer, dass ich es mir nicht alleine leisten kann."

Alle sahen mich an, während Elijah sich nach vorne beugte. Sein normales Lächeln verschwand und er runzelte die Stirn. „Du meinst das Erbe? Von unseren Onkeln?"

Die Brüder unserer Mutter waren beide im letzten Jahr verstorben, und wir waren die einzigen Familienangehörigen, die sie hatten. Als sie starben, wurde ihr Weingut gemäß ihrem Testament verkauft, aber der Erlös daraus sowie alle anderen Vermögenswerte gingen an *uns*. Das bedeutete, dass wir ein ordentliches Vermögen erwarten konnten, mit dem keiner von uns gerechnet hatte. Also schmiedete ich meine eigenen Pläne. Ich konnte nur hoffen, dass die anderen damit einverstanden waren.

„Es gibt ein Grundstück, das ich kaufen möchte. Und ich möchte es zu einem Rückzugsort machen. Oder besser gesagt, ich möchte das Anwesen als Rückzugsort weiterführen und ihm unsere eigene Note geben."

„Wovon zum Teufel redest du?", knurrte Evan.

„Du willst also Geld ausgeben, das wir noch gar nicht haben? Ich weiß, das kam aus dem Nichts, aber was zum Teufel?", warf East ein.

Ich hob die Hand. „Wir alle brauchen etwas zu tun. Im Moment arbeiten wir in aussichtslosen Jobs, um Geld zu verdienen und unsere Rechnungen zu bezahlen. Keiner von uns hatte geplant, so früh auszusteigen." Ich sah meine Brüder an, die schluckten und nickten.

„Es ist schwer, eine neue Karriere zu finden, wenn man dachte, man hätte bereits eine", flüsterte Elijah. Er war Meteorologe bei der Luftwaffe gewesen, obwohl er nie einen Abschluss in Meteorologie gemacht hatte. Es war schwer, einen Job in seinem Ausbildungsbereich zu finden, da ihm der richtige Abschluss für einen Zivilberuf fehlte. Aber er war in mehr als nur diesem Bereich brillant, und ich hoffte, dass er das erkannte.

„Lasst mich ausreden", begann ich. „Ich möchte ein Retreat eröffnen. Ein Wilder Retreat. Ich habe bereits mit den Eigentümern des Grundstücks gesprochen, das ich im Auge habe, und man könnte eine Pension dort einrichten. Wir können Hochzeiten ausrichten, und es gehört sogar ein Weingut dazu. Die Eigentümer sind auch damit einverstanden, den Namen des Unternehmens zu ändern. Ich hätte es nicht getan, wenn er ihnen wichtig gewesen wäre. Wir können verdammten Wilder-Wein machen." Sie sahen mich alle an, als wäre ich verrückt, und vielleicht war ich das auch. Aber ich hatte Pläne. „Bevor ihr denkt, ich hätte den Verstand verloren: Ich habe mit Roy gesprochen.“

„Roy ... Moment mal, hat er nicht in der Nähe von Austin etwas Ähnliches eröffnet?“, fragte Everett mit gerunzelter Stirn.

„Ja, das hat er. Das hat mich auf die Idee gebracht. Wir alle brauchen eine Aufgabe, und wir leben schon so lange getrennt voneinander, dass es sich anfühlt, als wären wir nicht einmal mehr dieselben Brüder.“ Alle schwiegen, also fuhr ich fort. „Ich möchte, dass wir zusammenarbeiten und ein Unternehmen gründen.“

„The Wilder Retreat“, knurrte Evan. „Wie lautet unser Slogan? Loslassen und wild werden?“

Ich fuhr mir mit der Hand durch die Haare, wohl wissend, dass unser Abendessen kalt wurde, aber ich hatte das Thema falsch angesprochen. „Scheiße, ich weiß es nicht. Aber wir werden planen. Wir können das schaffen.“

Everett lehnte sich vor. „Wir sind Soldaten. Wir sind in Sprengstoff und Flugzeugen ausgebildet. Wir haben keine Ahnung von Weingütern oder verdammten Hochzeiten oder Weintouren.“

Sie sagten all die Dinge, die ich mir schon unzählige Male durch den Kopf gehen lassen hatte. Doch wir waren mehr als unsere Vergangenheit. Und ich musste verdammt noch mal hoffen, dass sie das auch begriffen hatten. „Ich weiß. Aber wir können lernen. Der Besitzer des Lokals, das ich im Auge habe, ist ein älterer Mann, der verkaufen will. Es gibt bereits Personal, das weiß, was es tut. Wir können uns einfügen und unseren Weg finden. Wir sind mehr als nur die Jobs, für die wir unser ganzes Leben lang ausgebildet wurden und die uns gegeben wurden. Wir können das schaffen. Und wir brauchen etwas Normalität.“

„Und das wäre normal?", fragte Elliot. Aber ich sah das Interesse in seinen Augen.

„Was sollen wir denn den Rest unseres Lebens machen? Einen Bürojob? Für jemand anderen arbeiten? Wir haben unser ganzes Leben lang für andere gearbeitet. Es wird Zeit, dass wir für uns selbst arbeiten. Es zu unserem Geschäft machen."

„Was würden wir tun?", fragte Evan leise.

„Wir würden das Geschäft aufteilen. Jeder von uns hätte seinen eigenen Bereich, sein eigenes Konzept. Wir waren alle schon einmal für die Organisation, Planung und Strategieentwicklung verantwortlich. So sah unser Job als Teenager aus, auch wenn das bei manchen ein paar Jahre her ist. Anstatt wie beim Militär zu arbeiten, würden wir diese Fähigkeiten für den Betrieb eines Gasthauses und eines Weinguts einsetzen."

„Ich mag Wein. Aber ich habe keine Ahnung, wie er hergestellt wird", flüsterte Evan.

Ich schüttelte den Kopf. „Von uns allen weißt du am meisten über Wein. Du hast als Teenager in den Sommerferien mit den Onkeln gearbeitet und sogar in den Ferien, wenn du sie besucht hast."

Evan runzelte die Stirn. „Ja, ich weiß einiges darüber, aber nicht genug, um einen neuen Wein herzustellen. Ich kenne nur die Trauben von dort, nicht diese hier."

„Wir sind in der Nähe von Fredericksburg. Dort werden großartige Weine hergestellt." Everett kniff die Augen zusammen. Er war brillant. Wenn er nicht zum Militär gegangen wäre, wäre er sicher Buchhalter oder CEO oder CFO geworden. Ich war mir sicher, dass er dafür sorgen würde, dass wir nicht bankrott gingen. Er wusste es nur noch nicht.

„Evan, sie haben einen Winzer. Er kümmert sich um die

Herstellung. Aber sie brauchen jemanden, der sie als Direktor unterstützt. Das hat Onkel Leo früher gemacht und du wurdest dafür ausgebildet, bevor du zum Militär gegangen bist." Evans Miene war weiterhin finster, wirkte aber nicht mehr so bedrohlich.

„Also, was? Jeder bekommt seine eigene Position und wir überlegen uns, wie wir zusammenarbeiten können?", fragte East mürrisch. „Ich bin handwerklich begabt. Ich kann Dinge bauen. Ich will nicht im Gastgewerbe arbeiten oder mit verdammten Trauben."

Ich nickte entschlossen. „Ich weiß, East. Und genau das könnte dein Bereich sein. Dinge gehen kaputt, und wir müssen bauen, reparieren, erweitern. Ich habe das alles aufgeschrieben und wollte es mit dir besprechen. Aber zuerst wollte ich wissen, ob es überhaupt realistisch ist. Außerdem hat Roy uns zu einer Hochzeit eingeladen."

„Wir sind keine verdammten Hochzeitsplaner", brummte Evan.

Ich hob meine Hand. „Deshalb würden wir dafür einen Hochzeitsplaner einstellen. Und ich denke, wir wissen alle, wer das übernehmen könnte. Wir könnten uns darum kümmern, den Leuten die Gegend zu zeigen. Wir könnten Touren für das Weingut oder sogar für die Innenstadt von San Antonio planen oder was auch immer die Leute brauchen, um sich zu entspannen. Wir haben unser ganzes Leben lang für die Regierung gearbeitet und unser Leben riskiert. Lasst uns das Leben ein wenig genießen. Genießen wir ein Zuhause, das wir selbst bauen können. Und nebenbei können wir anderen helfen, sich zu entspannen. Ich weiß, es ist verrückt, aber ich wollte nicht, dass wir zusammen in einer Bar arbeiten oder ein Unternehmen aufbauen. Dieses Geschäft existiert bereits und hat Potenzial. Wir können jemanden für Hochzeiten einstellen, aber den Rest schaffen wir selbst."

„Und Roy will, dass du ihn besuchst?", fragte Elijah. Mein Freund Roy war ein paar Jahre vor mir ausgestiegen und hatte diese Idee ins Rollen gebracht.

„Er hat ein sehr ähnliches Konzept, nur ein paar Stunden von uns entfernt. Ich möchte sehen, wie es funktioniert, und du solltest mitkommen."

„Also werden wir eine Hochzeit crashen?", fragte Everett.

„Nun, ich dachte, du und ich könnten das machen. Und zumindest ein paar Notizen machen. Alle anderen müssen arbeiten, und ich dachte mir, dass einige von euch vielleicht keine Lust auf eine Hochzeit haben."

Evan grunzte, und wir alle wussten, wen ich in diesem Moment meinte.

„Das ist verrückt", begann Elijah, hob aber die Hand, als ich ihn unterbrechen wollte. „Aber ich kann es mir vorstellen. Wir haben alle darüber gesprochen, auszusteigen und zusammenzuarbeiten. Wir sind nur viel früher ausgestiegen, als geplant."

Stille legte sich über uns, aber wir waren gut darin, nicht über die Gründe zu sprechen.

„Also fangen wir neu an, arbeiten für uns selbst und haben das Geld dafür?", fragte Everett. Er holte sein Handy heraus und begann, Zahlen zu berechnen.

„Ja, das haben wir. Hoffentlich. Ich schicke dir, was ich habe. Der Besitzer hat keine Kinder und möchte verkaufen. Er möchte auch, dass das bestehende Geschäft weiterläuft. Er ist einer von uns. Pensionierter Luftwaffenoffizier."

Evans Lippen zuckten. „Dann können wir uns wohl zumindest anhören, was er zu sagen hat."

Ich wusste, dass das Evan überzeugen würde. Wir

waren wie Brüder, auch wenn wir nicht blutsverwandt waren. Ich war mir nicht sicher, ob das funktionieren würde oder ob es nur eine Laune war.

Ich wollte, dass wir zusammen waren und auf ein gemeinsames Ziel hinarbeiteten. Und wenn das bedeutete, etwas völlig Verrücktes zu wagen, das alles riskieren könnte, dann würde ich es tun. Wir hatten unser Leben schon länger riskiert, als ich zugeben wollte. Warum sollten wir nicht auch etwas riskieren, um ein Zuhause zu finden?

Um sesshaft zu werden.

Falls Everett und ich bei unserem Besuch bei Roy merkten, dass dies nicht das war, was wir wollten, würden wir uns etwas anderes einfallen lassen. Die Idee war aus heiterem Himmel aufgetaucht und hatte mich einfach angesprochen.

Wahrscheinlich verlor ich langsam den verdammten Verstand, aber ich hatte nichts anderes.

Ich wollte, dass sich meine Brüder niederließen, und ich war der Älteste. Ich musste dafür sorgen, dass sie in Sicherheit waren und eine Zukunft hatten. Außer Eliza war keiner von uns verheiratet. Keiner von uns hatte eine Familie. Wir hatten so lange andere beschützt. Jetzt war es an der Zeit, an uns selbst zu denken.

Also würden wir das tun. Und ich würde dafür sorgen, dass sie einen Weg hatten, eine Zukunft.

Zunächst mussten wir jedoch zu einer Hochzeit.

KAPITEL 2

Alexis

Mein Job war es, zu planen. Und doch glaubte ich nicht, dass ich mich darauf vorbereiten konnte.

„Ich wollte einfach nur, dass die Sonne an meinem Hochzeitstag scheint. Und jetzt fühlt es sich an, als würde sie weinen." Die Braut lief mit Lockenwicklern im Haar und Tränen in den Augen vor mir auf und ab. Ich warf einen Blick hinter sie auf die strahlende Sonne und die einzelne weiße Wolke am Himmel. Diese Wolke brachte diese Frau offenbar aus der Fassung.

„Es wird alles gut. Das Wetter ist immer noch auf unserer Seite." Ich klopfte auf Holz, als ich das sagte, weil ich wusste, dass sie das von mir erwartete. Und ehrlich gesagt hätte ich es sowieso getan.

„Siehst du diese Wolke? Sie verspottet mich an diesem Tag. Sie verspottet alles, wofür ich stehe. Wie soll ich wissen, ob meine Liebe echt ist, wenn ich weiß, dass diese Wolke existiert? Ich sollte heiraten. Meine Seele mit der meines Partners vereinen und wissen, dass unser Für-immer nur ein Anfang war. Und jetzt ist es vorbei. Alles ist vorbei." Sie warf sich auf die Chaiselongue. Ihre Mutter warf mir einen finsteren Blick zu und tätschelte ihrer Tochter den Arm.

„Wir werden eine Lösung finden. Ich weiß, dass es schwer werden wird, aber mach dir keine Sorgen. Wir werden einen Weg finden."

Die Braut begann heftig zu schluchzen. „Heute sollte es um Liebe und Wohlstand gehen. Ich habe es gesehen."

Ich nickte, obwohl sie mich nicht sehen konnte, kniete mich neben sie und sprach mit meiner besten Hochzeits-planer-Stimme. „Natürlich geht es um Liebe und Wohl-stand. Du wirst heute Nachmittag die Liebe deines Lebens heiraten."

„Werde ich das? Oder wird diese Wolke mein Schicksal ruinieren? Denn mir wurde gesagt, dass heute der Tag ist, an dem wir heiraten sollten. Ich habe es in den Karten gese-hen, genauso wie meine Wahrsagerin. Verstehst du das nicht? Sie hat mir gesagt, dass heute der Tag sei."

Ich setzte mich auf meine Fersen, nickte weise und bemühte mich, nicht die Augen zu verdrehen. Ich war der Meinung, dass jeder an das glauben durfte, was er wollte, und dass die Welt, in der wir lebten, auf mehr als eine Weise funktionierte.

Und doch war mir das alles in diesem Moment etwas zu viel. Vor allem, weil alles von mir geplant worden war, und damit von der Hellseherin. Sie hatte dieses Datum gewählt, also hatte ich zugestimmt. Die Hellseherin hatte aus Teeblättern gelesen, wie die Farbgestaltung aussehen sollte, also hatte ich mich darauf eingelassen. Meine

Aufgabe war es, dafür zu sorgen, dass das Brautpaar glücklich war, aber in diesem Fall vor allem die Braut.

Der Bräutigam schien einfach nur glücklich zu sein, dass seine Braut nach Jahren des Werbens endlich Ja gesagt hatte. Und deshalb war ich hier. Um auf der Baylor Ranch and Brewery zu arbeiten und diese Hochzeit zu planen.

Ich liebte diesen Veranstaltungsort. Roy Baylor, der Eigentümer und Betreiber war ein wunderbarer Mann, ein wenig streng, aber er wusste, was er wollte. Und das bedeutete, dafür zu sorgen, dass die Braut glücklich war.

Selbst wenn eine einzige Wolke am Himmel offenbar ihren Tag zu ruinieren drohte.

„Okay, überlegen wir mal, was diese Wolke bedeuten könnte", begann ich, als meine Assistentin hereinkam und mit großen Augen die Szene vor sich betrachtete. Auf mein Winken hin verließ Emily den Raum wieder rückwärts, wobei sie versuchte, kein Geräusch zu machen.

Wenigstens durfte sie gehen. Vielleicht konnte sie sich um den Caterer kümmern und sicherstellen, dass alles andere für die Hochzeit bereit war, die in fünfundvierzig Minuten beginnen sollte.

Ich lächelte sanft und tat das, was ich am besten konnte: die Braut glücklich machen. „Diese einzelne Wolke könnte ein Hinweis auf den Weg sein, den du einst gegangen bist, deinen Weg als Frau. Aber sie zeigt dir auch, dass du bereit für die nächste Phase bist. Für den blauen Himmel, der deine Ehe sein wird." Emily zeigte mir ein Daumen hoch, als sie hinausging, und ich fand, dass ich mich in Bezug auf das Erfinden von Unsinn gerade ziemlich gut geschlagen hatte.

„Meinst du wirklich? Glaubst du, dass Reggie damit einverstanden sein wird? Dass er mich nicht wegen dieser Wolke und ihrer möglichen Bedeutung verlassen wird?"

Ich beugte mich zu Phoenix hinunter und hielt ihre Hand. „Du bist eine wunderschöne Braut. Exquisit. Du heiratest die Liebe deines Lebens. Ich kann es kaum erwarten, dich in diesem Kleid zu sehen und die Reaktion deines Zukünftigen zu beobachten, wenn er dich heute sieht."

Sie tippte sich an die Lippe, und ihr Schmollmund wurde langsam kleiner. „Das Kleid ist wirklich wunderschön."

„Und du siehst umwerfend darin aus. Er wird dich auf jeden Fall heiraten, nicht wegen der Zeichen, sondern weil er dich liebt. Und diese Wolke ist kein Schatten über deinem Tag. Es ist nur ein kurzer Moment, der die nächste Phase deines Lebens einläutet. Es ist Zeit für dich, deinen Reggie zu heiraten. Damit Reggie und Phoenix eine unvergleichliche Hochzeit feiern können."

Ich habe damals nicht gelogen. Die Hochzeit würde wirklich unvergleichlich werden.

„Glaubst du das wirklich?", fragte sie, während ihre Mutter ihr weiter die Tränen aus dem Gesicht wischte.

„Ja, das glaube ich. Jetzt lass uns deine Haare und dein Make-up fertig machen. Und dann ziehst du das Kleid an. Reggie wartet schon. So wie diese Wolke darauf gewartet hat, dass du sie siehst, damit sie verschwinden kann, und du dir sicher sein kannst, dass dein großer Tag perfekt werden wird."

Eine der Brautjungfern verdrehte die Augen, und ich warf ihr einen warnenden Blick zu. Sie grinste breit, und ich ignorierte sie und ging, um der Braut beim Fertigmachen zu helfen. Da ich wusste, dass sie bei den anderen Hochzeitsgästen in guten Händen war, widmete ich mich meinen anderen Aufgaben und konzentrierte mich auf den Caterer und alles andere, was noch anfiel.

Als der Trauzeuge vorbeiging, fiel mir auf, dass sein

Gesicht etwas zu sehr leuchtete. Ich reichte ihm ein Pfefferminzbonbon und eine Flasche Wasser vom Beistelltisch. „Iss das und trink das. Kein Vorglühen mehr vor der Trauung."

Er schenkte mir ein schiefes Lächeln. „Ja, ich weiß. Ich laufe gerade herum, um ein wenig auszunüchtern."

Das war zumindest gut zu hören. „Keine Sorge, wir werden dafür sorgen, dass diese Hochzeit fantastisch wird. Trink einfach etwas mehr."

„Alles klar, Chefin. Danke, Miss Alexis."

Ich winkte ab. „Dafür bin ich ja da."

Der Veranstaltungsort hatte einen eigenen Floristen und Caterer, sodass ich nicht auf meine Kontakte zurückgreifen musste, was angenehm war. Das war nicht bei allen Veranstaltungsorten der Fall und nicht alle verfügten über eigene Planungsbüros. Ich arbeitete gerne mit Veranstaltungsorten zusammen, die sich wie Resorts anfühlten. Dort gab es in der Regel keinen festen Hochzeitsplaner, sondern einen Veranstaltungsplaner, bei dem ich meinen Teil der Arbeit übernehmen konnte. Manchmal war es schwierig, diese beiden Bereiche zu verbinden, aber Jeff und ich arbeiteten gut zusammen. Im Moment betreute er eine andere Veranstaltung des Unternehmens, während ich mich um diese Hochzeit kümmerte. Nicht alle Gäste des Resorts gehörten zur Hochzeitsgesellschaft und es war Jeffs Aufgabe, dafür zu sorgen, dass sie beschäftigt waren und die Feier nicht störten. Mein Verantwortungsbereich umfasste ausschließlich die Zeremonie und den anschließenden Empfang. Ich überprüfte noch einmal die Torte und stellte sicher, dass alle an ihrem Platz waren.

„Alarmstufe blau, Alarmstufe blau", rief Emily in mein Headset. Ich unterdrückte ein Seufzen.

„Blau?", fragte ich und machte mich auf den Weg zu ihr.

„Es ist nicht ganz so dringend, aber es geht um die Farbe der Brautjungfernkleider", flüsterte Emily, als ich neben sie trat.

„Was ist damit?", fragte ich, aber dann brauchte ich keine Erklärung mehr.

Eine der Brautjungfern, Jasmine, wenn ich mich recht erinnerte, trug nicht das richtige Kleid. Nun ja, die Farbe stimmte, aber früher hatte es deutlich mehr Stoff gehabt als jetzt.

„Mist", murmelte ich. „Ich kümmere mich darum." Ich straffte die Schultern, lächelte und sah zu, wie Emily sich um einen anderen Punkt auf unserer Checkliste kümmerte. Ich sah Jasmine an, die mir mit zusammengekniffenen Augen eine Hand in die Hüfte stemmte und ihre Beine zur Schau stellte.

„Du kannst mir gar nichts vorschreiben", fuhr Jasmine mich an, was mir verriet, dass sie das absichtlich geplant hatte, um im Mittelpunkt zu stehen.

Na schön. Das war mein Spezialgebiet. Und ich würde die Sache regeln.

„Du siehst umwerfend aus, Jasmine. Allerdings ist das Kleid ein wenig anders als ursprünglich geplant, oder?"

„Oh, das war schon immer mein Plan. Phoenix hat schon immer etwas übertrieben. Weißt du? Das wird sie ein bisschen auf den Boden der Tatsachen zurückholen."

Ich lächelte mit zusammengebissenen Zähnen, während mein Blick kalt wurde. Jasmine musste es bemerkt haben, denn sie ließ die Hand sinken und hob trotzig das Kinn. „Heute geht es um Phoenix. Und um Reggie. Und um ihre Liebe zueinander. Du siehst zwar umwerfend aus, aber das ist nicht das Kleid, auf das wir uns geeinigt hatten."

„Es gibt keine Möglichkeit, da mehr Stoff dranzumachen. Ich habe es bereits ändern lassen."

Ich nickte knapp. „Oh, das weiß ich. Aber wo ein Wille ist, ist auch ein Weg."

Ich schaute zur Seite, als Emily herbeigelaufen kam, unsere Schneiderin direkt neben ihr. „Ich weiß genau, was zu tun ist."

„Wir haben nicht genug Zeit", schnauzte Jasmine.

„Arabella ist brillant. Wir werden uns die Zeit nehmen."

Arabella hob die Augenbrauen, als sie das Kleid betrachtete. „Gut, dass ich zusätzlichen Stoff mitgebracht habe. Man weiß ja nie, wann man einen ganzen Rock hinzufügen muss."

Jasmine blickte weiterhin trotzig drein. „Ihr werdet weder mich noch mein Kleid anfassen."

Ich hob eine Augenbraue. „Wenn du darauf bestehst, wirst du nicht bei der Hochzeit dabei sein."

„Das ist nicht dein Tag. Du kannst mir nicht vorschreiben, was ich zu tun habe." Ihre Unterlippe zitterte, und während ich mich fragte, was zwischen den beiden Frauen in der Vergangenheit vorgefallen sein könnte, das sie hierher geführt hatte, war es meine Aufgabe, dafür zu sorgen, dass die Braut glücklich war, ohne dass dabei jemand anderes zu Schaden kam. Dieses Gleichgewicht zu finden, war wie Stepptanz.

Zum Glück hatte ich Unterricht genommen.

„Nein, das ist Phoenix' Tag. Und eigentlich darf ich dir sehr wohl sagen, was du zu tun hast. Das ist nicht das Kleid, für das sich die anderen entschieden haben, deswegen musst du etwas tragen, mit dem Phoenix einverstanden ist. Ich werde dir nicht sagen, was im Allgemeinen oder im Leben angemessen ist, sondern nur, was die Braut will. Und heute geht es darum, was die Braut will."

„Sie wird sich sowieso gleich wieder scheiden lassen.

Sie und Reggie passen überhaupt nicht zusammen. Er mochte zuerst mich."

Darauf würde ich mich nicht einlassen. Ich hatte weder Energie noch Interesse. Stattdessen wandte ich mich der Schneiderin zu und schenkte ihr ein ehrliches Lächeln. „Danke, Arabella."

Arabella grinste. „Kein Problem. Ich kümmere mich darum."

„Du hörst mir gar nicht zu", schnauzte Jasmine. Ich neigte den Kopf und schenkte ihr ein Lächeln, wohl wissend, dass es meine Augen nicht erreichte.

„Heute geht es nicht um dich. Oder um mich. Heute geht es um die Braut und den Bräutigam. Das ist ihr großer Moment. Und ich werde nicht zulassen, dass du ihn ruinierst. Auch wenn du vielleicht anders darüber denkst. Wenn alles vorbei ist, kannst du mit Phoenix reden. Aber jetzt wirst du dein Kleid in Ordnung bringen lassen, den Gang entlanggehen und lächeln. Und du wirst die wunderschöne Frau sein, die ich kenne, innerlich und äußerlich." Das war vielleicht etwas übertrieben, aber da Jasmines Augen sich leicht erwärmten, musste ich hoffen, dass es funktionierte. „Du schaffst das, Jasmine. Du kannst der Welt zeigen, dass du mit allem klarkommst."

„Er war meiner", murmelte sie.

Einen Moment lang hatte ich Mitleid mit ihr, auch wenn ich in Sachen Liebe inzwischen etwas abgestumpft war. Das musste ich ja nicht laut sagen. „Aber jetzt gehört er ihr. Und du hast dich bereit erklärt, ihre Brautjungfer zu sein. Also sei eine gute Freundin. Zeig ihnen, dass du sie beide liebst."

„Na gut", schnauzte Jasmine und wandte sich um, um Arabella zu folgen.

„Das war eine Katastrophe", flüsterte Emily direkt neben mir, und ich nickte heftig.

„Wir behalten sie im Auge."

„Das mache ich. Du hast tausend andere Dinge zu tun."

Ich schüttelte den Kopf. „Wir machen das zusammen. Wir haben noch zwanzig Minuten, bis es losgeht. Zeit, unsere Checkliste noch einmal durchzugehen."

Wir nickten einander zu und machten uns an die Arbeit. Wir reparierten den Schuh der Trauzeugin und den Blumenkranz des Blumenmädchens. Da der Ringträger gerade seinen Finger in der Nase hatte, wusch ich ihm die Hände und übergab ihn einem der Trauzeugen, der mit Kindern umgehen konnte. Ich ging von Bank zu Bank und überprüfte die Blumenarrangements. Als der Pfarrer mir mit einem sanften Lächeln zunickte, wusste ich, dass wir es fast geschafft hatten.

Auf dem Weg zur Braut hielt Roy mich auf und grinste. „Gut gemacht, Alexis."

Ich lächelte den älteren Mann an und schüttelte den Kopf. „Noch nicht. Aber fast."

„Natürlich, man soll den Tag nicht vor dem Abend loben."

„Du klingst jeden Tag mehr wie ein Texaner." Ich zwinkerte ihm zu.

Er lachte rau. „Ich gebe mir Mühe. Wir sehen uns nach der Hochzeit. Reservier mir einen Tanz."

Ich verdrehte die Augen, denn ich wusste, dass Roy glücklich verheiratet war. Trotzdem tat er sein Bestes, um mich auf die Tanzfläche zu locken, weil ich offenbar ein Leben brauchte. Ich hatte ein Leben, vielen Dank auch. Es hatte nur nichts mit Hochzeiten zu tun. Abgesehen davon, dass sich mein ganzes Leben um Hochzeiten drehte. Nur nicht um meine eigene.

Als die Zeremonie begann, hatte ich das Gefühl, alle gleichzeitig im Blick zu haben. Ich kniff die Augen zusammen und musterte Jasmine, als sie in ihrem vollständigen Kleid den Gang entlangging. Arabella hatte ein wahres Wunder vollbracht. Magie war unbezahlbar. Jasmine sah selbst wie eine Prinzessin aus, aber das tat der Hochzeit keinen Abbruch. Als Phoenix unter dem blauen Himmel – ohne eine einzige Wolke – den Gang entlangschritt, lächelte ich und atmete erleichtert auf.

Der erste Teil war geschafft, nun begann der eigentliche Empfang. Damit ging es erst richtig los.

Mein Fotograf war bereit für die Fotos. Ich überließ Emily die Hälfte davon und stellte sicher, dass die übrigen Hochzeitsgäste beim Empfang gut versorgt waren. Es gab ein Buffet, sodass sich die Leute frei bewegen, plaudern und feiern konnten. Bald würde die Tanzfläche beben. Doch zuerst standen noch ein paar andere Punkte auf dem Programm, und ich war erschöpft. Vor großen Hochzeiten sollte ich vermutlich etwas mehr schlafen, aber ich hatte einfach zu viel zu tun.

Als Braut und Bräutigam ihren großen Auftritt hatten, lächelte ich, während Emily sich eine Träne aus dem Augenwinkel wischte.

„Sie sind einfach so schön."

„Das sind sie", stimmte ich zu. Ich glaubte auch nicht, dass ihre Ehe lange halten würde, aber vielleicht würden sie mich überraschen. Ich mochte es, wenn sie mich überraschten. Ich wollte, dass Liebe Bestand hatte, auch wenn das manchmal nicht der Fall war und es einem das Herz brach.

Emily stupste mich an, und ich sah sie an und schüttelte den Kopf. „Was? Stimmt etwas nicht?"

„Schau mal *da rüber*. Groß, dunkel und gut aussehend. Und so herrlich grimmig. Zum Anbeißen. Wer sind die?"

Ich lachte. Ich konnte nicht anders. Einer der Gäste warf mir einen Blick zu und lächelte, und ich unterdrückte ein Zusammenzucken. Meine Aufgabe war es, mich in die Szenerie einzufügen, nicht Lärm zu machen und zu lachen. Ich musste mich besser benehmen.

Ich blickte zu den beiden Männern mit dunklem Haar und blauen Augen hinüber und runzelte die Stirn. Ich kannte sie nicht und fragte mich, zu welcher Seite der Hochzeitsgesellschaft sie gehörten. In Gedanken ging ich meine Liste durch und nahm an, dass sie wohl zur Familie oder zu den Freunden des Bräutigams gehörten, da ich nicht alle Gäste vom Sehen kannte. Sie wirkten wie Brüder und ja, sie waren attraktiv, auch wenn ich nicht so hingerissen war wie Emily. Zumindest nicht ganz so.

„Im Ernst, wer sind sie? Und sind sie Single?"

„Das kannst du nach der Hochzeit herausfinden. Wir vermischen Vergnügen und Geschäft nicht. Das weißt du doch."

Emily legte die Hand auf ihr Herz, imitierte dessen Schlagen und klimperte mit den Wimpern. „Wünschst du dir das nicht auch?", schnurrte sie. Ich schüttelte den Kopf, bevor ich den Blick des etwas älteren Mannes traf. Seine blauen Augen wurden intensiver und verengten sich. Ein Schauer lief mir über den Rücken. Ich schluckte schwer, brach den Blickkontakt ab und sah wieder zu Emily.

„Nicht für uns. Das weißt du doch."

„Spielverderberin! Aber ich schätze, wir müssen zurück an die Arbeit."

Ich schluckte schwer und blickte noch einmal zu der Stelle, an der der Mann eben gestanden hatte, doch der Platz war leer. Mit einem Seufzen richtete ich mich auf. „Zeit zum Arbeiten. Darin sind wir gut."

Ich verdrängte die Gedanken an den Mann mit den blauen Augen. Heute Abend musste ich mich um weitaus wichtigere Dinge kümmern.

KAPITEL 3

Eli

„Warum habe ich gesagt, dass ich eine Krawatte tragen würde?", fragte Everett und zupfte an seinem Kragen.

Ich schnaubte und sah meinen jüngeren Bruder an. „Weil es eine Hochzeit ist. Das ist ein formeller Anlass. Außerdem hat Roy uns gesagt, dass wir eine Krawatte tragen *müssen*. Es ist nicht meine Schuld, dass du dir eine von Elijah ausgeliehen hast, anstatt dir selbst eine zu kaufen."

Everett seufzte und rückte erneut seinen Kragen zurecht. „Ich weiß, dass ich mir einen passenden Anzug kaufen muss, wenn wir das hier wirklich durchziehen. Es ist auch nicht meine Schuld, dass ich in meiner blauen Uniform so verdammt gut aussah, aber meine Schultern sind meinem alten Anzug entwachsen. Verdammt noch mal, ich werde Finanzvorstand, ich sollte auch so aussehen.“

Ich unterdrückte ein Grinsen, denn ich wusste, dass Everett vielleicht ein wenig über den Plan murrte, aber ich wusste auch, dass er dabei war. Von all meinen Brüdern war er am meisten davon begeistert. So war Everett. Manchmal still, aber entschlossen.

„Du bist also dabei? CFO und so weiter? Du hast den Hintergrund und den Abschluss dafür.“

Everett sah mich mit einer hochgezogenen Augenbraue an. „Natürlich bin ich dabei. Ich war schon dabei, als du es zum ersten Mal erwähnt hast, auch wenn es verrückt klingt.“

Ich unterdrückte ein Lachen, da ich nicht zu viel Aufmerksamkeit auf uns lenken wollte. „Dann wäre ich wohl der CEO. Obwohl ich mir nicht vorstellen möchte, der Chef zu sein.“

Everett schüttelte den Kopf. „Du warst schon immer unser Chef. Du bist der große Bruder. Die Einzige, die du nicht herumkommandieren kannst, ist Eliza, aber andererseits lässt sich unsere kleine Schwester von keinem von uns herumkommandieren.“

Meine Lippen zuckten, und ich nahm einen Schluck von dem Champagner, den der Kellner gebracht hatte. Ich war kein großer Champagner-Fan, aber er schmeckte gut, und ich hatte das Gefühl, dass ich den flüssigen Mut brauchte, um hier zu sein. Es war seltsam, eine Hochzeit gewissermaßen zu crashen, obwohl Roy gesagt hatte, wir dürften zum Zuschauen kommen. Wir würden nichts essen und keine Aufmerksamkeit auf uns ziehen, aber es war gut zu sehen, was Roy und sein Team taten. Irgendwo war eine Hochzeitsplanerin, die Roy engagiert hatte. Er dachte sogar nach, jemanden fest für diese Position anzustellen.

Wenn die Wilders sich auf diesen verrückten Plan einließen, würden wir Roys Anweisungen genauestens befolgen.

„Ich weiß nicht, wie ich das auffassen soll. Bin ich herrisch?"

Everett grinste. „Ja. Du bist unglaublich herrisch. Das ist deine Art. Aber andererseits warst du auch der einzige Offizier unter uns."

Ich zuckte mit den Schultern. „Ich hatte Glück und bekam direkt nach der Highschool ein Stipendium und eine Stelle, und alles hat sich für mich gefügt. Außerdem war ich länger dabei als ihr."

„Und jetzt sind wir alle draußen, ein Haufen arbeitsloser Unteroffiziere."

„Reichen dir die lokalen Buchhaltungsjobs in den Lagerhäusern nicht?", neckte ich ihn.

„Ich hoffe, dass das klappt, denn ich hätte lieber dich als Chef als jemand anderen. Du nervst mich zwar manchmal, aber du bist mein Bruder. Ich habe dir die Stirn abgewischt, nachdem du dich übergeben musstest, weil du zu viel getrunken hattest. Ich finde, das verbindet."

Ich konnte mir ein Schnauben nicht verkneifen. „Das hast du für East gemacht. Er ist dein Zwilling. Nicht für mich. Dafür bin ich ein bisschen zu alt."

Zwischen den Zwillingen und mir lagen sieben Jahre Altersunterschied, zwischen Elliott, Eliza und mir sogar noch mehr. Wir waren sieben Geschwister, und ehrlich gesagt war der Altersunterschied zwischen uns beträchtlich. Ich wusste nicht, wie unsere Eltern das geschafft hatten, und hatte vor ihrem Tod nie die Gelegenheit gehabt, sie danach zu fragen. „Glaubst du, wir schaffen das?", fragte ich nach einem Moment und betrachtete die Gruppe vor uns.

„Eine Hochzeit planen? Nein. Alles andere? Ja, ich glaube, das schaffen wir."

Ich sah ihn mit großen Augen an. „Einfach so?"

„Nicht einfach so. Du hattest Notizbücher und Ordner darüber, was alles dazugehört. Und wir gehen zu diesem Workshop über Gasthäuser und Selbstständigkeit."

„Zu dem, bei dem Roy verspricht, dass es kein Time-share-Betrug ist." Wir lachten beide, bevor ich fortfuhr. „Wir werden es lernen, und wir haben das Geld dafür. Ich meine, wir könnten das Geld auch für andere Dinge ausgeben, aber das hier ist eine Investition in unsere Zukunft, kein neues Auto oder ein neues Haus."

Everetts Lippen zuckten. „Wenn man bedenkt, dass die meisten von uns auf dem Grundstück wohnen werden, wenn alles gut läuft, *ist* es doch ein neues Haus. Und wir haben anständige Autos. Außerdem bleibt nach dem Kauf hoffentlich genug übrig für ein oder zwei neue Trucks. Die werden wir für Transporte brauchen."

„Und weil wir in Texas leben und uns anpassen müssen", fügte ich lachend hinzu.

„Und du weißt, dass Evan auf dem Weingut aufblühen wird."

Ich schluckte schwer bei Everetts Worten. „Das wird er. Wenn er sich darauf einlässt."

„Das ist ein großes *Wenn*. Aber er hat am längsten mit den Onkeln zusammengearbeitet. Er ist der Hauptgrund, warum wir diese Chance überhaupt bekommen haben. Wir dürfen es ihn nur nicht wissen lassen."

Ein Lächeln umspielte meine Lippen. „Du hast recht. Wir könnten es irgendwie schaffen, aber er ist das Bindeglied. Jeder von uns hat eine Aufgabe. Und wir alle haben ein Ziel. Wir arbeiten zusammen. Wir würden uns nicht mehr trennen, nicht mehr so viel Zeit getrennt voneinander verbringen wie in den letzten zwanzig Jahren. Verdammt, ich bin ausgezogen, um meine eigene Zukunft zu verfolgen, als ihr noch kleine Kinder wart."

„Ich war kein kleines Kind mehr. Eliza schon, aber ich nicht."

Meine Lippen zuckten. „Na gut, du warst mitten in der Pubertät."

Everett seufzte und schaute über seine Schulter. „Bitte sag es laut genug, damit es die Leute auf der anderen Seite des Ballsaals hören können."

Ich schaute mich in dem riesigen Raum mit den hohen Decken und den funkelnden Lichtern um. „Unser Ballsaal wird nicht so aussehen."

„Stimmt, aber unserer wird in einem renovierten Bauernhaus im europäischen Stil sein. Das Gebäude ist in gutem Zustand. Es ist wie eine verdammte Villa."

Ich schnaubte, als ich den Blick eines der Gäste bemerkte, der über unser Fluchen empört war. „Genau das war das Ziel der ursprünglichen Bauherren. Ein Stück Europa hierherbringen. Es ist gewissermaßen eine Villa mitten in Südtexas."

„Nun, das hier ist eher ein Bauernhof der gehobenen Klasse."

Ich nickte. „Wir werden nicht miteinander konkurrieren, auch wenn wir nur ein paar Stunden voneinander entfernt sind."

„Das ist auch gut so, denn wir mögen Roy und brauchen seine Hilfe. Wir wollen ihn nicht verärgern."

„Warum wollt ihr mich nicht verärgern?", fragte Roy, der auf uns zukam. Er war ein großer Mann, der auch nach all den Jahren als Zivilist noch immer muskulös war und auf sich achtete. Sein Haar war an den Schläfen grau geworden, und sein Vollbart war inzwischen weiß und grau. Er sah gut aus und war seit Jahren mein Freund. Wir hatten zusammen gekämpft, waren Nachbarn und in unseren frühen Jahren sogar eine Zeit lang Mitbewohner gewesen. Er war ein paar Jahre älter als ich, also war er vor mir ausgestiegen, aber wir waren in Kontakt geblieben. Und hoffentlich würde er mir helfen können, herauszufinden, was zum Teufel ich mit dem Rest meines Lebens anfangen sollte.

„Wir haben gerade darüber nachgedacht, dir dein Geschäft streitig zu machen", sagte Everett mit einem Grinsen, und Roy warf den Kopf in den Nacken und lachte. Es war sein typisches lautes, herzhaftes Lachen, das alle um uns herum zum Lächeln brachte. Niemand warf ihm böse Blicke zu. Er war einfach der gute Kerl, mit dem sich alle gut verstanden.

Vielleicht war er deshalb so gut in dem, was er tat. Ich war nicht so einer. Was auch immer „so einer" bedeutete. Everett schon. Elijah auch. Und Elliot. East, Evan und ich gehörten eher zu den Arschlöchern in der Familie. Aber wenn die Hälfte von uns Arschlöcher und die andere Hälfte anständige Kerle waren, war das keine schlechte Bilanz.

„Ihr könnt es gern versuchen. Ich denke, mit dem Weingut auf eurer Seite und der Brauerei auf meiner passt das gut zusammen. Wir können diejenigen, die bei uns keinen Platz finden, zu euch schicken und umgekehrt. Zusammenarbeit statt Konkurrenz."

So wie Roy das sagte, klang es wie ein Beschluss. Und ehrlich gesagt stimmte ich ihm zu. „Klingt gut für mich. Und ich muss zugeben, es ist schön, in Fußstapfen treten zu können, selbst wenn wir versuchen, unsere eigenen Chefs zu sein."

„Ich hatte auch Fußstapfen. Der Mann, dem das hier vor mir gehörte, war ein pensionierter General."

„Im Ernst?", fragte ich.

„Zwei Sterne. Er wollte etwas anderes mit seinem Leben anfangen, und dieses Grundstück gehörte seiner Familie. Er hat es mir verkauft, und jetzt kauft ihr es auch von einem ehemaligen Militärangehörigen. Es bleibt alles in der Familie, auch wenn unsere Familie etwas kompliziert ist."

„Fang lieber nicht mit dieser komplizierten Familiensache an", fügte Everett mit einem Grinsen hinzu.

Roy lachte schallend, sodass sich ein paar Köpfe zu uns drehten. „Ihr seid Sieben und eure Namen beginnen alle mit demselben Buchstaben. Was zum Teufel hat sich eure Mutter dabei gedacht?"

Ich lächelte nur, da ich an solche Bemerkungen gewöhnt war. Es war noch schlimmer gewesen, als wir alle im aktiven Dienst waren und den Namen Wilder trugen. „Wir wurden meistens mit Nummern angesprochen. Ich war die Nummer eins."

„Ich erinnere mich nicht an meine Nummer. Ich glaube, Mom hat sie auch vergessen", bemerkte Everett mit einem Grinsen.

Roy beugte sich vor und lachte. „Nun, du bist ein Zwilling. Ich bin sicher, du und East habt oft getauscht, um eure Eltern zu ärgern."

„Ich kann das weder bestätigen noch dementieren."

Roy grinste nur. „Nun, du hast dich umgesehen. Ihr habt die Bücher gesehen und herausgefunden, was wir tun. Was wollt ihr?"

Everett sah mich an, und ich schluckte schwer und rollte meine Schultern nach hinten. „Wir wollen etwas, an dem wir gemeinsam arbeiten können. Wir würden das Grundstück, das wir uns angesehen haben, in Wilder Resorts umbenennen. Es muss ein wenig modernisiert werden, aber das können wir selbst machen. Vor allem innerhalb des Budgets. Wir sind bereits in Verhandlungen, und es gibt aktuell keinen anderen Interessenten, das ist also gut."

„Die Zeit ist noch auf eurer Seite", fügte Roy hinzu.

„Auf jeden Fall. Außerhalb des Hauptgebäudes gibt es zwanzig Hütten. Das Hauptgebäude ist eine Villa mit eigenem Atrium, Speisesaal, Frühstücksraum und allem Drum und Dran. Der Gasthofbetreiber kann dort wohnen. Und dann können wir einige der Hütten für die Familie reservieren, so wie sie es gemacht haben, damit wir auf dem Grundstück wohnen können und keine Miete oder Hypotheken für andere Unterkünfte zahlen müssen."

„Das leuchtet ein. Wir wohnen in einem Haus auf dem Grundstück. Wenn ihr in diesen Hütten wohnt, schmälert das dann euren Gewinn?"

Ich schüttelte den Kopf. „Nein, das haben die anderen Eigentümer vor uns mit ihren Teams auch so gemacht. Es ergibt Sinn. Und obwohl wir alle während unserer aktiven Dienstzeit eine Ausbildung für andere Bereiche absolviert haben, haben wir unsere Abschlüsse in Bereichen gemacht, von denen wir dachten, dass wir sie als Zivilisten ausüben würden, und nicht in Bereichen, in denen wir gedient haben. Oh, und wir könnten die Hütten übernehmen, die am meisten Arbeit brauchen, und sie selbst renovieren."

Everett schnaubte. „Danke, dass wir die Bruchbuden bekommen."

Ich hob eine Augenbraue. „Du hast unser Grundstück gesehen. Es ist alles andere als eine Bruchbude."

„Das stimmt", flüsterte Everett.

„Es gibt einen Pool, eine Sonnenterrasse mit unzähligen Fliesen, die laut der Tochter des Eigentümers perfekt für Fotos geeignet ist. Und auf der anderen Seite des Grundstücks befindet sich ein Weingut mit Waldwegen. Es gibt einen Verkostungsraum, Fasskeller und ein großes Gebäude für die gesamte Ausrüstung. Es ist wie ein eigenes Geschäft auf dem Grundstück."

Roy nickte, während wir alles noch einmal durchgingen. „Und es ist ein großes Grundstück, größer als meines. Andererseits braucht ihr mehr Land für die Reben. Es ist zwar keine riesige Rebfläche, aber eine respektable Größe für gute Weine in überschaubarer Produktion."

„Es ist verdammt viel, aber die Preise sind gerade gut, und ich denke, wir können das hinbekommen."

„Ich bin da, wenn ihr mich braucht. Es ist eine gute Gelegenheit. Natürlich ist es etwas völlig anderes als das, was ihr im Militär gemacht habt. Aber mal ehrlich: Die meisten von uns haben nach einem Eignungstest einfach ein Einsatzgebiet zugewiesen bekommen. Nicht, dass wir wussten, wofür wir wirklich geeignet sind. Und dann sind wir in diesen Bereich gegangen. Das könnt ihr hier genauso machen."

Ich nickte. „Können wir. Und verdammt, vielleicht ist das genau richtig. Etwas völlig anderes."

„Ihr steigt also ins Gastgewerbe ein. Glaubt ihr, ihr schafft das?"

Ich seufzte und sah meinen Bruder an. „Ich glaube, ich will es."

„Ich glaube nicht, ich weiß es." Everett grinste, streckte die Hand aus und drückte meine andere Schulter.

„Jetzt müssen wir nur noch die anderen überzeugen." Ich verzog das Gesicht, aber Everett wirkte unbeeindruckt.

„Das wird nicht nötig sein", sagte Everett mit einem entschlossenen Nicken. „Sie sind schon Feuer und Flamme. Zumindest soweit sie es mit ihren finsteren Mienen sein können."

„Ich liebe eure Familie wirklich", sagte Roy lachend.

„Und schaut mal – gleich beginnt der Strumpfbandwurf. Los, Jungs, mal sehen, wer von euch als Nächster heiratet."

Ich blinzelte und sah Roy an. „Ich dachte, wir sollten uns unauffällig im Hintergrund halten."

„Stimmt, aber es gibt hier weniger alleinstehende Männer als Frauen. Also stellt euch da drüben hin und füllt den Raum, damit nicht nur drei Kerle um ein Strumpfband kämpfen."

„Ist das nicht irgendwie archaisch?", fragte Everett, und ich schnaubte.

„Was er gesagt hat. Ich werde verdammt noch mal kein Strumpfband fangen."

„Geht schon. Stellt euch hin. Haltet die Hände unten. Steht einfach da und schaut nach vorne. Füllt den Platz."

„Ich verstehe dich nicht", murrte ich.

„Das musst du auch nicht. Du musst nur tun, was ich sage."

„Er hatte einen höheren Rang als du", grinste Everett, und ich zeigte ihm den Mittelfinger, bevor ich Roys strengen Blick bemerkte, den Kopf senkte und zu der Gruppe von etwa einem Dutzend Männern ging. Sie standen mit den Händen in den Taschen da und sahen aus, als wären sie lieber irgendwo anders.

„Die brauchten Männer dafür, von wegen", murrte ich, und Everett schnaubte.

„Sieh es positiv. Die Chancen stehen gut, dass wir es nicht fangen. Und das ist auch gut so. Wir haben schon genug um die Ohren, ohne auch noch zu heiraten."

„Meine Mutter hat mich gezwungen, mich hier hinzustellen, also werde ich mich hinter dir verstecken", sagte ein Mann Anfang zwanzig und grinste uns an. „Wenn das okay ist."

„Scheiße, nein, du versteckst dich nicht hinter mir. Ich will das verdammte Ding nicht", knurrte ich.

Everett grinste nur, dieser Arsch. „Keiner will es. Und trotzdem stehen wir hier, an einem Ort, an dem Liebe und ein glückliches Leben bis ans Ende der Tage das Einzige sind, was zählt."

Ich schüttelte den Kopf und stand mit den Händen in den Taschen da, während die Braut sich auf einen Stuhl setzte und alle zu jubeln begannen. Die Musik setzte ein, und der Bräutigam kniete sich hin, schob seine Hände unter das Kleid der Braut und zog langsam, ganz langsam das Strumpfband herunter.

„Also ich fühle mich wie bei einer Peepshow", murmelte Everett aus dem Mundwinkel, und ich stieß ihn mit dem Ellbogen an, damit er still war. Er stieß ein „Uff" aus, und als der Bräutigam aufstand und das Strumpfband über seinem Kopf schwang, unterdrückte ich ein Seufzen. Offenbar würden wir uns daran gewöhnen müssen. Ein Teil der Einnahmen des Anwesens bestand aus Veranstaltungen und Hochzeiten auf dem Gelände. Wenn ich das wirklich für den Rest meines Lebens machen wollte, musste ich wohl anfangen, so einen Kram zu genießen.

Alle begannen zu johlen und zu lachen, und ich sah auf, als das Strumpfband aus der Hand des Bräutigams geschleudert wurde und mir direkt gegen die Brust klatschte. Instinktiv griff ich danach, hielt es fest – und blinzelte.

„Scheiße", sagte Everett lachend, während alle jubelten.

„Besser du als ich", sagte der jüngere Mann, bevor er zu seiner Mutter eilte. Die Mutter des Jungen starrte mich an, und ich schaute auf das weiße Ding mit den Rüschen und schüttelte nur den Kopf.

„Na toll", murmelte ich.

„Oh, sieh dich nur an, du bist der Nächste, der heiratet. Ich bin so stolz", neckte mich Everett, während er sich eine falsche Träne aus dem Augenwinkel wischte.

Alle begannen, mir zu gratulieren, und ich bemerkte ein paar neugierige Blicke. Vermutlich fragten sie sich, wo zum Teufel ich hergekommen war. Ich sollte bei dieser Hochzeit eigentlich unauffällig bleiben, und stattdessen fing ich das verdammte Strumpfband.

Wir traten zur Seite, als die Braut mit dem Brautstrauß in der Hand zurückkam. „Okay, liebe Single-Frauen, mal sehen, wer einen Ring bekommt!"

Ich unterdrückte ein Stöhnen und sah zu, wie sich ein paar Dutzend Frauen aufstellten, bereit, um den Brautstrauß zu fangen.

Mein Blick fiel auf eine Frau, die etwas abseits stand. Sie hatte einen Ohrstöpsel im Ohr und schaute sich um. Das musste die Hochzeitsplanerin sein, die Frau, die ich zuvor gesehen hatte und bei deren Anblick es mir fast die Sprache verschlagen hatte.

„Du sabberst", flüsterte Everett.

„Sie ist heiß. Ich kann nichts dafür."

„Und sie ist nichts für dich. Weißt du noch? Wir haben gesagt, keine Verabredungen."

„Wann haben wir das gesagt?", fragte ich und schüttelte den Kopf.

„Du bist weg, einfach so, ein Blick, und du bist weg."

Ich antwortete nicht. Stattdessen sah ich zu, wie die Braut den Brautstrauß warf. Sie drehte sich dabei lachend – und vermutlich ein wenig angeheitert – zur Seite. Der Strauß flog über die Köpfe der Frauen hinweg und knallte der Hochzeitsplanerin direkt ins Gesicht. Mit großen Augen fing sie ihn auf und sah aus, als wollte sie im Boden versinken.

„Oh mein Gott!", schrie die Braut. „Die Teeblätter haben nicht gelogen! Ich wusste es! Wo ist unser Strumpfband-mann? Wir müssen den Tanz sehen!"

Ich begegnete dem Blick der Hochzeitsplanerin, sah dann auf das Strumpfband in meiner Hand und wieder zu ihr hoch.

„Na toll."

KAPITEL 4

Eli

Ich hätte nicht überrascht sein dürfen, als Roy mir seine Hand auf die Schulter legte und mich praktisch zu der Frau mit dem Blumenstrauß schob.

„Tanzen! Tanzen! Tanzen!"

Die Menge jubelte und feuerte uns an, und plötzlich stand ich vor der Hochzeitsplanerin. Ihr weicher blauer Anzug wirkte fast grau, und ich bemerkte, dass es eigentlich eine Art Kleid war. Sie sah majestätisch aus und gleichzeitig so, als wolle sie mit dem Hintergrund verschmelzen — etwas, das ich ebenfalls hätte tun sollen.

„Das wird nicht passieren!", murmelte sie leise, und meine Augen weiteten sich.

„Schön." Ich hatte das nicht laut sagen wollen, aber verdammt, ich war doch der Einzige, der nicht hier sein wollte. Nicht sie.

Sie errötete und sah zu mir auf. „Entschuldigung."

Die Braut trat vor, ihre Augen leuchteten und wirkten ein wenig manisch. „Tanzt! Komm schon, Alexis. Es ist meine Hochzeit. Und ich möchte, dass du tanzt, Süße."

Die Hochzeitsplanerin beugte sich vor, und ich versuchte, ihren intensiven Duft nicht einzuatmen. „Phoenix, ich muss beim nächsten Teil der Vorbereitungen helfen."

„Das kannst du machen, nachdem du getanzt hast." Die Braut lächelte mich mit strahlenden Zähnen und lebhaften Augen an. „Und hallo, Fremder. Ich weiß nicht, wer du bist, aber du gehörst wahrscheinlich zu meinem lieben Bräutigam. Allerdings wirst du gleich mit einer meiner besten Freundinnen tanzen. Das ist meine Hochzeitsplanerin. Hochzeitsplanerin, das ist der Fremde."

„Eli. Mein Name ist Eli."

Die Braut schenkte mir erneut ihr strahlendes Lächeln. „Gut. Eli, mein Lieber. Jetzt tanzt. Tanzt für mich, meine Lieben!", rief sie und klatschte in die Hände, während ihr Bräutigam herantrat und sie augenrollend zurückzog.

Der Bräutigam grinste. „Tut einfach, was sie sagt, dann ist es schnell vorbei." Er zwinkerte ihr zu und küsste sie auf den Hals, woraufhin sie leise kicherte. Die beiden schienen verliebt zu sein und perfekt zueinander zu passen, auch wenn die Braut etwas überdreht wirkte. Aber es war ihre Hochzeit, also war das vielleicht nur eine Ausnahme.

„Komm, bringen wir es hinter uns", murmelte die Hochzeitsplanerin leise und nahm meine Hand.

„Es wird vorbei sein, ehe du dich versiehst", antwortete ich grinsend und legte meine Hand auf ihren Rücken. Ihre Augen weiteten sich, und ich schluckte schwer, als ich ihre Haut an meiner spürte. Sie war weich und kurvig, und es fiel mir schwer, mich zu konzentrieren. Verdammt, es war generell schwer für mich. Sie war wunderschön. Umwerfend, und sie roch wie die Sünde. Vielleicht war es aber auch nur ihr blumiges Parfüm. Ich wusste es nicht, aber sie war umwerfend. Wie sollte ich mich konzentrieren, wenn sie sich so an mich drückte?

„Hoffentlich ist das Lied bald vorbei. Es tut mir leid. Ich will kein Arschloch sein, aber ich habe noch einiges für die Hochzeit zu erledigen und sollte eigentlich nicht hier sein und so im Rampenlicht stehen."

Ich schluckte schwer, als die Musik langsamer wurde und wir unseren Rhythmus anpassten.

„Dann sollte ich dir wohl sagen, dass ich auch nicht im Rampenlicht stehen sollte."

Ihre Augen verengten sich und ihre Lippen zuckten. „Sag mir nicht, dass ich mit einem Hochzeitscrasher tanze."

„Technisch gesehen wurde ich eingeladen. Nur nicht von der Hochzeitsgesellschaft."

Sie sah zu mir auf und blinzelte. „Dann bist du also mit Roy hier."

Ich runzelte die Stirn. „Ich weiß nicht, ob ‚*mit Roy*‘ die richtige Formulierung ist."

Sie lachte, und ihr ganzes Gesicht strahlte. Was zum Teufel war das für eine Verbindung? „Du bist hier, um Roy zu beobachten und zu sehen, was er macht, weil du darüber nachdenkst, etwas Ähnliches aufzubauen. Du willst ins Gasthaus- und Hochzeitsgeschäft einsteigen."

Ich konnte nicht aufhören, ihren Mund anzustarren, deshalb dauerte es eine Minute, bis ich ihre Worte verarbeitet hatte. „Ich wusste nicht, dass er dir das erzählt hat."

„Natürlich hat Roy mir erzählt, dass Fremde auf der Hochzeit sein würden. Ich hätte vorher darauf kommen, aber ich war etwas abgelenkt. Es war ein arbeitsreicher Tag."

„Sieht ganz danach aus. Die Hochzeit ist fantastisch."

„Das hoffe ich." Sie sah sich um und lächelte sanft. „Wir haben hart daran gearbeitet. Und die Braut und der Bräutigam sehen wunderschön zusammen aus."

Ich sah zu ihnen hinüber. Sie wiegten sich am Rand der Tanzfläche hin und her, ohne zu tanzen. Nur die beiden, die sich umarmten. Auf der Tanzfläche waren nur wir beide. Alle Augen waren auf uns gerichtet.

Ich unterdrückte ein Stirnrunzeln bei diesem Gedanken, trotz der Wärme der Frau in meinen Armen. „Ich weiß nicht, ob es mir gefällt, so im Mittelpunkt zu stehen. Aber das werde ich nicht mehr, wenn wir den Laden übernehmen."

Sie lächelte verständnisvoll. „Nein. Und eigentlich sollten wir beide jetzt auch nicht im Rampenlicht stehen."

Ich grinste. „Ich werde es nicht verraten, wenn du es auch nicht tust."

„Ich glaube, das Geheimnis ist schon gelüftet", flüsterte sie, ihre Augen funkelten vergnügt. Sie roch so gut und fühlte sich verdammt gut an, als sie sich an mich schmiegte. Ich wollte sie. Einfach so, ich wollte sie.

Da war eine Verbindung, das spürte ich. Und so, wie sie sich an mich schmiegte, obwohl ich wusste, dass sie das eigentlich nicht wollte, weil sie arbeitete, hatte ich das Gefühl, dass sie es auch spürte. Oder vielleicht war das nur Wunschdenken.

„Du bist also Hochzeitsplanerin. Aber du arbeitest nicht Vollzeit für Roy."

„Hat er dir das erzählt?"

„Anscheinend redet Roy gerne über alle in seinem Umfeld", sagte ich lachend.

„Anscheinend. Und ich habe mein eigenes Unternehmen. Es wäre schön, nur für Roy zu arbeiten, aber er war sich nicht sicher, ob er eine Vollzeit-Hochzeitsplanerin braucht, da er bereits eine Eventplanerin hat."

Ich nickte. „Wir denken darüber nach, beides zu haben. Mein Bruder Elliot wäre großartig für die restliche Planung im Resort und für Details. Aber Hochzeiten haben wir noch nie gemacht."

„Aber ein Gasthaus habt ihr schon geführt?"

„Da hast du mich erwischt, aber ich weiß nicht, ob Elliot das wirklich will."

„Wollt ihr eine Hochzeitsplanerin projektweise engagieren oder fest einstellen?"

„Das diskutieren wir gerade, und wir tendieren zu einer Festanstellung."

Sie grinste, und ich musste mitgrinsen. „Klingt, als würdet ihr alles gut planen."

„Wenn dieses Wochenende gut läuft, unterschreiben wir am Montag den Vertrag."

Ihre Augen weiteten sich, und mein Herz schlug schneller. Ich wusste nicht, ob es an der riesigen Summe Geld lag oder an ihrem Lächeln.

Verdammt, ich hatte keine Zeit für so etwas oder für Komplikationen, und doch wollte ich sie.

Mit mir stimmte etwas ganz gewaltig nicht.

„Roy meinte, es wäre ein paar Stunden von hier entfernt, also nicht direkt mein Zuständigkeitsbereich. Aber ich kenne Leute. Ich gebe dir später meine Karte."

„Ach so, du willst mir also einfach deine Nummer geben?", fragte ich neckisch und war über mich selbst überrascht, denn das war normalerweise nicht meine Art. Sie lächelte mich nur an und schüttelte den Kopf.

„Für die Arbeit! Ich *arbeite* nämlich gerade."

Ein neues Lied setzte ein, und mehr Leute gesellten sich zu uns auf die Tanzfläche. Ich hasste die Unterbrechung, aber die Verbindung brach nicht ab. Sie verschwand nicht. Sie war immer noch da.

„Das ist unser Stichwort. Es war schön, dich kennenzulernen, Eli. Ich werde dir meine Karte geben." Sie hielt inne. „Für die Arbeit."

„Wie du meinst. Die Hochzeit ist wundervoll."

„Danke, und ich hoffe, du unterschreibst am Montag. Ich weiß nicht. Ich habe einfach ein gutes Gefühl."

Ich auch, aber das sagte ich nicht. Zumindest nicht in diesem Moment.

Ich folgte ihr von der Tanzfläche und wollte sie eigentlich fragen, ob sie etwas trinken wollte, auch wenn sie gerade arbeitete. Ich konnte einfach nicht anders. Everett warf mir einen seltsamen Blick zu, aber ich drehte mich um und konzentrierte mich weiter auf die Frau, die mir nicht aus dem Kopf ging.

Da bemerkte ich den Mann in dem eleganten grauen Anzug und mit der schicken Frisur, der breit lächelnd auf sie zuging.

Sie erstarrte kurz.

„Clint", flüsterte sie und strich sich ihr honigbraunes Haar aus dem Gesicht. Ein Teil davon war aus ihrem Dutt gerutscht, sodass sie ein wenig zerzauster aussah als vor unserem Tanz.

Clint. Na dann. Entweder war dieser Typ ein Ex, jemand, den sie nicht treffen wollte, oder jemand, der all meine Pläne durchkreuzen würde.

„Baby. Ich habe mit der Braut gesprochen, und nun ja, du bist unglaublich. Ich liebe dich." Er ging vor ihr auf die Knie, die Braut quietschte vor Freude, klatschte, und überall begannen die Leute zu tuscheln.

Ich betrachtete den Mann, der vor der Frau kniete, zu

der ich eine Verbindung gespürt hatte. Ich sah ihre großen Augen und unterdrückte einen Seufzer.

Verdammt.

Ich drehte mich um und sah Everett, dessen Augen ebenfalls weit aufgerissen waren. „Weißt du was? Lass es uns tun. Wilder Resorts. Wir können das schaffen. Wir sechs. Wir finden einen Weg."

Mein Bruder räusperte sich. „Ich weiß, dass wir das schaffen werden. Und was ist mit dem Mädchen?"

Ich unterdrückte ein Schnauben, während wir uns durch die jubelnde Menge drängten. „Das ist eindeutig nichts für mich. Ich brauche keine Frau. Wir alle wissen, was passiert, wenn wir uns ablenken lassen."

„Ja, das wissen wir."

Und damit verließ ich zusammen mit meinem Bruder die Hochzeit. Wir beide waren bereit, uns mit den anderen vier zu treffen und den Rest unseres Lebens zu planen. Wir hatten viel zu tun. Dinge, die ganz und gar Wilder gehörten und nur für uns bestimmt waren.

Und ich verdrängte alle Gedanken an eine Hochzeitsplanerin, ein strahlendes Lächeln und eine Verbindung, die eindeutig nicht echt gewesen war, aus meinem Kopf.

KAPITEL 5

Alexis

Ich stand wie erstarrt da, als mein Freund, mit dem ich seit zwei Jahren zusammen war, in seinem Armani-Anzug vor mir kniete, und blinzelte nur. Ich war zutiefst beschämt und fühlte mich unglaublich peinlich berührt.

„Clint", flüsterte ich und fragte mich, was zum Teufel er sich dabei gedacht hatte. *Das war die Hochzeit von jemand anderem.*

Öffentliche Heiratsanträge waren nicht nur geschmacklos, sondern auch das Schlimmste, was man bei der Planung einer Hochzeit machen konnte. *Man machte keinen Antrag in der Öffentlichkeit.* Was, wenn die Person Nein sagen wollte? Was, wenn die Situation unangenehm wurde? Denn sie war bereits verdammt unangenehm.

Ich liebte Clint. Wirklich. Ich wusste, dass wir heiraten würden.

Aber wie konnte er mich nicht gut genug kennen, um zu verstehen, dass ein öffentlicher Heiratsantrag bei einer Hochzeit, bei der ich arbeitete, keine gute Idee war? Warum hielt er das für eine gute Idee?

„Baby, ich liebe dich. Du planst alle Hochzeiten. Du stellst die Bedürfnisse und das Glück aller anderen über deine eigenen. Jetzt ist es an der Zeit, dein eigenes Glück zu planen. Unser Glück."

Ich blinzelte ihn nur an, mein Mund wurde trocken. „Clint."

„Du siehst mich an, als hätte ich den Verstand verloren. Vielleicht habe ich das auch. Aber ich liebe dich. Ich habe schon mit Braut und Bräutigam gesprochen. Du weißt, dass ich mit ihm zusammenarbeite."

„Oh. Stimmt."

Warum konnte ich nicht mehr als ein oder zwei Worte sagen? Warum konnte ich mich nicht konzentrieren oder atmen? Warum konnte ich nichts anderes tun, als weglaufen zu wollen, war aber dazu nicht in der Lage?

„Ich liebe dich, Alexis. Ich möchte den Rest meines Lebens mit dir verbringen. Hier, am glücklichsten Tag zweier meiner Freunde, haben sie mir erlaubt, dich zu fragen, ob du mich zum glücklichsten Mann der Welt machen willst." Ich schaute über seine Schulter hinweg zu dem Brautpaar, das sich umarmte, während der Braut Tränen über die Wangen liefen. Sie zeigte mir einen Daumen nach oben und tat so, als würde sie Tee trinken, und ich wollte am liebsten im Erdboden versinken. Einfach weg.

Sie hatte das in ihren Teeblättern gesehen. Natürlich hatte sie das.

Als ich nach rechts schaute, sah ich, wie Emily mit

offenem Mund und weit aufgerissenen Augen auf mich zustürzte.

Ihr fassungsloser Ausdruck spiegelte mein eigenes Gefühl wider.

Doch wenn ich jetzt wegging und Clint das Herz brach, wäre ich ein verdammtes Miststück. Ich würde diese Hochzeit ruinieren und einen Schatten über alles legen. Niemand würde mich jemals wieder engagieren. Ich würde meinen Job verlieren. Meine geistige Gesundheit. Ich würde alles verlieren.

Dieser Mann, die Liebe meines Lebens, hatte mir auf die schlimmstmögliche Weise einen Heiratsantrag gemacht, wie ihn eine Hochzeitsplanerin bekommen kann, aber er wirkte so aufrichtig dabei.

Ich konnte niemandem diesen Tag ruinieren.

Ich wollte das, erinnerte ich mich. Ich wollte glücklich sein.

Clint gehörte mir. Er war mein Ein und Alles.

Wir konnten genauso gut jetzt anfangen und nicht alles ruinieren, worauf ich die ganze Zeit hingearbeitet hatte.

Ich beugte mich vor und flüsterte: „Ja."

Strahlend stand er auf und jubelte: „Sie hat Ja gesagt!"

„Champagner für alle!", rief die Braut, und alle im Raum johlten, klopften sich gegenseitig auf den Rücken, lachten und machten Fotos. Clint nahm mein Gesicht in seine Hände und küsste mich sanft.

„Ich wusste, dass dir das gefallen würde. Ich wusste, dass das perfekt ist."

Ich sah den Mann, den ich liebte, meinen Verlobten, wie er mir einen Ring an den Finger steckte, den ich gar nicht beachtete, weil ich keine Luft bekam, und fragte mich, ob ich gerade den größten Fehler meines Lebens begangen hatte.

!

DER WEG ZURÜCK ZU MIR

DER WEG ZURÜCK ZU MIR

Die Wilder-Brüder haben sich aus dem Militärdienst zurückgezogen und müssen sich nun in ein neues Leben eingewöhnen. In diesem Auftakt einer brandneuen, heißen Liebesromanreihe der NYT-Bestsellerautorin Carrie Ann Ryan wird es schnell spannend.

Ein Tanz auf der Hochzeit eines Fremden. Mehr brauchte es nicht, damit ich mich in Alexis verliebte.

Und dann? Eine Katastrophe. Ein anderer Mann – ihr Freund – geht vor ihr auf die Knie und macht ihr einen Heiratsantrag.

Ich hätte nie gedacht, dass ich sie wiedersehen würde.

Jahre später brauche ich dringend einen Hochzeitsplaner – nicht für mich selbst, sondern für mein Unternehmen.

Meine fünf Brüder und ich müssen unser neues Wilder Resort zum Laufen bringen, und Alexis ist die Einzige, die erfahren genug ist, uns zu helfen.

Doch da ist das kleine Problem, dass ich immer noch auf sie stehe. Alexis hat sich seit dem Abend, an dem wir uns kennengelernt haben, verändert. Sie ist zurückhaltend. Aber zwischen uns ist ein Funke, der einfach nicht erlischt. Wir kämpfen beide dagegen an, bis wir es nicht mehr tun.

Bis sich die Geschichte wiederholt. Der gleiche Mann, der sie mir weggenommen hat, ist zurück, um noch mehr Schaden anzurichten. Aber dieses Mal muss er an mir vorbei, um sie zu bekommen.

KAPITEL 1

Eli

Wenn mein Morgen damit beginnt, dass ich knöcheltief in einem vollgelaufenen Keller stehe, ist klar, dass ich wahrscheinlich im Bett hätte bleiben sollen. Aber ich war der Chef und hatte keine andere Wahl.

„Warte. Ich suche es." East fluchte leise vor sich hin, während mein jüngerer Bruder sich um das Rohr herum bückte und sein Bestes gab, das Ventil zu schließen. Ich seufzte und watete mit meinen Arbeitsstiefeln durch den Schlamm, um ihm zu helfen. „Ich habe doch gesagt, ich mache es", schnauzte East, aber ich ignorierte ihn.

Mit zusammengekniffenen Augen starrte ich das Rohr an. „Es ist alt und verrostet. Obwohl es vor über einem Jahr eine Inspektion bestanden hat, wussten wir, dass das ein Problem werden würde."

„Und ich bin der verdammte Handwerker dieses Unternehmens. Ich schaffe das schon."

„Und als Handwerker brauchst du Hilfe."

„Sehr witzig. Im Ernst. Ich weiß nicht, wie ich ohne deinen Witz und Humor zurechtkommen würde." Sein trockener Tonfall ließ meine Lippen zucken, obwohl ich mein Bestes tat, um den Geruch des Wassers, in dem wir standen, zu ignorieren.

„Fick dich", knurrte ich.

„Nein, danke. Dafür bin ich gerade etwas zu beschäftigt."

Mit einem Grunzen drehte East das Wasser ab, und wir standen beide mit den Händen in den Hüften da und starrten auf das Chaos in diesem Keller.

East seufzte. „Ich muss das Wasser nicht für das ganze Gelände abstellen, aber ich bin froh, dass wir in dieser Hütte keine Mieter haben."

Ich nickte und unterdrückte einen Seufzer. „Das ist wahrscheinlich der Grund, warum es in Texas keine Keller gibt. Weil in diesen Dingern anscheinend immer alles schiefgeht."

„Wahrscheinlich ist es ein Schutzraum für Stürme oder Tornados. Ich bin mir nicht ganz sicher, da es einer der wenigen Keller in der Gegend ist."

„Vermutlich der Einzige, wozu sie damals die Energie hatten. Wenn man bedenkt, dass alles hier auf Lehm und Kalkstein gebaut ist."

East nickte und sah sich um. „Ich werde versuchen, das Wasser hier rauszubekommen. Dann schauen wir weiter."

Ich rieb mir über den Nasenrücken. „Ich will nicht alle Wasserleitungen ersetzen müssen."

„Wenigstens ist es nicht die Villa selbst, oder das Bauernhaus, oder das Weingut. Nur eine Hütte."

Ich warf meinem jüngeren Bruder einen bösen Blick zu und klopfte an einen Holzpfosten. „Halt den Mund. Sag so etwas nicht zu mir. Wir kommen gerade erst wieder auf die Beine."

East zuckte mit den Schultern. „Es ist aber die Wahrheit. Wie man die Sache auch dreht und wendet, es hätte schlimmer sein können."

Ich kniff mir in die Nasenwurzel. „Herrgott! Wie lange warst du beim Militär? Du warst dein ganzes Leben lang ein Wilder, und jetzt sagst du so etwas? Wann zum Teufel hast du deinen Aberglauben verloren?"

„Ungefähr zu dem Zeitpunkt, als mein Humvee in die Luft gejagt wurde. Und der von Evan. Und der von Everett. Oder als du mit deinem Flugzeug fast vom Himmel gefallen bist. Oder als Elliot fast erschossen wurde, weil er einem seiner Männer helfen wollte. Also ja, habe so ziemlich jeden Aberglauben verloren, als wir fast gestorben wären, weil wir uns an die Regeln gehalten haben."

Ich sah meinem Bruder in die Augen und verspürte diesen vertrauten Schmerz, als ich an all das dachte, was wir in den letzten Jahren verloren und beinahe verloren hätten.

East murmelte leise vor sich hin und schüttelte den Kopf. „Und ich klinge in letzter Zeit immer mehr wie Evan und weniger wie ich selbst."

Ich drückte seine Schulter und atmete tief durch, während ich an unseren Bruder dachte, der in letzter Zeit mehr grunzte als sprach. „Ist schon gut. Wir haben viel durchgemacht. Aber wir sind hier."

Irgendwie waren wir hier. Ich wusste nicht, ob wir vor zwei Jahren die richtige Entscheidung getroffen hatten, als wir diesen Plan geschmiedet hatten – oder besser gesagt, als ich diesen Plan geschmiedet hatte –, aber es gab kein

Zurück mehr. Wir steckten mittendrin und mussten einen Weg finden, damit es funktionierte. Trotz der überfluteten ehemaligen Tornado-Schutzräume und allem anderen.

East seufzte. „Ich werde mich jetzt darum kümmern. Dann gehe ich rüber zum Haupthaus. Dort gibt es ein paar Dinge zu erledigen."

„Weißt du, wir können dir Hilfe einstellen. Wir hatten zwar Handwerker für die Umbauten und Renovierungen, aber wir können jemanden fest einstellen, der dir bei der täglichen Arbeit hilft."

Mein Bruder schüttelte den Kopf. „Wir könnten es uns vielleicht leisten, aber ich würde das Geld lieber für schlechte Zeiten aufsparen. Denn wenn es hier regnet, dann richtig. Und Sturzfluten sind in diesem Teil von Texas eine echte Gefahr."

„Sag mir einfach Bescheid, wenn du jemanden brauchst."

„Du bist der CEO, Bruder, nicht der CFO. Das ist Everett."

„Stimmt, aber wir haben darüber gesprochen, es wäre also kein Problem." Ich hielt inne und überlegte, welche weiteren Ausgaben noch auf uns zukommen könnten. „Und was musst du in der Villa machen?"

Die Villa war das Haupthaus, in dem sich das meiste auf dem Anwesen abspielte. Sie umfasste die Lobby, die Bibliothek und das Atrium. Meine Wohnung befand sich im obersten Stockwerk, damit ich im Notfall zur Stelle sein konnte. Unser Gastwirt wohnte auf der anderen Seite des Hauses, aber ich war im Hauptloft, weil es mein Projekt war. Mein Baby.

Meine anderen fünf Brüder lebten in Hütten auf dem Anwesen. Wir wohnten zusammen, arbeiteten zusammen, aßen zusammen und stritten uns zusammen. Wir waren die Wilder-Brüder. So lief das bei uns.

Nachdem ich die Schule vorzeitig abgeschlossen hatte, ging ich mit siebzehn zur Luftwaffe und ließ meine jüngeren Brüder und meine Schwester zurück. Wir hatten fast zwanzig Jahre lang das getan, was wir tun mussten, um zu überleben, und hatten dabei nicht so viel Zeit miteinander verbracht, wie ich mir gewünscht hätte. Wir waren nie zusammen stationiert, sodass wir uns nur in den Ferien oder flüchtig sahen.

Aber jetzt waren wir zusammen. Zumindest die meisten von uns. Also würde ich dafür sorgen, dass es funktionierte, selbst wenn es mich umbrachte.

East beantwortete endlich meine Frage. „Ich muss nur eine quietschende Tür in einem der Gästezimmer reparieren. Keine große Sache."

Ich hob eine Augenbraue. „Das ist alles?"

„Das ist nur eine von vielen Aufgaben auf meiner Liste. Das Anwesen ist so groß, dass ich immer etwas zu tun habe. Die Liste ist endlos. Zum Glück gibt es auf dem Weingut ein eigenes Team, das sich um all diesen Mist kümmert, denn ich habe keine Lust, mich mit den komplizierten Maschinen dort auseinanderzusetzen."

Ich schnaubte. „Ehrlich gesagt, mir geht es genauso. Ich bin froh, dass es Leute gibt, die wissen, was sie tun, wenn es um die Weinherstellung geht, damit wir das nicht selbst machen mussten."

Ich überließ meinem Bruder diese Aufgabe, da ich wusste, dass er es genauso wie wir anderen auch genoss, Zeit für sich zu haben, und ging meine Stiefel trocknen. Ich würde den größten Teil des Tages allein arbeiten, Vorstellungsgespräche führen und andere „Chefsachen" erledigen, wie Elliot es nannte, also musste ich mich konzentrieren und mich sauber machen.

Ich war nicht in der Stimmung für Vorstellungsgespräche, aber das gehörte nun einmal zu meinem Job. Wir mussten Stellen besetzen, die im letzten Jahr nicht besetzt werden konnten.

Das Wilder Retreat war ein Ort, der mir mein ganzes Leben lang nicht einmal in den Sinn gekommen war. Nein, ich war zu sehr damit beschäftigt gewesen, Karriere beim Militär zu machen – meine zwanzig Jahre zu absolvieren, aufzusteigen und schließlich als Oberstleutnant aus dem Dienst auszuscheiden. Ich war Kommandant eines Geschwaders gewesen, und trotzdem hatte ich keine Ahnung, wie ich in meiner jetzigen Position Befehle erteilen sollte.

Als meine Schwester Eliza ihren Mann während eines Einsatzes verloren hatte, war dies der letzte Dominostein, der in der Militärkarriere der Wilder-Brüder fiel. Ich war bereit, nach zwanzig Jahren auszusteigen, da ich wusste, dass ich eine Karriere außerhalb meiner Tätigkeit als Oberstleutnant brauchte. Ich war noch nicht einmal vierzig, und der Begriff „Ruhestand" war eigentlich falsch, aber genau so lief es in meinem früheren Job.

East hatte zu dieser Zeit aus persönlichen Gründen gekündigt, und dann war Evan gezwungen gewesen, ebenfalls zu gehen. Ich rieb mir die Brust, denn da war wieder dieser vertraute Schmerz, wenn ich an den Anruf eines von Evans Kommandanten dachte, der mir mitgeteilt hatte, dass Evan verletzt worden war.

Ich dachte, ich hätte meinen kleinen Bruder verloren, und das wäre auch beinahe passiert. Auch Everett war verletzt worden und Elijah und Elliot mussten aus eigenen Gründen aussteigen. Der Verlust des Mannes unserer kleinen Schwester hatte uns nur noch mehr angespornt.

Als wir herausfanden, dass Elizas Mann ein betrügerischer Arsch war, wurde uns klar, dass wir mehr Zeit als Familie verbringen und füreinander da sein mussten.

Rückblickend wäre es schön gewesen, wenn Eliza mit uns nach Texas gekommen wäre, in unseren Vorort außerhalb von San Antonio. Nur hatte sie sich wieder verliebt, in einen Mann mit einer großen Familie und einem guten Herzen in Fort Collins, Colorado. Sie war immer noch dort oben und kam oft genug zu Besuch, sodass wir unsere Schwester wieder kennenlernen konnten.

Es war seltsam, daran zu denken, dass wir, nachdem wir uns so viele Jahre lang nur flüchtig oder über Videoanrufe gesehen hatten, nun fast alle hier waren und ein Geschäft eröffneten. Und das alles, weil ich den Verstand verloren hatte.

Das Wilder Retreat and Winery war eine Villa und Hochzeitslocation außerhalb von San Antonio. Wir befanden uns im Hügelland in Südtexas in einem Gebiet, das einem ehemaligen General der Luftwaffe gehört hatte, der sich zur Ruhe setzen und es verkaufen wollte, da sein Sohn es nicht übernehmen wollte.

Das weitläufige Gelände war früher einmal eine Ranch gewesen und umfasste fast hundert Morgen Land, das die ursprünglichen Besitzer von einer bewirtschafteten Ranch abgetrennt hatten. Anstatt daraus eine Ferienranch oder etwas Ähnliches zu machen, wie es andere hier in der Gegend taten, hatten sie mit Hilfe von Einheimischen ein Weingut dazu gebaut. Wir waren nah genug an Fredericksburg, sodass es in Bezug auf Boden und Wetter Sinn ergab. Außerdem hatten sie angebaut, sodass es nicht mehr nur das Weingut war. Man konnte für einen Tag zu einer Weingutbesichtigung oder sogar zu einer Retreat-Tour kommen, aber die meisten Leute verbrachten ein Wochenende oder eine ganze Woche hier. Es gab Hütten und ein Bauernhaus, in dem wir Hochzeiten, Tanzveranstaltungen oder andere Events veranstalteten. Wir hatten Hühner und Enten, die uns Eier lieferten, und Ziegen, die ihren eigenen Kopf zu haben schienen und Milch für Käse lieferten. Dann gab es noch das Hauptgebäude, in dem die gesamte Ausstattung für die Retreat-Villa untergebracht war.

Das Weingut verfügte über einen eigenen Gebäude-komplex und war viel größer, als ich je gedacht hätte. Aber zu sechst schafften wir es.

Und der einzige Grund, warum wir uns das überhaupt leisten konnten – denn mit einem Militärgehalt, selbst mit einer ordentlichen Altersversorgung, wäre das nicht möglich gewesen –, waren unsere Onkel.

Unsere Onkel, Edward und Edmond Wilder, besaßen seit Jahren Wilder Wines in Napa, Kalifornien. Sie hatten es zu etwas gebracht, und als wir Kinder waren, hatten wir sie besucht. Evan war derjenige gewesen, der daran festge-halten und sich für die Weinherstellung interessiert hatte, bevor er seine Meinung geändert hatte und wie wir anderen zum Militär gegangen war.

Deshalb war Evan jetzt für das Weingut verantwortlich. Er wusste, was er tat, auch wenn er behauptete, dass es nicht so war. Wie auch immer – das Grundstück war riesig, hatte mehrere Arbeitsbereiche, die ständig in Betrieb waren, und wir hatten Personal, das uns brauchte. Aber als die Onkel gestorben waren, hatten sie uns das Geld aus dem Verkauf des Weinguts zu gleichen Teilen hinterlassen. Eliza hatte ihren Anteil für ihre zukünftigen Kinder ange-legt, und der Rest von uns hatte das Geld zusammengelegt, um dieses Anwesen zu kaufen. Ein Großteil des Personals des früheren Besitzers war geblieben, aber einige waren auch gegangen. Entweder, weil sie keine neuen Eigentümer wollten, die keine Ahnung hatten, oder weil sie einfach in Rente gingen. So oder so, wir waren seit über einem Jahr dabei und es lief gut.

Bis auf zwei Positionen, die mir Sorgen bereiteten.

Ich hatte ein Vorstellungsgespräch mit der Person, die unsere dritte Hochzeitsplanerin seit Beginn dieses Projekts werden sollte. Ein wesentlicher Aspekt des Retreats war es, einen Veranstaltungsort für Hochzeiten zu haben. Um Partys veranstalten zu können und nicht nur Weintouren. Elliot war unser Veranstaltungsplaner, der uns bei den jährlichen und saisonalen Details half, aber er wollte nichts mit den eigentlichen Hochzeiten zu tun haben. Das erforderte völlig andere Fähigkeiten, deshalb wollten wir einen Hochzeitsplaner. Die beiden letzten hatten nichts getaugt, sodass wir jetzt einen dritten Versuch unternahmen. Die erste hatte in ihrem Lebenslauf gelogen, Referenzen von Freunden angegeben, die ebenfalls gelogen hatten, und sogar Websites erstellt, die komplett erfunden waren, nur um in die Branche zu kommen. Reinzukommen war die eine Sache, aber zu lügen eine vollkommen andere. Außerdem brauchten wir jemanden mit tatsächlicher Erfahrung, da wir selbst keine hatten. Wir begaben uns mit diesem Retreat-Geschäft auf dünnes Eis, und das alles nur, weil ich die hirnrissige Idee gehabt hatte, unsere Familie dazu zu bringen, zusammenzuarbeiten, sich zu verstehen und sich kennenzulernen. Ich wollte, dass wir eine Zukunft hatten und unsere eigenen Chefs waren.

Und das war so viel mehr, als ich bewältigen konnte, dass mir klar war, dass wir scheitern würden, wenn ich keine zuverlässige Hilfe bekam.

Später hatte ich ein Treffen mit der potenziellen Hochzeitsplanerin. Aber zuerst musste ich herausfinden, woher zum Teufel dieser Geruch aus der Hauptküche der Villa kam.

Der zweite Hochzeitsplaner, den wir eingestellt hatten, war ein Typ mit großartigen und echten Referenzen. Er war gut in seinem Job gewesen, aber er hasste alles, was mit meinen Brüdern und mir zu tun hatte. Er hatte das Konzept des Retreats gehasst und wie rustikal alles war, obwohl wir verdammt noch mal in Südtexas waren. Ja, die Gebäude sahen ein bisschen europäisch aus, weil dies das Thema war, das die ursprünglichen Besitzer gewählt hatten. Trotzdem: Der Kerl hatte uns gehasst, nicht auf uns gehört und uns White Trash genannt, bevor er in sein Cabrio gesprungen und die Straße hinuntergerast war – und uns ohne Hilfe zurückgelassen hatte. Er war unhöflich zu unseren Gästen gewesen, und jetzt musste Elliot seit drei Wochen Hochzeiten planen. Mein Bruder würde mich bald erwürgen, wenn wir niemanden einstellten. Und diese Person war unsere letzte Hoffnung. Sobald sie auftauchte, jedenfalls.

Ich schaute auf meine Uhr und versuchte, den Rest meines Tages zu planen. Ich hatte dreißig Minuten Zeit, um herauszufinden, was zum Teufel in der Küche vor sich ging, dann musste ich zu dem Termin.

Ich nickte einigen Gästen zu, die Wein tranken und eine Käseplatte aßen, und dann unserer Gastwirtin Naomi. Naomis honigbraunes Haar war in einem schrägen Bob geschnitten, der ihr Gesicht zum Leuchten brachte, und sie grinste mich an.

„Hallo, Chef", flüsterte sie. „Du solltest vielleicht in die Küche gehen."

„Will ich es wissen?", fragte ich murrend.

„Ich bin mir nicht sicher. Aber ich werde unseren

nächsten Gast einchecken, und dann muss Elliott sich mit den Hendersons treffen."

„Er wird da sein." Ich sagte nicht, dass Elliot sich lieber den Arm abbeißen würde, als sich damit zu beschäftigen, da eine Familienfeier anstand, die Elliot gerade plante. Die Hochzeit im nächsten Jahr war wichtig, also mussten wir uns damit befassen.

Naomi war eine fantastische Gastwirtin und viel organisierter als wir alle. Das wollte etwas heißen, denn meine Brüder und ich kannten uns bestens mit Zeitplänen, To-do-Listen und Tabellen aus. Naomi war sehr sympathisch, lächelte viel und hielt uns auf Trab.

Ohne sie würden wir das hier ganz sicher nicht schaffen. Verdammt, auch ohne Amos, unseren Weingut-Manager, würden Evan und Elijah das Weingut nicht so führen können, wie sie es taten. Naomi und Amos waren mit dem Anwesen gekommen, als wir es gekauft hatten. Ich war ihnen unendlich dankbar, dass sie beschlossen hatten, zu bleiben.

Ich nickte Naomi erneut zu, ging zurück in die Küche und wäre beinahe wieder hinausgegangen.

Tony stand mit finsterer Miene und die Hände in die Hüften gestemmt da. „Ich verstehe nicht, was mit diesem Ofen los ist."

„Was ist passiert?", fragte ich Everett, der neben Tony trat. Er war mein ruhiger Bruder, der normalerweise immer ein Lächeln auf den Lippen hatte. Gerade sah er jedoch so aus, als würde er gleich schreien.

Ich wusste nicht, warum Everett überhaupt in der Küche war. Eigentlich war er für die Finanzen des Unternehmens verantwortlich und arbeitete in letzter Zeit normalerweise mit Elliot zusammen. Vielleicht war er wie ich wegen des verbrannten Geruchs gekommen.

Tony warf die Hände in die Luft. „Was ist hier los? Dieser Herd ist absoluter Mist. Ich habe diese rustikale Umgebung satt. Ich dachte, ich würde in ein Michelin-Stern-Restaurant kommen. Um mein eigener Koch zu sein. Stattdessen muss ich englisches Frühstück und Bananen-Pfannkuchen machen. Ich könnte genauso gut in einem Bed & Breakfast arbeiten.“

Ich massierte meinen Nasenrücken. „Wir sind ein Gasthaus, kein Bed & Breakfast.“

„Aber ich serviere Frühstück. Das ist alles, was ich derzeit mache. Das und Käseplatten. Niemand kommt zum Abendessen. Oder zum Mittagessen.“

Das war eine Lüge. Tony arbeitete für das Weingut und das Retreat und servierte alle Mahlzeiten. Aber Tony wollte mit der Speisekarte experimentieren und neue ausgefallene Gerichte ausprobieren, die hier einfach nicht funktionieren würden.

Ich hatte das Gefühl, mich übergeben zu müssen, wenn ich nicht aufpasste.

„Ich kündige“, schnauzte Tony, und ich wusste sofort, dass es vorbei war. Ich war fertig.

„Du kannst nicht kündigen“, knurrte ich, während Everett einen Seufzer unterdrückte.

„Doch, kann ich. Ich bin fertig. Fertig mit euch und dieser Ranch. Ihr seid keine Cowboys. Nicht einmal Texaner. Ihr seid nur Leute, die in unser Revier eindringen.“ Damit warf Tony seine Kochschürze auf den Boden und stapfte davon.

Ich war froh, dass die Küche auf der anderen Seite der Bibliothek und des vorderen Bereichs lag, wo sich die meisten Gäste aufhielten – sofern sie sich nicht gerade auf einer der von Elliott organisierten Touren durch die Gegend und die Stadt befanden. Genau das war der Sinn dieses

Retreats: Die Gäste konnten kommen, um zu entspannen oder eine Tour durch Downtown San Antonio, zum Canyon Lake oder zu anderen Orten in der Nähe zu machen.

Und doch hatte Tony gerade alles durcheinandergebracht. Ich wusste nicht, was schlimmer war: der Geruch von Verbranntem, Tonys Kündigung, das Wasser im Keller, der eigentlich gar kein Keller war, oder die Tatsache, dass ich nach verkohltem Essen und nassen Jeans riechen würde, wenn ich mich mit dieser Hochzeitsplanerin traf.

„Du wirst einen neuen Koch einstellen müssen", flüsterte Everett.

Ich sah meinen Bruder an, der alles daransetzte, dass wir nicht bankrottgingen, und wollte nur murren. „Das habe ich mir gedacht."

„Ich kann vorübergehend helfen, aber wie du weißt, arbeite ich nur Teilzeit. Ich kann nicht zu lange von meinen Zwillingen weg." Sandy trat vor und zog die Pfanne vom Herd. „Ich wünschte, ich könnte Vollzeit, aber mehr geht gerade nicht."

Sandy war nach ihrer Elternzeit zurückgekommen, nachdem wir das Retreat schon eröffnet hatten. Sie hatte schon unter den früheren Besitzern gearbeitet und war brillant. Aber sie hatte das Recht, sich ihrer Mutterrolle zu widmen und nicht Vollzeit arbeiten zu wollen. Das verstand ich, und ich wusste, dass Sandy nicht die ganze Küche alleine leiten wollte. Sie mochte ihre Position als Sous-Chefin.

Ich musste mir etwas einfallen lassen. Schon wieder.

„Ich werde das schon hinbekommen", sagte ich und rieb mir die Schläfen.

„Du weißt, was wir tun müssen", flüsterte Everett, und ich schüttelte den Kopf.

„Er wird uns umbringen."

„Vielleicht, aber am Ende wird es sich lohnen. Apropos, hast du nicht bald dieses Vorstellungsgespräch? Oder soll ich es übernehmen?" Sein Blick wanderte zu meiner Jeans.

Ich schüttelte den Kopf. „Nein, hilf Sandy."

Everett zuckte zusammen. „Nur weil ich weiß, wie man eine Zwiebel schneidet, heißt das noch lange nicht, dass ich gut kochen kann."

„Entschuldigung, hast du gerade gesagt, du kannst Zwiebeln schneiden? Dann leg los", warf Sandy mit einem Lächeln ein und zeigte auf die Spüle. „Wasch dir die Hände."

„Ich kann nicht glauben, dass ich das gerade laut gesagt habe. Ich bin direkt in die Falle getappt." Everett seufzte. „Geh zu dem Vorstellungsgespräch. Du weißt, was du fragen musst."

„Ja, und ich hoffe, dass wir dieses Mal nicht wieder auf die Schnauze fallen."

„Wenn wir Glück haben, finden wir jemanden, der so gut ist wie Roys Hochzeitsplaner oder zumindest wie die Frau, die wir getroffen haben. Du weißt, wen ich meine." Everett grinste wie eine Katze, die einen Kanarienvogel gefangen hat.

Ich kniff die Augen zusammen. „Sprich sie nicht an."

„Oh, ich kann nichts dafür. Ein einziger Tanz, und du warst ihr verfallen."

„Welcher Tanz? Weißt du was? Nein, ich habe keine Zeit. Wir müssen das Mittag- und Abendessen vorbereiten. Erzähl es mir, während du arbeitest", fügte Sandy mit einem Augenzwinkern hinzu.

Everett beugte sich zu ihr, während er sich die Hände wusch. „Also, weißt du, er hat mit dieser perfekten Frau getanzt, und dann hat sie sich verlobt."

Sandys Augen weiteten sich. „Verlobt? Wie ist das

passiert? War sie mit jemand anderem zusammen?", fragte sie und sah mich an.

Ich rieb mir über den Nasenrücken. „Es war bei Roy. Als wir das Retreat hier kaufen wollten und uns die Location angesehen haben." Ich seufzte. Ich wusste, dass sie nicht locker lassen würde, bis ich mit der Sprache herausrückte. So musste ich mich wenigstens nie wieder damit befassen. „Irgendwie bin ich dort auf einer Hochzeit gelandet und habe das Strumpfband gefangen. Die Frau hat den Brautstrauß gefangen, und sie war zufällig die Hochzeitsplanerin. Wir haben getanzt und gelacht, und als sie wegging, hat ihr Freund ihr einen Antrag gemacht."

„Das gibt's doch nicht!" Sandy beugte sich mit einem entschlossenen Blick und leuchtenden Augen vor. „Was hat sie gesagt?"

„Keine Ahnung. Ich bin gegangen." Ich ignorierte jedes Gefühl, das bei dem Gedanken aufkommen wollte. Everett warf mir einen Blick zu, und ich schüttelte den Kopf. „Genug davon. Ja, die Hochzeit, die sie organisiert hat, war großartig, aber ich habe ehrlich keine Ahnung, wer sie ist, und sie hat einen Job. Sie muss nicht hier arbeiten." Außerdem war ich mir nicht sicher, was ich tun würde, wenn ich sie wiedersehen oder mit ihr arbeiten müsste. Die Verbindung zwischen uns war so intensiv gewesen, dass ich mir sicher war, dass es höllisch unangenehm werden würde. Aber zum Glück hatte sie ihre eigene Firma und würde sich nicht im Wilder Retreat bewerben.

Ich ließ Sandy und Everett allein, da ich mir sicher war, dass sie zumindest im Moment allein zurechtkamen. Und ich wusste auch, wen wir einstellen mussten, wenn sie Ja sagte und mein anderer Bruder mich nicht vorher umbrachte.

Auf dem Weg nach draußen wusch ich mir im Waschbecken die Hände und war froh, dass ich zumindest einigermaßen passabel aussah, wenn auch ein wenig zerzaust. Anschließend machte ich mich auf den Weg nach draußen, in der Hoffnung, dass die Bewerberin kompetent war und langfristig hierbleiben würde. Nach dem Tag, den wir hinter uns hatten, brauchten wir wirklich etwas Glück.

Als ich um die Ecke bog, stolperte ich fast über meine eigenen Füße.

Denn natürlich forderte mich das Schicksal heraus.

Sie war es.

Von allen Hochzeitsplanern aus allen Hochzeitslocations war es ausgerechnet sie.

KAPITEL 2

Alexis

So hatte ich mir mein Leben nicht vorgestellt, aber was hatte ich erwartet?

Heirat, Kinder, eine erfolgreiche Karriere, eine Firma, die ich liebte, und einen Plan. All das war ein schöner Traum gewesen. Und eine Weile hatte ich wirklich gedacht, dass ich ihn verwirklichen könnte.

Doch dann erinnerte sich die Welt daran, dass ich Alexis Lane war, und machte mir einen Strich durch die Rechnung.

Während ich die Autobahn entlangfuhr, umklammerte ich das Lenkrad und nahm die nächste Ausfahrt in Richtung Wilder Retreat and Winery. Das war meine letzte Chance. Zumindest in dieser Gegend von Texas. Wenn das nicht funktionierte, musste ich mir in einer anderen Gegend einen Job suchen. Der I-35-Korridor wäre für mich für immer verloren gewesen. Und das war meine eigene verdammte Schuld.

Ich bog in die nächste Hauptstraße ein und ignorierte den Verkehr sowie die texanischen Autofahrer, die mich aus ihren großen Trucks heraus zwar nicht hupten, aber finster anstarrten. Ich gab mein Bestes, mich nur auf mein bevorstehendes Vorstellungsgespräch zu konzentrieren. Es war mein letzter Strohhalm. Meine letzte Chance.

An der nächsten Ampel bog ich erneut rechts ab und konzentrierte mich auf meine Umgebung: die wunderschönen, alten Eichen und Zedern mit ihren tiefen Wurzeln. Hier gab es keine neuen Bauprojekte, sondern nur hundert Jahre alte Eichen, die in den Himmel ragten und meine Allergien verschlimmerten – zum Glück gab es dafür Tabletten. Die Bäume waren prächtig und würden das ganze Jahr über blühen. Meine Allergien mussten damit eben klarkommen. Es ging immer irgendwie.

Ich bog auf eine kleine Landstraße ab und folgte der Route, die mir das GPS anzeigte. In Gedanken ging ich alles durch, was ich über das Wilder Resort and Winery wusste. Es war etwas über ein Jahr alt, ein Familienbetrieb und dem Hörensagen nach großartig, allerdings gab es Personalbedarf in der Hochzeitsplanungsabteilung. Ihre anderen Veranstaltungen und Partys schienen gut zu laufen. Natürlich gab es bei jedem jungen Unternehmen kleinere Probleme, aber sie arbeiteten hart. Zumindest hatte Roy das gesagt.

Roy. Ein Mann, der mir meine zweite und dritte Chance gegeben hat. Aber er hatte bereits einen Vollzeit-Hochzeitsplaner, und das war nicht ich. Nicht wegen meiner eigenen Fehler, sondern wegen Clints.

Ich biss die Zähne zusammen und verdrängte die

Gedanken an ihn. Er hatte hier nichts zu suchen, auch wenn er der einzige Grund war, warum ich hier war.

Zurück zu den Wilders. Sie hatten keine Erfahrung auf diesem Gebiet, und ich hatte keine Ahnung, ob sie wussten, was sie taten, zumal zu dem Anwesen auch noch ein verdammtes Weingut gehörte. Andererseits war das perfekt für Hochzeiten, genau wie Roys Brauerei. Es war eine gute Idee, und sie schienen zuverlässig zu sein. Aber Zuverlässigkeit reichte mir nicht. Ich wollte nicht auf der Stelle treten. Ich wollte *erfolgreich* sein. Und ich wollte auch, dass *sie* erfolgreich waren.

Damit das passieren konnte, brauchte ich den Job.

Und ich musste hoffen, dass ich gut genug war.

Ich bog auf die Hauptstraße der Ranch ein und holte tief Luft. Trotz meiner Nervosität huschte ein Lächeln über mein Gesicht.

Das Anwesen war eindrucksvoll. Hinter der von Bäumen gesäumten Hauptallee erstreckten sich sanfte Hügel. Seitlich befanden sich kleinere Hütten, von denen manche hinter größeren Bäumen halb verborgen waren. Alles war gepflegt, aber nicht geschniegelt, sondern auf natürliche Weise schön. Und genau darum ging es. Wir waren auf einer Ranch in Texas. Es musste nicht perfekt gepflegt sein, aber es musste gut in Schuss sein.

Die schmiedeeisernen Tore, die zum Wilder Retreat führten, sahen neu aus. Schilder wiesen den Weg zum Empfangsbereich, zur Villa, zur Hochzeitslocation und zum Weingut. Ich wollte mir alles ansehen, aber zuerst musste ich zum Haupthaus und Eli Wilder treffen.

Ich brauchte diesen Job. Egal, was als Nächstes geschah, ich brauchte diesen Job. Eli Wilder musste mich unbedingt einstellen.

Ich wollte nicht umziehen. Ich wollte nicht noch einmal

von vorne anfangen. Auch wenn ich es im Grunde bereits tat – es war nicht freiwillig.

Und dieses Anwesen hatte mich bereits in seinen Bann gezogen. Als ich auf den Vorplatz fuhr, schnappte ich nach Luft und meine Hände umklammerten das Lenkrad. Es war wunderschön hier.

Zwei große Gebäude bildeten das Zentrum, von dem aus Wege zu kleineren Gebäuden ringsum führten. Doch die Erhabenheit dessen, was vor mir lag, raubte mir den Atem.

Laut der Website befand sich links die Hauptvilla mit den meisten Zimmern. Über einen offenen Gang war sie mit dem Empfangszentrum verbunden, das eine runde Auffahrt zur Weinkellerei hatte.

Alles schien auf europäischer Architektur zu basieren, aber nicht auf deutscher, wie es für diese Gegend typisch war. Es sah aus, als hätte jemand seine Lieblingselemente bestimmter Architekturstile miteinander kombiniert. Vermutlich stammte dieses Konzept noch von den ursprünglichen Besitzern, aber ich liebte das, was die Wilders daraus gemacht hatten.

Ich stieg aus dem Auto und war froh, dass der Boden gepflastert war. Bei meinen hohen Absätzen wäre Kies eine Katastrophe gewesen. Die Schuhe ließen meine Beine großartig aussehen und gaben mir heute das Selbstbewusstsein, das ich für diesen Tag brauchte.

Die Gebäude vor mir waren aus weißem Stein und Stuck, wunderschön und gut gepflegt. Rundherum standen Bäume, aber in der Mitte vor dem Parkplatz und etwas seitlich davon befanden sich quadratische Steinpflastersteine, die wie ein Kunstwerk aussahen. Sie würden sich sicher hervorragend für Brautfotos oder Partybilder eignen. Wie ein Mosaik mit texanischem Twist. Ein Lächeln umspielte meine Lippen. Daneben befand sich ein großes, offenes Bauernhaus, das für Veranstaltungen und Hochzeiten genutzt werden konnte. Davor ein paar offene Torbögen. Alles wirkte entspannt, ein wenig texanisch, ein wenig raffiniert und elegant.

Menschen gingen lächelnd ihrer Arbeit nach: Gärtner, Reinigungskräfte und andere Mitarbeiter.

Das Einzige, was hier noch fehlte, war eine Hochzeitsplanerin.

Und hoffentlich konnte ich das sein.

Das Gute an der Stelle war, dass Unterkunft und Verpflegung inbegriffen waren. Da ich derzeit auf der Couch einer Freundin schlief und dringend ausziehen musste, weil ihr Mann nach einem achtmonatigen Einsatz in die USA zurückkehrte, musste das hier funktionieren.

Ich konnte nicht glauben, dass ich gegenüber Clint so dumm gewesen war, dass ich *alles* verloren hatte. Aber jetzt nicht mehr. Diesmal würde alles mir gehören.

Ich schnappte mir meine Tasche, straffte die Schultern und betrat das wunderschöne Gebäude. Der Innenbereich war strahlend hell, mit weißem Stein und poliertem Holz. Leicht maskulin, mit femininen Akzenten durch Blumenarrangements und zarte Dekorationen. Es war eine wunderschöne Dichotomie, und ich liebte es.

Ich ging weiter und stolperte fast über meine eigenen Füße, als ich ein bekanntes Gesicht sah, das ich nicht erwartet hatte, aber hätte erwarten müssen, denn ich erinnerte mich an diesen Tanz. Ich erinnerte mich an Roys Lächeln, als er mir erklärte, mit wem ich getanzt hatte und warum der andere Mann auf dieser Hochzeit gewesen war. Die Hochzeit, die alles verändert hatte. Die Hochzeit, die mich gebrochen hatte, bevor ich es überhaupt bemerkt hatte.

Ich kannte diesen Mann.

Wir hatten damals nur unsere Vornamen ausgetauscht, aber ich hätte es mir zusammenreimen müssen.

Der Mann, mit dem ich getanzt hatte und zu dem ich diese Verbindung gespürt hatte – die ich pflichtbewusst ignoriert hatte –, war Eli Wilder gewesen.

Der Mann, der jetzt mein Chef werden sollte.

„Du", flüsterte er, und ich blinzelte. Mir war bewusst, dass andere Leute um uns herum waren, aber sie waren in ihrer eigenen Welt, glücklich, entspannt, in Gedanken bei sich. Sie schenkten den beiden Menschen, die am Rande eines tiefen Abgrunds standen, keine Beachtung.

Ich schluckte schwer und lächelte. „Du", sagte ich. Wenn ich so tat, als würde ich ihn nicht erkennen, würde ich diese Geschäftsbeziehung mit einer Lüge beginnen. Und da wir unsere Geschäftsbeziehung bereits mit einem Tanz mit einem Blumenstrauß und einem Strumpfband begonnen hatten, wollte ich nicht, dass sie jetzt schon endete.

„Entschuldigung, hallo, ich bin Eli Wilder. Du musst Alexis Lane sein."

Ich gab mir Mühe, nicht auf meinen Absätzen zu schwanken und nickte ein wenig nervös. „Ja, das bin ich. Freut mich, dich wiederzusehen."

Seine Augen weiteten sich ein wenig, und ich war froh, dass ich nicht gelogen und so getan hatte, als würde ich ihn nicht kennen.

„Ich wusste deinen Namen nicht, aber ich hätte es mir denken können. Schließlich hat Roy mir deinen Lebenslauf geschickt."

Meine Augen weiteten sich. „Das wusste ich nicht. Und ehrlich gesagt hätte ich wissen müssen, dass du es bist.

Obwohl es schon zwei Jahre her ist. Ich dachte, ihr hättet inzwischen schon genügend Personal."

Er zuckte zusammen, und ich kam mir wie ein Idiot vor. Er brachte mich einfach völlig aus dem Konzept. „Das haben wir. Größtenteils. Bis auf eine Position. Es ist eine lange Geschichte. Wenn alles gut läuft, können wir darüber reden."

Ich nickte und streckte ihm meine Hand entgegen. Er schüttelte sie, und ich ignorierte die Anspannung, die Wärme und die Festigkeit seiner Hand. Seine Finger waren schwielig, nicht weich, nicht die eines Mannes, der oft hinter einem Schreibtisch saß. Er mochte zwar der CEO sein, aber dies war ein Familienbetrieb, und ich wusste, dass er zuvor etwas ganz anderes gemacht hatte.

Und warum machte ich mir so viele Gedanken um seine Hände? Er könnte mein Chef werden, um Himmels willen. Ich musste mich zusammenreißen.

Genau weil ich mich nicht um meine Firma gekümmert hatte, während ich mein Leben gelebt hatte, war ich in diese Situation geraten.

„Wie auch immer, lass uns reden."

Ich lächelte breit, meine Knie drohten zu zittern. „Ja. Ich würde gerne wissen, was du suchst und inwiefern ich euch unterstützen kann."

„Das können wir gerne machen. Möchtest du im Büro reden? Oder willst du eine Führung?"

Ich konnte mir ein Lächeln nicht verkneifen. „Eine Führung wäre fantastisch! Nach dem, was ich gesehen habe, ist es wunderschön. Und das sage ich nicht nur, weil es ein Vorstellungsgespräch ist."

Er lachte, wobei seine Augen leuchteten, und ich gab mir alle Mühe, ihnen keine Beachtung zu schenken. „Ich liebe dieses Anwesen auch. Deshalb haben wir es gekauft und das Risiko auf uns genommen."

„Das klingt, als gäbe es eine Geschichte dazu." Ich wollte alles darüber wissen, was wahrscheinlich ein Problem war.

„Ja, die gibt es, und ich kann sie dir erzählen. Es ist kein Geheimnis."

„Gut. Ich würde sie gerne hören."

„Wir können deine Tasche in meinem Büro oder hinter dem Schreibtisch bei Naomi abstellen." Er winkte einer Frau mit einer hübschen Frisur und einem strahlenden Lächeln zu.

Die Frau strahlte. „Ich kann darauf aufpassen. Ich werde sie sicher aufbewahren. Versprochen."

„Naomi, das ist Alexis. Alexis, Naomi."

„Freut mich, dich kennenzulernen", sagte ich und reichte ihr meine Tasche.

„Keine Sorge. Wir passen gut darauf auf, das ist mein Job. Und wenn du hier etwas brauchst, frag einfach."

„Das werde ich, danke."

Sie grinste und formte hinter Elis Schulter lautlos „Viel Glück" mit den Lippen, woraufhin ich mir ein Lachen verkneifen musste. Alle hier schienen freundlich zu sein, und ich hoffte, dass das klappte. Denn es fühlte sich einfach richtig an. Und zwar nicht nur, weil es meine einzige Option war.

„Gehen wir. Ich zeige dir alles."

„Es ist wunderschön hier."

„Die Vorbesitzer haben alles gut in Schuss gehalten, zumindest das Haupthaus und die Villa. Das Bauernhaus musste renoviert werden, genauso wie viele der Hütten, aber wir arbeiten daran."

„Ich habe gelesen, dass es Hütten gibt, aber ich weiß nicht, wie viele."

„Zwanzig."

Meine Augen wurden groß. „Zwanzig?"

Er grinste, und ich ignorierte das Kribbeln in meinem Bauch. „Das Anwesen ist groß. Wahrscheinlich größer, als wir ursprünglich erwartet hatten, aber wir geben unser Bestes."

„Ich bin sicher, dass ihr die Hütten füllen könnt, wenn ihr Hochzeiten hier anbietet."

Er lächelte, und ich versuchte, ihn nicht anzustarren. Das war nicht einfach. „Das ist der Plan. Und dafür brauchen wir eine Hochzeitsplanerin, die genauso viele Kunden anzieht wie das Resort selbst."

„Ich kenne die Gegend und die Anbieter, also ja, das hoffe ich auch."

„Gut, ich habe mit Roy darüber gesprochen. Es tut ihm leid, dass er bereits jemanden eingestellt hat, und er ist ein wenig verärgert darüber, obwohl Samantha perfekt für ihn ist."

Ich unterdrückte ein Lächeln. „Ich war anfangs auch ein wenig verärgert."

„Roy ist schon länger im Geschäft. Ich verstehe das. Trotzdem würde ich nicht sagen, dass sein Verlust uns allzu sehr wehtut, denn es könnte unser Gewinn sein. Wie auch immer: Die Villa selbst hat zehn Zimmer, während sich in den Nebengebäuden unser Frühstücksraum, das Esszimmer, das Atrium, die Küche, die Bibliothek und das Zimmer des Gastwirts befinden. Meine Wohnung ist im obersten Stock."

Ich hob die Augenbrauen. „Wirklich?"

Er räusperte sich. „Ich meine, nicht dass ich dir unbedingt sagen wollte, wo ich schlafe – nur, dass wir alle hier auf dem Gelände wohnen. Ich wohne oben im sogenannten Penthouse, auch wenn es nicht so schick ist, wie es klingt."

Ich blinzelte, während sich eine leichte Verlegenheit zwischen uns ausbreitete, dann gingen wir weiter, und ich war dankbar dafür.

Wir verließen das Hauptgebäude, und er nickte in Richtung des Vorplatzes. „Die Auffahrt führt um unseren ersten Brunnen herum, wie du siehst. Außerdem haben wir einen Spiegelteich und ein paar weitere Orte hinten auf dem Gelände, die bereits zum Grundstück gehörten. Wir fügen nach und nach unsere eigenen Ideen hinzu. Hochzeiten können direkt auf den Steinplatten stattfinden, auf den Wiesen, unter den Überdachungen, die wir gebaut haben, oder im Farmhaus. Das war schon immer so, und wir hatten hier auch andere Veranstaltungen, um die sich mein Bruder Elliot kümmert."

Ich versuchte, alles in mich aufzunehmen, und bewunderte einfach nur die Schönheit und die vielen Möglichkeiten. Das Gelände war riesig, doch die Wilder-Brüder schienen noch größer zu sein. „Und Elliot macht keine Hochzeiten."

„Elliot könnte, wenn er wollte, aber er kümmert sich schon um die jährlichen und saisonalen Details und arbeitet mit uns allen zusammen. Er und ich versuchen, die Weinkellerei und das Resort als Ganzes am Laufen zu halten. Das heißt, er kümmert sich um das große Ganze und weiß, dass jemand mit echter Erfahrung in der Hochzeitsplanung diesen Teil übernehmen sollte."

Ich nickte, während mir tausend Gedanken durch den Kopf schossen. „Und *nicht*, weil ich eine Frau bin."

Eli hob eine Augenbraue. „Vor dir hatten wir einen männlichen Hochzeitsplaner. Und er hat eine Zeit lang fantastische Arbeit geleistet. Also, nein, das ist es nicht, es ist eher so, dass Elliot eigene Aufgaben hat. Und die Hochzeitsplanung gehört nicht dazu. Wir brauchen jemanden, der mit Elliot und mir zusammenarbeiten kann. Du wirst mit all meinen Brüdern zusammenarbeiten müssen."

„Es ist ein Familienunternehmen." Ich lächelte.

„Wir alle arbeiten hier, haben Jobs und geben unser Bestes, um gute Arbeit zu leisten. Unsere Schwester lebt in Fort Collins. Sie ist verheiratet und hat dort ihr ganzes Leben und ihre Familie, aber sie kommt uns oft besuchen und schikaniert uns, obwohl sie die Jüngste ist."

„Das klingt nach einer tollen Familie." Ich versuchte, die Wehmut in meiner Stimme zu überspielen.

Mein Herz schmerzte ein wenig, weil ich meine Familie vermisste. Sie waren so weit weg, da sie alle nach Spanien gezogen waren, um bei der Frau meines Bruders zu sein. Die Hochzeit meines Bruders war wunderschön gewesen, und ich hatte sogar die amerikanische Zeremonie geplant und war dann zur zweiten Zeremonie nach Spanien gereist, während mein Bruder dort geblieben war. Und als er und seine Frau zwei Kinder bekommen hatten, beschlossen unsere Eltern im Ruhestand, nach Spanien zu ziehen, um bei ihnen zu sein. Sie wohnten in dem Haus links von meinem Bruder, meiner Schwägerin und ihrer Familie, während die Eltern meiner Schwägerin rechts wohnten. Alle wohnten dicht beieinander. Sie zogen die nächste Generation als Familie, als Einheit, groß.

Und ich war zurückgelassen worden.

Ich ignorierte den Schmerz in meinem Herzen und fragte mich, warum ich überhaupt darüber nachdachte.

Eli musterte mein Gesicht einen Moment lang, bevor er sprach. „Komm, ich zeige dir noch ein paar andere Dinge."

Er führte mich über das restliche Gelände und wir gingen durch die Weinkellerei. Dort lernte ich Evan kennen, den Leiter der Weinherstellung. Er war ein knurriger, grüblerischer Mann. Auch wenn er nicht wie ein Weinmacher aussah, wusste er offensichtlich verdammt gut, was er tat. Zumindest konnte ich das aus der Ferne beobachten.

Jeder hatte seinen Platz, und wahrscheinlich würde ich mir ihre Namen nie alle merken können, aber ich würde mein Bestes geben, denn ich wollte diesen Job unbedingt. Ich brauchte ihn.

Wir gingen zurück ins Hauptgebäude. Ich holte meine Tasche von der lächelnden Naomi ab, bevor sie sich wieder neuen Gästen widmete, und folgte Eli in sein Büro.

„Und? Was meinst du?"

„Ich finde es toll. Du hast so viele meiner Fragen beantwortet. Ich frage mich nur, warum es mit den anderen nicht funktioniert hat."

Er hob eine Augenbraue, nickte aber. „Das ist eine gute Frage, und der Grund ist, dass sie ihre eigenen Bedürfnisse und Wünsche hatten. Es hat einfach nicht gepasst. Wir brauchen jemanden, der wirklich zu uns passt."

„Ich weiß. Das sieht man. Ihr seid ein eingespieltes Team, obwohl ihr noch dabei seid, euch einzuarbeiten. Ich finde es unglaublich, dass ihr erst seit einem Jahr wirklich geöffnet habt, mit einem zusätzlichen Jahr Vorbereitung, und trotzdem fühlt es sich schon wie ein Zuhause an."

Den letzten Teil hatte ich nicht sagen wollen, aber als er lächelte, dachte ich mir, dass es vielleicht doch gut war.

„Du kannst übrigens gerne auf dem Grundstück wohnen", sagte er.

Ich nickte, und mein Herz schlug schneller. „Roy hat das erwähnt."

Eli lächelte nur. „Es gibt eine Hütte für dich ganz in der Nähe. Und wenn ich Hütte sage, meine ich eher ein kleines Haus mit einem Schlafzimmer, kein Studio wie einige der anderen. Einige der Hütten haben wir für die Familie reserviert, und deine ist größtenteils renoviert."

Ich hob eine Augenbraue. „Größtenteils?"

„Ein paar Dinge muss East noch fertigstellen, aber das wird kein Problem sein. Versprochen."

„Wenn du das sagst." Ich lächelte dabei, und er lächelte zurück.

„Die meisten von uns wohnen auf dem Gelände, weil es praktischer ist. Aber das bedeutet auch, dass es einen großen Teil deines Lebens einnimmt." Er räusperte sich, und es entstand eine unangenehme Stille zwischen uns. „Ich weiß nicht, ob es groß genug für dich und deinen Mann wäre, aber es gibt natürlich auch andere Wohnmöglichkeiten in der Nähe. Du musst nicht vierundzwanzig Stunden täglich im Wilder Retreat verbringen."

Ich seufzte und ballte unwillkürlich meine Hände zu Fäusten. „Ich bin geschieden. Es wäre also nur ich."

Eli verzog das Gesicht. „Es tut mir leid. Ich dachte nur ... na ja ... eigentlich habe ich gar nicht nachgedacht. Ich habe nicht einmal auf deine Hand geschaut und nicht gesehen, dass du keinen Ring trägst. Als ich dich das letzte Mal gesehen habe, ... na ja ... du weißt schon."

Ich rieb mir die Schläfe, der Stress kehrte auch nach einer wunderbaren Tour und einem Interview wieder in meinen Körper zurück. „Es war unangenehm, und ich habe Ja gesagt. Es ist eine lange Geschichte, auf die ich nicht eingehen möchte, aber ich habe Ja gesagt. Wie auch immer, mir gefällt das Resort sehr gut, und wenn alles klappt, wäre ich allein. Und eine Unterkunft auf dem Gelände wäre hilfreich."

Für mein Bankkonto, aber das sagte ich nicht.

Eli sah mir einen Moment lang in die Augen, als würde

er mein Gesicht studieren und nach Antworten suchen, und ich fragte mich, was er wohl sah.

Als er sich räusperte und gerade etwas sagen wollte, kam Naomi herein.

„Eli, entschuldige die Störung. Aber Dodge ist da.“

Eli presste die Kiefer aufeinander und stand auf. „Tut mir leid, Alexis. Ich muss mich darum kümmern.“

„Was ist los?“, fragte ich und stand mit einem Anflug von Panik ebenfalls auf.

„Das ist eine verdammt lange Geschichte. Entschuldigung für meine Ausdrucksweise.“

„Ich fluche auch viel, also mach dir keine Sorgen. Außerdem seid ihr doch alle beim Militär? Oder wart zumindest dort? Da kommt es schon mal vor, dass man flucht.“

Er schnaubte, und ich war froh, dass ich ihn zumindest zum Lächeln gebracht hatte. „Stimmt. Wir fluchen hier viel. Das kommt schon mal vor. Dodge ist der Besitzer der Dodge Family Resorts.“

Ich hob die Augenbrauen. „Oh. Stimmt. Ich habe ihn kennengelernt.“

Sein Blick schnellte zu mir. „Wirklich?“

„Ihn und seine Söhne Brayden und LJ. Ich habe eine Hochzeit in ihrem Resort organisiert.“ Ich hatte auch keine guten Erinnerungen daran. Und ich würde es nicht gerade als Resort bezeichnen, aber das sagte ich nicht laut.

„Nun, er ist hier. Wahrscheinlich nur, um mich zu ärgern.“

Ich musterte sein Gesicht, und plötzlich fügten sich ein paar Dinge zusammen. „Er ist weniger als eine Stunde von hier entfernt. Ich wette, er mag die Konkurrenz nicht. Er hat immer schlecht über die früheren Besitzer gesprochen. Das hatte ich vergessen.“

„Er hat nicht aufgehört. Jetzt muss ich dafür sorgen, dass er keine Szene macht."

„Soll ich mitkommen? Ich habe schon einmal mit ihm zu tun gehabt."

Er sah mich an und nickte. „Wenn du das möchtest."

Naomi zeigte mir einen Daumen hoch, bevor sie wieder an die Arbeit ging, und ich folgte Eli ins Atrium. Niemand sonst war dort, und die Blumen und Dekorationen waren wunderschön, doch meine ganze Aufmerksamkeit galt dem älteren Mann in Cowboystiefeln, der engen Jeans und dem in die Hose gesteckten Hemd. An einem Finger baumelte sein Cowboyhut, und er lächelte uns zu. Seine Haut war gebräunt und ein wenig ledrig, als hätte er den Großteil seines Lebens in der Sonne verbracht. Doch ich wusste, dass er überkronte Zähne und perfekt manikürte Nägel hatte und sein Haarschnitt zweihundert Dollar gekostet hatte.

Das war Dodge, Franklin Dodge, wenn ich mich recht erinnerte.

„Wilder. Da bist du ja. Lässt du deine Gäste immer warten?" Seine Stimme war rau, mit einem leicht ausgefransten texanischen Akzent, der nie wirklich freundlich klang. Nicht einmal wenn er betrunken war.

Eli kniff die Augen zusammen und sah Dodge an. „Wir wissen beide, dass du kein Gast bist, Dodge. Was kann ich für dich tun?"

„Ich bin hier, um dir ein Angebot zu machen."

„Du weißt, dass ich das Angebot nicht annehmen werde."

Ein Angebot? Ich fragte nicht nach, aber ich wollte es unbedingt wissen.

„Dein kleines Anwesen hier ist ganz nett. Es wird schon laufen, aber es wird nie unser Niveau erreichen. Ihr werdet niemals an die Dodges herankommen. Die Wilders sind eben so, wie sie sind ... *wild.* Ihr solltet euch damit abfinden und mein Angebot annehmen."

„Wenn du fertig bist, mit der Luft zu reden, kannst du jetzt gehen."

Dodge kniff die Augen zusammen, sein Blick war so giftig wie der einer Schlange. „Du warst schon früher Abschaum, und du bist es immer noch. Genauso wie dieses Anwesen. Die Leute haben es immer für besser gehalten, als er war, und seit ihr es gekauft habt, ist es nur noch schlimmer geworden. Bring mich nicht dazu, es zu bereuen, dass ich es euch überhaupt erlaubt habe, es zu kaufen." Meine Augen wurden groß, als Dodge sich mir zuwandte und mich finster anblickte. „Ich erinnere mich an dich. Warum erinnere ich mich an dich?"

Ich lächelte süß, als wäre ich die perfekte Frau mit tadellosen Manieren. „Ich bin völlig unbedeutend. Einen schönen Tag noch, Mr. Dodge."

Er blickte zwischen Eli und mir hin und her, murmelte etwas vor sich hin und ging hinaus, wobei seine Stiefel auf dem Boden klackerten.

Ich blinzelte Eli an und schüttelte den Kopf. „Wie ich sehe, hat er sich in den letzten Jahren nicht verändert."

„Dieser Mann will unser Anwesen kaufen, aber zu einem lächerlichen Preis. Ich glaube nicht einmal, dass er es sich leisten könnte."

Ich runzelte die Stirn und dachte an das Anwesen der Dodges. „Das Anwesen der Dodges ist nicht wie dieses. Es ist ein Spa, teilweise eine Touristenranch. Es gibt kein Weingut. Und es ist auch nichts wie Roys Ort. Außerdem ist es ziemlich heruntergekommen."

„Trotzdem hält er sich für besser als uns, weil er ein

waschechter Texaner ist und wir nur zugezogener Militärabschaum."

Ich kniff die Augen zusammen und ballte die Hände zu Fäusten. „Er hat keine Ahnung."

„Das gefällt mir." Er atmete tief aus und fuhr sich mit den Händen durch sein dunkles Haar. „Verdammt. Das war jetzt nicht gerade das beste Vorstellungsgespräch. Aber dein Lebenslauf ist großartig, Roy spricht sehr gut von dir, und wenn es dich nicht stört, dass wir vor zwei Jahren auf einer Hochzeit getanzt haben und dass Dodge wahrscheinlich Ärger machen wird, willst du die Stelle?" Er lachte leise und schüttelte den Kopf. „Oh ja. Ich bin hier wirklich ein großartiger CEO."

Ich hob mein Kinn und schenkte ihm ein verschmitztes Lächeln voller Entschlossenheit und ein wenig Wut. „Natürlich! Ich will beweisen, dass aus dem Wilder Retreat etwas werden kann. Scheiß auf Franklin Dodge. Wir werden die Besten sein. Und ehrlich gesagt brauche ich den Job."

Das letzte hatte ich nicht sagen wollen, aber als Eli lachte und mir seine Hand reichte, ergriff ich sie und schüttelte sie.

In diesem Moment wusste ich, dass mein Leben bald höchst interessant werden würde.

KAPITEL 3

Eli

Noch nie hatte ich etwas Süßeres gekostet als das Festmahl, das ich gerade vor mir hatte. Ich lag auf dem Rücken, ihre Muschi direkt über meinen Lippen. Ich saugte und leckte genüsslich, und ein Stöhnen entwich meinen Lippen, als die Frau ihre Hand über meinen Schaft gleiten ließ und dann an der Eichel saugte. Meine Eier zogen sich zusammen, und ich holte tief Luft, während ich mich bemühte, durchzuhalten. Ich musste sie zum Kommen bringen. Ich saugte weiter, gab mich meiner Lust hin und reizte ihren Kitzler, woraufhin sie einen überraschten Keuchlaut ausstieß. Als ich zwei Finger in sie einführte, warf sie den Kopf zurück und ihre üppige, honigbraune Mähne fiel ihr dabei über den Rücken. Sie kam um meine Finger und auf meinem Gesicht, während ich mit zunehmendem Verlangen weiterleckte und saugte.

„Eli", flüsterte sie an meinem Schwanz. Ich drehte mich um, sodass ich ihren Mund nehmen konnte.

„Du gehörst mir", knurrte ich.

„Immer", flüsterte sie, während ihre Hände meinen Schwanz immer noch umklammerten. Sie drückte zu, und mir wurde schwindlig, doch ich hörte nicht auf, mich zu bewegen. Meine Hand glitt über ihren Bauch und zwischen ihre Beine. Wir saßen ineinander verschlungen da, spielten miteinander und brauchten einander. Als ich sie auf den Rücken legte und in ihre feuchte Hitze glitt, stöhnten wir beide und wollten mehr. Immer mehr.

„Mehr, mehr, Eli. Ich brauche dich."

„Immer, Alexis. Ich schwöre es. Immer." Dann kam Alexis um meinen Schwanz herum, und ich schrie, mein Körper zitterte.

Der Wecker weckte mich, und ich riss die Augen auf. Mein Atem ging schwer, und ich fragte mich, warum zum Teufel ich gerade davon geträumt hatte. Von allen Menschen, von denen ich Sexträume haben konnte, war meine neue Angestellte/Hochzeitsplanerin/Beinahe-Mitbewohnerin definitiv die ungeeignetste Kandidatin.

„Scheiße", murmelte ich, setzte mich auf und fuhr mir mit der Hand durch die Haare. Ich schaute auf meinen Schritt und wäre am liebsten im Boden versunken. Denn natürlich war ich wie ein pubertierender Teenager in meinem Bettzeug gekommen, anstatt wie der Erwachsene, der ich war. Ich war fast vierzig Jahre alt und hatte einen Sex-Traum gehabt und mich im Schlaf selbst befriedigt. „Wie zum Teufel konnte ich das zulassen?", fragte ich mich und rollte mich nackt aus dem Bett. Nachdem ich meinen Wecker ausgeschaltet hatte, machte mich daran, sauberzumachen. Schnell stopfte ich meine Bettwäsche in die Waschmaschine und lief nackt durch die kleine Penthouse-

Wohnung. Wir nannten sie zwar Penthouse, aber eigentlich war es ein fast spiegelbildliches Abbild der Wohnung des Gastwirts auf der anderen Seite.

Naomi und ich waren an entgegengesetzten Enden des Haupthauses untergebracht und sahen uns selten außerhalb der Arbeit. Was auch gut war, denn ich war mir nicht sicher, ob ich wollte, dass sie mitbekam, war passierte, während ich schlief.

Ich startete die Waschmaschine – dankbar dafür, dass jede Einheit in den Apartments und Hütten über eine eigene verfügte – und ging zurück in mein Schlafzimmer. Es gab sogar ein Gästezimmer, wodurch sich die Wohnung gleich noch viel luxuriöser anfühlte, als sie war, doch ich schenkte ihm keine Beachtung. Stattdessen ging ich direkt zur Dusche und drehte das Wasser auf kalt. Als ich mich unter den Wasserstrahl stellte, erinnerte ich mich daran, dass ich heute viel zu tun hatte, um mich auf Alexis' Arbeitsbeginn am Montag vorzubereiten, ebenso wie ihren Umzug auf das Resortgelände. Wir mussten ihre Hütte vorbereiten, und dann musste ich mich mit meinen Brüdern treffen und die restlichen Aktivitäten der Woche sowie unsere Quartalsprognosen durchgehen.

Irgendwie waren wir zu Geschäftsleuten geworden, und obwohl es meine Idee gewesen war, hatte ich manchmal das Gefühl, dass ich sie auf den falschen Weg geführt hatte. Denn alles, was wir jetzt taten, war ein Risiko. Ich setzte die Zukunft meiner Familie für eine Idee aufs Spiel, die bisher vielleicht funktionierte, aber vielleicht nicht immer funktionieren würde. Also, ja, es bereitete mir Sorgen, aber ich sagte mir, dass wir das schaffen konnten. Wir hatten Krieg, Politik und unsere eigenen persönlichen Dämonen überlebt, um hierher zu gelangen. Also konnten wir auch das überstehen. Zumindest redete ich mir das ein.

Ich tat mein Bestes, um alle Gedanken an Alexis aus meinem Kopf zu verbannen, denn sie war für mich absolut tabu. Schon bei ihrer Hochzeit war sie tabu gewesen, obwohl ich damals bereits eine Anziehung zu ihr gespürt hatte. Sie hatte sich an diesem Abend verlobt und ich hatte nicht zurückgeblickt. Ich hatte es mir nicht erlaubt. Ich hatte Roy nicht gefragt, wer sie war. Als wir nach Hochzeitsplanern gesucht hatten, hatte ich mir eingeredet, dass ich nicht an sie denken müsste. Also hatte ich Roy nicht nach ihrer Nummer gefragt. Oder wie ich sie überhaupt kontaktieren könnte. Stattdessen hatten wir es mit zwei passablen, aber unzuverlässigen Hochzeitsplanern probiert und ich musste hoffen, dass Alexis, die Frau aus meinen Träumen, die Richtige für uns war. Wenn das der Fall war, dann konnte sie nicht länger die Hauptdarstellerin meiner Sexfantasien sein.

Das musste ich meinem Schwanz immer wieder sagen.

Ich versuchte mich auf das zu konzentrieren, was ich tun musste, nämlich das Treffen mit meinen Brüdern an diesem Morgen. Wir hatten unsere routinemäßigen Vorstandssitzungen der Wilder-Brüder, auch wenn nur einer von uns wirklich gerne Anzüge trug und der Rest von uns legere Kleidung bevorzugte. Aber wir waren ein Vorstand, und wir trafen uns. Das zählte.

Nachdem ich fertig geduscht hatte, sagte ich mir, dass ich mich nicht auf das konzentrieren sollte, was ich nicht haben konnte, sondern auf das, was ich hatte. Kaum war ich angezogen, vibrierte mein Handy, und ich sah, dass meine Schwester mir eine Nachricht geschickt hatte.

ELIZA

> Lexington denkt an dich. Ich hoffe, du hast einen schönen Tag. Ich werde jedem unserer Brüder verschiedene Fotos schicken, damit auch sie etwas von Lexington haben. Viel Spaß bei eurem Meeting. Ruf mich an, wenn du eine weibliche Sichtweise hören möchtest.

Ich lächelte über das angehängte Bild von Lexington, meinem Neffen. Er grinste mich mit seinem kleinen Jungen-Lächeln an, und ich seufzte. Ich liebte diesen Jungen. Ich hatte ihn seit der Adoption nur einmal gesehen, und obwohl ich wusste, dass sie gerade dabei waren, ein weiteres Kind aufzunehmen, das etwas älter war, wollte ich bald wieder nach Fort Collins fahren und die neue Familie besuchen.

ICH

> Der Kleine sieht gut aus. Vielleicht rufen wir dich einfach mal an, um Hallo zu sagen. Wir vermissen dich, kleine Schwester.

ELIZA

> Ich vermisse euch auch, großer Bruder. Geh raus und erobere die Welt, aber vergiss nicht zu leben. Du darfst auch ein Leben außerhalb der Arbeit haben. Denk daran.

Ich schüttelte den Kopf, und meine Lippen zuckten, weil ich wusste, dass sie Recht hatte, aber ich wollte mich gerade nicht damit befassen.

Stattdessen schlich ich mich auf Zehenspitzen in die Küche, wo Sandy, die Sous-Chefin, mürrisch am Herd stand, und ging zur Kaffeemaschine. „Ich würde dich fragen, ob du Hilfe brauchst, aber du weißt, dass ich nicht kochen kann."

Sie fuhr sich mit einem sauberen Handtuch über das

Gesicht und seufzte. „Du stellst doch einen neuen Koch ein, oder? Denn ich schaffe das schon, wirklich, aber ich kann nicht so viele Stunden arbeiten."

Ich nickte. „Wir werden sie heute einstellen."

„Sie?", fragte Sandy und zog die Augenbrauen unter ihrer Kochmütze hoch.

„Ich weiß, wen wir einstellen müssen. Und *du* weißt es auch."

Sandy zuckte zusammen. „Weiß er es schon?"

„Nein. Aber sie wird den Job annehmen. Sie will ihn, und er wird sich damit abfinden müssen."

Sandy seufzte und deutete dann auf die Kaffeemaschine. „Kannst du eine neue Kanne aufsetzen? Ich könnte etwas Koffein gebrauchen."

„Kein Problem. Kaffee kochen kann ich tatsächlich, und dann schicke ich einen der Jungs, um dir zu helfen."

„Heute geht es noch. Aber morgen? Morgen wird es nicht mehr gehen."

„Morgen wird sie hoffentlich schon hier sein."

Ich konnte nur hoffen, dass mein Bruder mich dafür nicht hassen würde.

Ich ging am Atrium und an der Bibliothek vorbei, wo bereits einige Leute ihre morgendliche Tasse Kaffee genossen. Ich nickte den Gästen zu, die mich anlächelten. Naomi war offenbar schon da gewesen, denn alle schienen zufrieden zu sein. Diese Gäste hatten beschlossen, ihr Frühstück im Speisesaal oder im Frühstücksraum einzunehmen statt auf ihrem Zimmer. Wir hatten ein ganzes Team, das uns dabei half, und meine Aufgabe war es, alles zu koordinieren. Ich musste dafür sorgen, dass jeder dort war, wo er sein sollte. Naomis Aufgabe war es, sicherzustellen, dass ich meine Arbeit auch tatsächlich erledigte.

Ich ging an meinem Arbeitszimmer und dem von

Everett vorbei in Richtung Sitzungssaal. Jeder von uns hatte sein eigenes Büro: Meines, das von Everett und das von Elliot befanden sich hier. Evan und Elijah hatten ihre Büros im Weingut, während East das Dachbodenbüro des Bauernhauses übernommen hatte. Wir hatten ihm angeboten, das Arbeitszimmer hier zu beziehen, aber er bevorzugte es, in der Nähe seiner gesamten Ausrüstung zu sein.

Wenn East Zeit für sich allein brauchte, dann war er dort.

Ich begab mich zum Sitzungssaal am anderen Ende des Gebäudes, der sich zufällig unter den Zimmern des Gastwirts befand. Dort stellte ich fest, dass ich der Letzte war. Alle anderen saßen bereits am Tisch und frühstückten. Ein Kellner hatte das Frühstück wohl hereingebracht. Sie nickten mir zu, als ich den Raum betrat.

„Du hast dir ja ganz schön Zeit gelassen", brummte Evan, bevor er sich über sein Omelett hermachte.

Ich zuckte mit den Schultern, nahm den Deckel von meinem Teller und lächelte über das perfekte Omelett vor mir. „Das sieht fantastisch aus. Wie kommt es, dass wir so gut essen?"

„Tun wir normalerweise nicht, aber es wird ein langer Tag, und Sandy wollte, dass wir etwas im Magen haben", meinte Everett mit einem Schulterzucken und nahm ebenfalls einen Bissen von seinem Omelett.

Die Kombination aus Käse, Pilzen und Tomaten war köstlich. Sandy war eine talentierte Köchin, aber bald würden wir eine neue Köchin bekommen, die ihr helfen würde, und das bedeutete, dass es Probleme geben würde. Diese Neuigkeit würde ich jedoch erst am Ende der Besprechung verkünden.

Elijah räusperte sich. „Lasst uns anfangen, denn wir

müssen den Raum gleich für eine Besprechung freimachen. Ein paar Gäste haben den Raum reserviert."

Ich nickte Elijah zu. Wir nutzten diesen Konferenzraum zwar für unsere Meetings, weil er der größte Raum war, in dem wir alle arbeiten und Dinge erledigen konnten, aber wir ließen auch Gäste ihn für ihre eigenen Zwecke nutzen.

„Dann fangen wir an", sagte ich und holte mein Tablet heraus. Ich hatte einen ganzen Ordner voller Notizen und mein Tablet, genau wie alle anderen auch. Wir aßen und besprachen den Traum und den Stress, der mit Wilder Resorts and Winery verbunden war.

„Also haben wir Alexis eingestellt?", fragte Elliot und hüpfte fast auf seinem Stuhl herum.

Ich nickte und ignorierte meinen Schwanz, der allein bei der Erwähnung ihres Namens zuckte. Nun, da ich ihr Chef sein würde, musste ich mich wirklich zusammenreißen. Ich war kein Arschloch, das musste ich mir immer wieder ins Gedächtnis rufen.

„Ja, das haben wir. Sie zieht morgen ein."

„Also nimmt sie das leere Haus?", fragte East und machte sich Notizen. „Ich weiß, dass du mir das schon gesagt hast, aber ich wollte mich noch einmal vergewissern."

„Ja, das tut sie. Es ist doch bereit, oder?"

„Ja, aber ich werde noch einmal überprüfen, ob die Leitungen funktionieren und die Klimaanlage läuft. Sie muss sich erst einmal mit der Temperatur arrangieren, bis alles richtig eingestellt ist, aber ich werde für sie lüften."

„Ich werde kurz vorher das Reinigungspersonal vorbeischicken und dafür sorgen, dass sie Blumen und einen Willkommenskorb mit Obst und Käse bekommt", sagte Elliot und notierte sich etwas.

Ich grinste und fragte mich, wie zum Teufel der Sanitätsfeldwebel zum Eventplaner geworden war. Und obwohl ich wusste, dass es meine Schuld war, war Elliot verdammt gut darin. Und er war dabei deutlich glücklicher als früher. Unser aller Leben hatte eine drastische Wendung genommen, und jetzt machten wir alle etwas völlig anderes.

„Sie wird ihr eigenes Büro wollen, genau wie die anderen Hochzeitsplaner", warf Everett ein.

„Ja, vermutlich. Sie kann selbst entscheiden, was sie tun möchte, und sich mit uns absprechen. Aber sie wird hauptsächlich mit Elliot zusammenarbeiten, oder?", fragte ich.

Elliot schüttelte den Kopf. „Nein, ich glaube, genau das war vorher das Problem. Solange wir Meetings abhalten, um zu entscheiden, wer was macht, damit es keine Überschneidungen gibt, solltest du direkt mit ihr zusammenarbeiten. Meinst du nicht?"

Everetts Grinsen wurde breiter, als er mich anstarrte, und ich kniff die Augen zusammen. „Hör auf damit", murrte ich.

„Womit?", fragte Elijah und beugte sich vor. „Läuft da etwas zwischen dir und der Hochzeitsplanerin? Ich hoffe nicht."

Ich schloss resigniert die Augen. „Nein. Aber das ist in Ordnung. Ich werde direkt mit ihr zusammenarbeiten. Das hätte ich von Anfang an tun sollen."

„Wenn du das sagst", brummte Evan.

„Apropos ‚wenn du das sagst', lasst uns über die nächste Veranstaltung im Weingut sprechen."

Evan sah Elijah an, der mit den Schultern zuckte. „Wir liegen im Plan. Dank Amos läuft alles wie am Schnürchen." Er klopfte auf Holz. Dann sprachen sie über den Weinbergmanager, der schon vorher dort gearbeitet hatte und einer der brillantesten Männer war, die Evan je getroffen hatte. Er kannte sich mit Trauben und Weinen aus und wusste genau, wie das Weingut zu führen war. Er wollte nur keinen Titel wie Direktor, Winzer oder Betriebsleiter. Er mochte seine Reben und sorgte dafür, dass meine Brüder genau wussten, was sie für den Betrieb des Weinguts tun mussten.

„Wir liegen mit den Weinen im Plan, aber vieles davon war ja schon vorbereitet worden. Ja, wir stellen unsere Wilder-Weine so her, wie es unser Onkel getan hat, und wir müssen uns um die Strategien, die Abfüllung und die nächste Weinlese kümmern. Aber im Moment konzentrieren wir uns vor allem auf die Führungen und die Weinclubs. Wir brauchen Leute, die kommen, sich den Wein ansehen, ihn in ihre Läden und in ihre Häuser bringen und ihn flaschenweise, kistenweise oder nach Vereinbarung verkaufen. Daran arbeiten wir gerade.“

„Die Fässer sind bereit. Bald zapfen wir das nächste an. Wir haben eine Ernte und eine Kelterung, alles auf einmal. Aber wir kommen voran“, fügte Evan hinzu. „Amos leitet das Ganze, auch wenn er behauptet, dass wir die Verantwortlichen sind.“

Ich beugte mich nach vorne; mein Omelett war inzwischen aufgegessen. „Ich weiß, das ist ein völlig anderes Konzept, als wir erwartet hatten. Vielleicht hätte es mehr Sinn ergeben, wie Roy in eine Brauerei einzusteigen. Aber das Weingut gehörte nun einmal zum Resort. Zum Grundstück.“

Und auch wenn Evan da drüben so tut, als wäre er anderer Meinung, er kennt sich mit Wein aus. Und mit Trauben. Und er lernt noch mehr von Amos. Wir kriegen das hin“, warf Elijah ein, woraufhin Evan ihm einen finsteren Blick zuwarf.

Ich schüttelte nur den Kopf und ging zur nächsten Phase des Geschäfts über.

„Okay, ich bin froh, dass wir eine Hochzeitsplanerin haben. Wir haben schließlich vier Hochzeiten vor uns. Die Paare sind mit ganz genauen Vorstellungen zu uns gekommen und wir müssen dafür sorgen, dass sie bei uns bleiben."

„Darum kümmere ich mich", sagte Elliot.

„Gut. Die Weintour und das nächste große Event, das wir vor uns haben, laufen gut. Alles nach Plan. Und der Verkauf?", fragte ich.

Elijah beugte sich vor. „Unsere Vertriebsleiterin weiß, was sie tut, und ich arbeite mit ihr zusammen. Wir haben es im Griff."

„Okay, dann brauchen wir als Nächstes einen Koch."

Evan erstarrte, während die anderen demonstrativ überall hinsahen, nur nicht zu ihm. Ich räusperte mich. Ich räusperte mich. „Wir hatten vorher eine launische Zicke und wir wissen, wen wir einstellen müssen. Sie hat ihren Lebenslauf eingereicht, sie ist die Beste für diesen Job und wir brauchen sie."

„Du meinst das verdammt noch mal ernst", knurrte Evan.

Als ich meinen Bruder ansah, fühlte ich mich schlecht wegen meiner Entscheidung, aber sie war perfekt für diese Aufgabe. Und ehrlich gesagt musste Evan tatsächlich trauern. Oder zumindest seinen Verlust verarbeiten.

„Kendall ist die Beste für diesen Job. Sie hat die Erfahrung, die Fähigkeiten, und wir kennen sie."

„Nein, du kanntest sie nicht, oder vielleicht kannte ich sie nicht." Evan wandte sich ab, rieb sich den Oberschenkel, und ich widerstand dem Drang, zusammenzuzucken. Die anderen schwiegen, obwohl ich wusste, dass sie in dieser Sache auf meiner Seite standen. Ich hasste es immer noch, in dieser Situation der große Bruder zu sein.

„Ich weiß, dass ihr Dinge zu klären habt."

„Haben wir nicht. Wir haben schon alles geklärt."

„Wenn das so wäre, wärst du vielleicht nicht so wütend. Aber komm schon, Evan, wir brauchen Kendall. Du weißt, wie gut sie ist. Ich kann sie nicht einfach nicht einstellen, obwohl ich weiß, dass sie die Beste für diesen Retreat ist, nur weil sie deine Ex-Frau ist."

Noch während ich die Worte aussprach, wusste ich, dass sie falsch waren. Elijah blinzelte mich an, und ich seufzte. „Es tut mir leid. Das war falsch. Wenn du damit nicht klarkommst oder, verdammt, wenn sich herausstellt, dass du dich scheiden lassen hast, weil sie eine schreckliche Person ist und nicht vertrauenswürdig? Dann stellen wir sie nicht ein. Aber das alles wissen wir nicht, Evan. Du erzählst uns nichts über sie. Und es ist schwer, im Moment jemanden für diese Stelle zu finden. Sandy braucht Hilfe. Und ich weiß nicht, was ich sonst tun soll."

Evan sah mir in die Augen, und der Kampf der Gefühle, der sich in seinem Gesicht abspielte, brachte mich fast um. „Sie ist vertrauenswürdig. Vielleicht sogar ein bisschen zu vertrauensselig, aber verdammt, sie ist die Beste in ihrem Fach. Sie wird großartig für das Unternehmen sein. Ich muss mich einfach zusammenreißen."

In diesem Moment fühlte ich mich ungefähr einen halben Meter groß. „Das solltest du nicht tun müssen, Evan. Verdammt. Ich werde jemand anderen finden."

Mein Bruder schüttelte den Kopf, sein Kiefer war angespannt. „Du hast doch schon gesucht. Deshalb hatten wir vorher diesen Vollidioten."

„Stimmt", sagte ich, und meine Lippen zuckten. „Aber das ist ein Familienbetrieb. Und ich muss meinen Kopf aus meinem Arsch ziehen und mich tatsächlich um meine

Familie kümmern und nicht um einen Job. Das hat mir Eliza heute in einer Nachricht geschrieben."

Elliot lachte und beugte sich vor. „Mir auch. Man könnte meinen, sie würde das einfach in einem Gruppenchat machen, aber nein, sie muss ihren großen Brüdern einzeln sagen, dass sie keine Arschlöcher sein sollen."

Das brachte uns zum Lachen, aber ich hielt meinen Blick auf Evan gerichtet. „Wenn es dir zu viel wird, sag es mir."

„Nein, es ist okay. Wir sind seit Jahren geschieden. Außerdem waren wir sowieso nicht lange verheiratet. Und verdammt, wir alle wissen, dass ich nicht mehr derselbe Mann bin wie damals, als ich sie geheiratet habe."

Damit schob Evan seinen Stuhl zurück, stand langsam auf, richtete seine Beinprothese und stürmte hinaus.

Ich sah meine Brüder an und wusste nicht, was ich sagen sollte.

Wir hätten ihn fast verloren. Wir hätten Evan beinahe verloren. Und es gab nichts, was wir hätten tun können, damit er wieder ganz gesund wurde. Es war seine Aufgabe gewesen, Menschen zu retten. Sie zu retten. Aber wir hatten ihn nicht retten können.

Nicht vor dem Feind. Nicht vor sich selbst. Und nicht vor einer Ehe, die ihn fast gebrochen hätte, auch wenn wir die Details nicht kannten.

Also sah ich Evan nach und holte mein Handy heraus, bereit, die Frau anzurufen, die alles verändern oder meinen Bruder zerstören konnte. Ich musste hoffen, dass ich die richtige Entscheidung traf. Etwas, das ich in letzter Zeit viel zu oft tat.

Und ich hasste mich dafür.

KAPITEL 4

Alexis

Obwohl ich wusste, dass viele meiner Habseligkeiten und Möbel in einem Langzeitlager untergebracht waren, machte es mir ehrlich gesagt ein wenig Sorgen, dass mein ganzes Leben in zwei Koffer, eine Laptoptasche als Handgepäck und eine winzige Kulturtasche passte. Wenn ich ehrlich war, hätte ich wahrscheinlich sogar alles in die zwei Koffer stopfen können, weil noch Platz übrig war. Da ich auf der Couch meiner Freundin schlief, während ich darauf wartete, ins Wilder Resort zu ziehen, wünschte ich mir jedoch trotzdem, ich hätte weniger mitgenommen.

Amy lächelte mich an, doch das Lächeln erreichte ihre Augen nicht ganz. Wahrscheinlich war sie langsam genervt von mir, während ich mein Bestes tat, um ihr nicht auf die Nerven zu gehen. Ich war ihr wirklich dankbar. Sie hatte mich eine ganze Woche auf ihrer Couch schlafen lassen, obwohl sie das nicht hätte tun müssen. Es war nur so, dass mein sechsmonatiger Mietvertrag ausgelaufen war und ich aufgrund einer Kreditwürdigkeit, die mich selbst schockiert hatte, keine neue Bleibe gefunden hatte.

Das passiert, wenn man sich von einem Mann scheiden lässt, der sein Bestes getan hat, die Kreditwürdigkeit beider zu ruinieren, bevor er gegangen ist.

Ich hatte die Wohnung verloren und konnte mir kein Hotel für eine Woche leisten.

Amy hatte mir geholfen.

Erst jetzt wurde mir klar, dass ich viel zu viel von ihrer Zeit in Anspruch genommen und unsere ohnehin schon in Mitleidenschaft gezogene Freundschaft überstrapaziert hatte.

„Ich bin froh, dass du deinen Weg gefunden hast. Ich meine, du hattest genug Zeit, um über Clint hinwegzukommen. Jetzt kannst du weitermachen, Hochzeiten planen und tun, was du tun musst."

Nickend schloss ich den Reißverschluss meiner Tasche und versuchte, ein Lächeln auf meinem Gesicht zu behalten. „Ich versuche es. Der Job wird gut. Der Ort ist wunderschön."

„Ich habe Gutes über das Wilder Resort gehört, obwohl die meisten Veranstaltungen meiner Familie auf der Dodge Ranch stattfinden. Du weißt schon, Loyalität und so."

Ich unterdrückte ein Zusammenzucken und fragte mich, ob das ein gezielter Seitenhieb darauf war, dass ich offenbar bei der Konkurrenzfirma ihrer Freundin arbeiten würde, obwohl ich bis heute nicht einmal gewusst hatte, dass sie die Familie Dodge kannte.

Vielleicht wollte Amy mich auch einfach nur aus dem Haus haben, um sich auf die Rückkehr ihres Mannes von einem langen Einsatz vorzubereiten. Während ihrer Ehe war ihr Mann die meiste Zeit weg, und wenn er da war, betrog er sie, behandelte sie wie Dreck und war selten zu Hause. Dies war ihr vierter Versuch, und laut Amy würden sie es diesmal schaffen.

Angesichts von Amys und meiner Ehe war es ein Wunder, dass ich überhaupt noch an die Liebe glaubte. Ich war die Hochzeitsplanerin, die mit allem, was nach dem Jawort kam, nichts zu tun haben wollte. Ich wollte den Tag für alle Bräute und Bräutigame so schön wie möglich gestalten und nicht darüber nachdenken, was danach kam.

Denn daran glaubte ich nicht mehr.

„Wenn mein Mann bald zurückkommt, ist es jedenfalls gut, wenn du aus dem Haus bist. Dann habe ich Zeit, aufzuräumen und mich für ihn fertig zu machen. Wenn du weißt, was ich meine." Amy zwinkerte mir zu.

Ich schüttelte nur den Kopf und lächelte diesmal wirklich. „Ich hoffe, ihr habt eine wunderbare Zeit, wenn er zurückkommt."

„Das werden wir. Das haben wir immer." Amy zuckte nur mit den Schultern und verschränkte die Arme vor der Brust. „Nach der Pause ist es immer etwas schwierig, aber dieses Mal wird alles gut gehen. Ich spüre es einfach."

„Das hoffe ich."

Amy kniff die Augen zusammen. „*Hoffe* nicht darauf. Es *ist* so. Und mach dir keine Sorgen. Du wirst bald den Mann deiner Träume finden. Es war nicht Clint, aber das ist in Ordnung. Vielleicht kannst du dir einen der Wilder-Brüder schnappen. Auf der Basis habe ich gehört, dass sie alle Single sind. Single, verdammt sexy und vielleicht ein bisschen geschädigt, aber das sind die Besten immer."

Sie verdrehte die Augen und klopfte sich mit der Handfläche auf das Herz.

„Ich glaube nicht, dass ich auch nur annähernd bereit

bin, wieder einen Mann in mein Leben zu lassen. Die Menschen, mit denen ich bei ihren Hochzeiten zusammenarbeite, geben mir genug Liebe." Das war keine Lüge.

„Das sagen sie alle. Und hey, wenn mein Mann zurückkommt und es diesmal gut läuft, kannst du vielleicht die Erneuerung unseres Eheversprechens planen."

„Wenn es im Wilder Resort stattfindet, bin ich dabei." Ich lächelte, wusste aber, dass ich wieder etwas Falsches gesagt hatte.

Amy zuckte zusammen. „Nein, wir müssten es bei Dodge machen. Du weißt schon, die Familie geht vor." Ich hob die Augenbrauen, und sie winkte ab. „Mach dir keine Sorgen. Jetzt laden wir diese Koffer in dein Auto und bringen dich raus." Sie zwinkerte mir zu, als sie das sagte, und ich hatte das Gefühl, dass sie wirklich froh war, ihr Zuhause wieder für sich zu haben.

Amy hatte genug von dieser Vereinbarung, und ehrlich gesagt, ich auch.

Das machte mich zu einer Idiotin. Aber ich brauchte auch eine Pause. Amy und ich standen uns nie besonders nahe, aber wir hatten es versucht. Und das Zusammenleben hatte mir offenbar vor Augen geführt, dass ich keine guten Freundinnen mehr hatte. Dafür hatte Clint gesorgt.

Wir stopften meine Sachen in meinen SUV, der ohnehin schon voll beladen mit meiner Arbeitsausrüstung. Nachdem ich Amy zum Abschied umarmt hatte, machte ich mich auf den Weg zu den Wilders.

Das war nicht das Leben, das ich mir vorgestellt hatte. Ich hatte einen Plan gehabt, eine Firma. Nach der Scheidung hatte Clint mir alles genommen, weil sein Anwalt ein Haifisch war. Ich war so naiv gewesen zu glauben, dass der Richter aufgrund seiner Untreue, seiner Geldprobleme und seines emotionalen Kummers auf meiner Seite stehen würde. Doch ich hatte mich gewaltig getäuscht. Ich hatte alles verloren. Alles.

Mein Zuhause, meine Firma und einen Teil meines guten Rufs. Der einzige Grund, warum die Wilders mich überhaupt eingestellt hatten, war, dass Roy mich mochte und die Wilders nicht aus der Gegend stammten und nicht wussten, was Clint mir angetan hatte.

Clint hatte überall herumposaunt, dass ich mit Bräutigamen schlafen würde, um mir Vorteile zu verschaffen. Er stornierte Torten, Blumen und Bands in meinem Namen, sodass ich mich am Tag der Hochzeit verzweifelt um Ersatz kümmern musste. Das Brautpaar hat mir das nie verziehen. Und das war nicht nur einmal vorgekommen.

Und als ob das nicht genug wäre, hatte er mir auch noch den Firmennamen weggenommen. Jetzt hatte ich nichts mehr. Nur ein paar Leute glaubten mir und ich hatte ein Zuhause, das ich durch meinen neuen Job bekommen würde. Ich lebte auf dem Land mit einer Gruppe von Männern, die ich nicht kannte. Wir waren umgeben von Fremden, die für ihren Urlaub kamen und gingen.

Es fiel mir schwer, an die Liebe zu glauben, und ich war mir nicht sicher, ob ich das jemals wieder tun würde – selbst wenn ich so tun müsste, um meinen Job zu machen.

Ich fuhr auf die Ranch und bog rechts zum Geschäftseingang ab, der näher am Weingut lag. In der Ferne konnte ich die Weinreben sehen. Menschen liefen zwischen den Reihen hindurch, einige auf einer Führung, andere bei der Arbeit. Die Leute arbeiteten sich den Arsch ab, das wusste ich, und die meisten von ihnen waren schon vor dem Besitzerwechsel dort beschäftigt gewesen und geblieben. Offenbar behandelten die Wilders sie so gut, dass sie bleiben wollten. Das war ein gutes Zeichen und zeigte, dass sie anständige Chefs waren. Jetzt musste ich ihnen nur noch beweisen, dass ich den Job verdient hatte. Dass ich hierher gehörte. Und dass ich nicht nur ihre letzte Notlösung war.

Ich folgte Elliots Wegbeschreibung zu einem kleinen Häuschen. Ja, es war eine Hütte, aber keine Blockhütte. Sie sah eher aus wie eine Miniaturversion einer der Villen, genauso wie viele der anderen Gebäude hier. Das hier war keine typische Ranch mit Blockhütten. Es war einzigartig und wunderschön. Ich hatte schließlich mit nichts angefangen.

Ich stieg aus dem Auto und machte einen taumelnden Schritt zurück, als jemand mit einem kleinen Lächeln im Gesicht aus dem Gebäude kam. Ich erkannte ihn nicht sofort, wusste aber, dass er Elis Bruder sein musste.

„Mr. Wilder", begann ich und fragte mich, warum er überhaupt hier war und ob ich mich vielleicht in der Hütte geirrt hatte.

Der Mann schnaubte. „Wir sind zu viele, um uns so zu nennen. Ich bin Everett. Ich bin der Finanzchef des Wilder Resorts und wollte nur noch einmal überprüfen, ob East alles für dich vorbereitet hat."

„East."

Im Kopf ging ich die Wilder-Brüder mit E durch. „Er ist für die Instandhaltung zuständig?"

„Ja, er nennt sich Handwerker, aber er macht alles. Er hat die Hütte geputzt und für dich vorbereitet. Sie scheint bezugsfertig zu sein, und Naomi, unsere Gastwirtin, hat dir ein paar Leckereien geschickt. Aber lass mich dir helfen, dein Auto auszuladen."

Ich sah ihm in die Augen und schluckte schwer. „Das ist nicht nötig. Ich schaffe das schon. Aber danke."

Everett lächelte mich nur beruhigend an. „Lass mich helfen. Eigentlich wäre Eli hier gewesen, schließlich kennst du ihn am besten, aber er hat gerade ein Vorstellungsgespräch mit unserer neuen Köchin. Besser gesagt: Chefköchin.“

„Ihr stellt eine neue Chefköchin ein?“, fragte ich neugierig. Ich würde oft mit dieser Person zusammenarbeiten, daher wäre es gut, das zu wissen.

Everett seufzte. „Das ist eine lange Geschichte, nun ja, nicht allzu lang. Wie bei der Stelle als Hochzeitsplaner brauchen wir auch einen Chefkoch, der nicht gleich das Handtuch wirft, wenn es mal schwierig wird. Wir werden ziemlich sicher Kendall einstellen. Du wirst sie mögen. Wir mögen sie jedenfalls.“

Ich öffnete den Kofferraum meines SUVs und runzelte die Stirn. „Ihr kennt sie schon?“

Everett zuckte zusammen. „Kendall ist Evans Ex-Frau.“

Das wäre also ein weiterer Bruder. Derjenige, der im Weingut arbeitete. „Von allen Köchen, stellt ihr ausgerechnet die Ex-Frau eures Bruders ein?“, fragte ich trocken.

„Ich habe nicht gesagt, dass es eine gute Idee ist. Es ist einfach so.“ Everett zuckte mit den Schultern und holte beide Koffer aus dem Kofferraum des SUVs. „Sie ist eine hervorragende Köchin, ein guter Mensch, und sie war klug genug, meinen Bruder zu heiraten. Leider war mein Bruder nicht klug genug, sie zu halten, aber das ist ihre Geschichte, nicht meine. So oder so, wir sind alle damit einverstanden. Sie wird sich gut einfügen. Sie kennt uns und ist gut in dem, was sie tut. Du wirst oft mit ihr zusammenarbeiten, denn sie wird auch das Catering für alle Hochzeiten übernehmen.“

„Alleine?“, fragte ich und blinzelte.

„Nein, sie hat ein Team“, antwortete Everett lachend. „Wir sind ein größeres Unternehmen, als die meisten Leute denken, also wird sie Mitarbeiter haben. Wir brauchten nur jemanden, der alles leitet, und sie ist gut darin."

„Das ist beeindruckend." Ich kannte zwar einige Bereiche des Unternehmens, aber mein Anteil davon war im Vergleich zum Rest nur ein winziger Bruchteil.

„Wir geben unser Bestes. Wir sind seit einem Jahr hier und schreiben schwarze Zahlen, falls du es wissen willst", sagte Everett mit einem Augenzwinkern.

Ich grinste. Bei diesem bestimmten Wilder-Bruder konnte ich einfach nicht anders. „Das ist gut zu wissen."

„Als wir den Laden gekauft haben, schrieb er schon schwarze Zahlen, also versuchen wir nur, das nicht zu ruinieren, was bereits da war."

„Und eure Wilder-Note hinzuzufügen?", fragte ich lachend.

„Genau. Mit dem Hochzeitsbereich hatten wir am meisten Schwierigkeiten. Deine Vorgänger haben immer wieder versagt. Du weißt, dass du heute noch Termine hast, oder?" fragte er, als wir das Gebäude betraten, und ich konnte nichts antworten.

Ich konnte nur diesen bezaubernden Ort betrachten, der mein Zuhause war – meines, nicht das von Clint oder jemand anderem. Es gehörte den Wilders, aber es war *mein* Zuhause. Ich würde dafür arbeiten. Die Küche war grau und weiß, die Oberschränke weiß, die Unterschränke grau. Und sie war komplett in Grau-, Weiß- und Silbertönen gehalten, mit einem knallroten Schrank unter dem Fernseher. Feminin und doch fast schon im Landhausstil. Es war nahezu genau so, wie ich es selbst eingerichtet hätte.

„Die Hütte ist wunderschön."

Everett grinste. „Ich werde es East ausrichten", lachte er. „Und Eli. Sie haben geholfen, die Hütte mit allem auszustatten, was du brauchst."

„Eli hat das gemacht?", fragte ich mit etwas höherer Stimme.

Everett erwiderte meinen Blick. „Und East. Aber ja, Eli hat einige zusätzliche Dinge für dich ausgesucht. Naomi hat am Ende geholfen, aber es ist hauptsächlich Elis Werk. Du kannst dich erst einmal einrichten, aber du hast am Nachmittag noch ein Meeting."

„Ich weiß. Es steht in meinem Kalender."

„Du magst also Kalender?", sagte eine Stimme hinter mir. Als ich mich umdrehte, sah ich einen Mann hereinkommen, der ebenfalls wie ein Wilder-Bruder aussah. Er hatte einen Korb voller Obst, Cracker und Pralinen in den Händen und grinste. „Hallo, ich bin Elliot. Wir haben telefoniert."

Ich lächelte ihn an. Diese Wilder-Brüder hatten einfach etwas. „Ja, richtig. Schön, dich persönlich kennenzulernen."

„Darf ich sagen, dass ich mich sehr freue, dass du hier bist? Ich arbeite auch gerne mit Kalendern, trotz meines ersten Jobs."

„Was war dein erster Job?"

Elliot zuckte mit den Schultern, als er den Korb abstellte. „Ich war Sanitäter."

„Und jetzt bist du der Eventplaner für das Wilder Resort?", fragte ich überrascht.

„Ja. Und für Wilder Wines. Ich mache beides. Deshalb brauchten wir jemanden, der uns bei den großen Veranstaltungen mit vielen Leuten hilft. Sprich Hochzeiten. Ich war ein guter Sanitäter, aber ich bin ein noch besserer Planer. Was das über mich aussagt, weiß ich allerdings nicht." Elliot winkte ab. „Wie auch immer, willkommen. Du wirst noch alle Brüder kennenlernen. Wahrscheinlich sogar heute, da wir alle im Hauptgebäude unterwegs sind. Ich wollte dich nur persönlich willkommen heißen. Aber wie ich sehe, hat Everett das bereits getan. Ihr kanntet euch schon, oder?", fragte Elliot.

Ich wandte mich mit hochgezogenen Augenbrauen an Everett. „Tun wir das?"

Der andere Mann schüttelte den Kopf. „Nein, aber ich habe dich schon aus der Ferne gesehen."

„Das klingt überhaupt nicht unheimlich", neckte ich ihn.

Everett seufzte. „Ich war auf der Hochzeit, auf der du mit Eli getanzt hast, als wir beschlossen haben, dieses Grundstück zu kaufen."

Ich erstarrte und blinzelte. „Oh. Ich hätte mir denken können, dass Eli nicht allein dort war."

„Eli ist ziemlich unvergesslich", neckte Elliot.

Ich schaute nur zwischen den beiden Brüdern hin und her und schluckte schwer. „Ich schätze, bei dieser Hochzeit wurden ein paar wichtige Entscheidungen getroffen, oder?"

„Vor zwei Jahren hat sich für uns alles verändert", flüsterte Elliot. „Wir haben die Wilder Resorts übernommen."

„Und du hast dich verlobt", fügte Everett hinzu und verzog dann das Gesicht. „Tut mir leid."

„Nein, schon gut. Ihr wart schließlich dabei, als ich mich verlobt habe. In der Öffentlichkeit. Ich würde gern eine Regel aufstellen, dass wir unser Bestes tun, damit so etwas bei keiner Wilder-Hochzeit passiert. Was sagst du dazu?"

„Ich bin voll dafür", warf Elliot ein. „Öffentliche Heiratsanträge sind lächerlich."

„Danke!", sagte ich mit einem Lächeln und hob meine Hände in die Luft. „Und irgendwann, wenn wir Freunde sind und ich ein schönes Glas Wein in der Hand habe, erzähle ich euch genau, warum sie so lächerlich sind."

„Wir leben auf einem Weingut. Ich bin sicher, wir

können Wein auftreiben", sagte Everett leise. „Du kannst erst einmal ankommen, aber wir haben um zwei Uhr ein Meeting. Passt das?"

„Ja, natürlich. Ich möchte mich nur bedanken. Für alles." Ich erwiderte den Blick der beiden Brüder, und sie nickten und zuckten gleichzeitig mit den Schultern, was mir verriet, dass sie weit mehr als nur Brüder waren. Sie waren Freunde.

„Bis später. Und wenn du Fragen hast, hast du unsere Nummern. Ich bin mir nicht sicher, ob Evan oder East zurückschreiben werden, denn Gott bewahre, dass sie tatsächlich ihre Handys benutzen. Aber Elijah, wir und sogar Eli werden antworten."

„Ich werde euch übrigens nie auseinanderhalten können. Ihr braucht Namensschilder."

Everett lächelte, als Elliot lachend den Kopf zurückwarf.

„Das solltest du unserer Mutter sagen. Wir wurden fast unser ganzes Leben lang mit Nummern bezeichnet."

„Sie klingt wie eine wunderbare Frau."

Die beiden blickten finster drein, und ich hatte das Gefühl, etwas Falsches gesagt zu haben.

„Unsere Eltern waren wirklich toll. Wir haben sie leider schon vor einiger Zeit verloren, aber sie waren immer für uns da. Auch wenn es sich anfühlt, als wäre es schon ewig her."

„Es tut mir leid."

„Schon gut. Wir erwähnen unsere Eltern oft, weil sie sich mit uns herumschlagen mussten. Du hast nichts Falsches gesagt. Und damit bringen wir die peinliche Stille hinter uns und machen uns wieder an die Arbeit. Wir sehen uns später", sagte Elliot und salutierte, bevor er hinausging. Everett schüttelte schweigend den Kopf und folgte seinem vermutlich jüngeren und deutlich energiegeladeneren

Bruder. Die Tür schloss sich hinter ihnen, und ich stand allein in meinem neuen Zuhause und fragte mich, worauf ich mich hier eigentlich eingelassen hatte.

NACHDEM ICH AUSGEPACKT UND MICH ETWAS EINGERICHTET hatte, meine E-Mails durchgesehen und mir überlegt hatte, worüber ich während des Meetings sprechen wollte, falls mir Fragen gestellt würden, war ich nervös, aber bereit, loszulegen.

Das war mein Neuanfang.

Ursprünglich war ich nur für ein Vorstellungsgespräch hierhergekommen. Ich hatte mich an die Wilders gewandt, also würde ich dafür sorgen, dass es funktionierte. Ich würde die Hochzeiten hier so schön wie möglich gestalten und wir würden erfolgreich sein. Das Wilder Resort war für seine Führungen bekannt. Auch die Veranstaltungen und Partys waren beliebt. Für Hochzeiten war es jedoch bisher nicht bekannt. Zwar fanden hier Hochzeiten statt, aber sie waren nicht die Nummer eins und waren es auch unter den früheren Eigentümern in der Gegend von San Antonio nicht gewesen. Das würde sich nun ändern. Mit meiner Hilfe würden wir das schaffen.

Ich betrat das Hauptgebäude und lächelte Naomi zu, als sie mir zuwinkte und dann nach oben zeigte. Ich nickte. Das Treffen fand im Sitzungssaal statt, und ich würde endlich alle Wilder-Brüder auf einmal sehen und hoffte, dass ich ihre Namen richtig aussprechen konnte.

Die Leute lächelten und wirkten glücklich, hier zu sein. Gäste aus dem Resortbereich und den Hütten mischten sich unter die Besucher der Weintour. Überall waren Mitarbeiter, aber nur, wenn man genau hinsah. Es war, als wären sie nur da, wenn sie gebraucht wurden, und würden sich ansonsten bemühen, unsichtbar zu bleiben. Der Betrieb schien zu laufen wie eine gut geölte Maschine. Ich fragte mich, ob das noch vom alten Management stammte oder ob es daran lag, dass hier eine Gruppe ehemaliger Militärmänner arbeitete, die wussten, wie man Befehle erteilte und befolgte.

Bei diesem Gedanken zuckten meine Lippen, und ich machte mich auf den Weg zum Sitzungssaal, vorbei an Elis Büro, während ich mich fragte, warum Eli der einzige Name war, der mir immer wieder in den Sinn kam. Technisch gesehen war er mein Chef. Sie alle waren meine Chefs, und unser Tanz war schon zwei Jahre her. In dieser Zeit kann sich das Leben komplett verändern. Auch *ich* hatte mich seitdem verändert. Ich musste nicht über einen Tanz mit einem Mann nachdenken, den ich nicht kannte.

Ich trat in die Tür und blinzelte, während ich mein Lachen unterdrückte, als ich bemerkte, dass alle sechs großen, kräftigen Männer mit dunklem Haar, hellen Augen und markanten Kinnpartien Namensschilder trugen.

Jeder einzelne von ihnen trug ein Namensschild, auf dem nicht einfach nur „E. Wilder" stand. Sie hatten sich mir zuliebe schnell Namensschilder gebastelt.

Zumindest hoffte ich, dass sie es mir zuliebe getan hatten.

Meine Lippen zuckten erneut, als Elliot beide Daumen hob. „Was denkst du? Wenn du den Namen neben dem Gesicht siehst, bekommst du es vielleicht hin."

„Ich hoffe, sie lernt unsere Namen noch heute, denn ich werde dieses verdammte Ding nicht noch einmal tragen", brummte East.

Ich winkte ihm zu. „Es ist schön, dich kennenzulernen, East."

Er lächelte, und glücklicherweise erreichte dieses

Lächeln auch seine Augen. „Ich bin froh, dass die Namensschilder vorerst funktionieren. Normalerweise bin ich derjenige, der bis zu den Ellbogen in Dreck steckt. So kannst du mich erkennen."

„Eine schöne Art, Leute kennenzulernen", flüsterte Everett und schüttelte den Kopf.

Evan lehnte mit verschränkten Armen an der Wand, nickte mir jedoch zu und hob dann sein Kinn, was ich als Erfolg wertete.

Elijah trug einen grauen Anzug, der die Farbe seiner Augen betonte. Lächelnd reichte er mir die Hand. „Schön, dich kennenzulernen, Alexis. Ich bin gespannt, was du aus diesem Ort machst."

„Es freut mich auch, dich kennenzulernen. Ich habe viel Gutes über das Weingut gehört."

Elijah lächelte nur, als er mir die Hand schüttelte. „Wir sind gut in dem, was wir tun. Evan da drüben ist zwar ein wenig mürrisch und kann manchmal ein Arschloch sein, aber er ist der Beste."

„Achte auf deine Ausdrucksweise!", schimpfte Elliot.

Ich schüttelte den Kopf. „Hier ist niemand außer uns. Du kannst gerne fluchen."

Da wurde mir klar, dass ich tatsächlich die einzige Frau in einem Raum voller sechs sehr großer Männer war. Doch ich fühlte mich weder eingeschüchtert noch in Gefahr. Sie alle ließen mir Freiraum, und versuchten nicht, dein Raum einzunehmen oder mich klein fühlen zu lassen. Ich fühlte mich ihnen ebenbürtig, obwohl sie meine Chefs waren. Ich hatte keine Ahnung, wie sie das schafften, und da ich schon oft in Räumen mit Gruppen von Männern gewesen war, die nicht einmal bemerkt hatten, wie überwältigend sie wirkten, musste ich ihnen dafür wirklich Respekt zollen.

„Wie auch immer, hallo, schön, euch kennenzulernen.

Ich glaube, das sind alle, oder?", fragte ich, und Eli räusperte sich. Ich gab mir Mühe, ihn nicht anzustarren, was mir wirklich schwerfiel. Denn es war Eli. Der Mann, mit dem ich getanzt hatte, an den ich mich praktisch gedrückt hatte.

Und ich konnte immer noch seine Wärme spüren.

Und das reichte mir auch schon.

„Wir freuen uns, dass du hier bist. Übrigens, wenn es dir zu viel wird, wenn wir alle zusammen in einem Raum sind, sag uns Bescheid. Unsere kleine Schwester Eliza schimpft uns immer, wenn das passiert."

„Das erklärt einiges", sagte ich und fuhr fort, als ich ihre Gesichter sah. „Ich habe nämlich gerade gedacht, dass ihr nicht versucht, einschüchternd zu wirken. Ihr seid zwar alle riesig, aber ich fühle mich nicht unwohl, wenn das Sinn ergibt. Wobei ich mich jetzt schon wieder komisch fühle, weil ich das überhaupt gesagt habe." Mein Gesicht fühlte sich an, als stünde es in Flammen.

„Keine Sorge. Wir *sind* seltsam. Jetzt setzen wir uns", sagte Eli, und ich nahm an einer Seite des Tisches Platz, während sich die Brüder verteilten, sodass jeder von uns genügend Platz hatte und sich nicht eingeengt fühlte. Bemerkenswert, wenn man bedachte, wie groß sie waren.

„Ich habe nicht viel Zeit. Wir haben bald ein Treffen mit dem Vertriebspartner", brummte Evan mit einem Blick auf sein Handy.

Eli warf seinem Bruder einen Blick zu und starrte mich dann direkt an. Es fiel mir schwer zu atmen. „Kein Problem, ich mache es kurz. Willkommen im Wilder Resort and Winery. Du bist hier, um uns bei den Hochzeiten zu helfen und Elliot zu unterstützen, da er bisher alles allein bewältigt hat."

„Gott sei Dank bist du hier!", seufzte Elliot erleichtert.

„Das steht gerade auf deinem Terminplan", sagte Eli und schob mir einen Stapel Ordner zu. Meine Augen weiteten sich.

„Das alles?" Quietschte meine Stimme etwa?

„Wir haben derzeit sechs Hochzeiten im Kalender und noch mehr, die wir planen möchten. Schließlich haben wir den Platz dafür. Wir haben gerade zwei weitere für nächstes Jahr hinzugefügt."

„Sechs. Na gut." Ich schluckte. „Alleine. Habt ihr kein Team? Tut mir leid, das hätten wir vorher besprechen sollen, aber ich habe nach meinem Treffen mit Dodge einfach direkt zugesagt."

Die anderen Brüder fluchten leise, während Eli ernst nickte. „Du hast recht. Wir hätten das besprechen sollen. Auch deine Aufgaben. In deinem Budget ist vorgesehen, dass du eine Assistentin einstellen kannst, da die letzte mit unserem alten Hochzeitsplaner gegangen ist. Und ehrlich gesagt schafft Elliot das nicht allein. Ich helfe ihm so gut ich kann, aber wir alle haben unsere eigenen Aufgaben."

Ich nickte Eli zu. „Meine alte Assistentin aus meiner früheren Firma musste kündigen, weil sie in Mutterschaftsurlaub war und Zeit mit ihrem Kind verbringen wollte. Aber vielleicht ist sie jetzt bereit, wieder einzusteigen."

„Schick uns ihre Unterlagen. Wenn sie Interesse hat, schauen wir uns das an", sagte Eli.

Everett nickte. „Wenn alles klappt, kannst du sie einstellen, und ihr beide könnt den Großteil der Arbeit übernehmen. Eli und Elliot werden dir zur Seite stehen, bis du dich eingearbeitet hast."

Ich sah Eli an und ignorierte das seltsame Kribbeln in meinem Bauch.

Eli räusperte sich, wandte seinen Blick kurz von mir ab,

bevor er mich wieder ansah. „Wir haben viel zu tun und wollen nicht, dass unsere Brautpaare das Gefühl haben, wir würden ihnen nicht genug Aufmerksamkeit schenken oder als wären wir unorganisiert. Sie haben sich nicht wegen eines Hochzeitsplaners für Wilder entschieden, sondern wegen des Ortes. Wir müssen dafür sorgen, dass wir das richtig machen.“

Ich nickte entschlossen, während sie weiter darüber sprachen, was gerade passierte und was sie von mir erwarteten.

Nach der Hälfte der Besprechung gingen die meisten Brüder und ließen mich mit Eli und Elliot allein. Als Elliot ging, um sich mit einem der Unternehmensmanager zu treffen, der hier ein Retreat veranstalten würde, schluckte ich schwer und versuchte mein Bestes, nicht zu starren.

Eli war vollkommen auf das Geschäftliche konzentriert, und dafür war ich dankbar.

Ich konnte das schaffen. Ich hatte das schon einmal gemacht. Es war nicht mehr Arbeit als zuvor, und meine Bezahlung würde besser und regelmäßiger sein. Das musste ich mir nur immer wieder ins Gedächtnis rufen.

Als mein Handy vibrierte, bedeutete Eli mir, nachzusehen und zu antworten, doch ich ignorierte es rasch und presste die Kiefer aufeinander, als ich das Bild auf dem Display sah. „Ich wollte nicht hinsehen, aber war das Clint?“, flüsterte Eli.

Ich lächelte etwas verlegen und versuchte, mein Kinn zu heben, um nicht zu wirken, als würde mich das aus der Fassung bringen. „Ja, das war er. Er kann mir direkt auf die Mailbox sprechen oder meinen Anwalt anrufen.“

„Wird er Probleme machen?“, fragte Eli, und ich fragte mich, wer diese Frage stellte: mein Chef oder der finster dreinblickende Mann vor mir.

Ich schüttelte den Kopf. „Nein. Das werde ich nicht zulassen. Aber danke."

„Gut. Dann machen wir weiter."

Während wir uns durch die Ordner arbeiteten, fühlte ich mich immer mehr zu Hause, immer mehr in meinem Element. Ich hatte einen neuen Job und ein Ziel. Darauf musste ich mich konzentrieren.

Nicht auf meinen Ex. Und schon gar nicht auf Mann vor mir, der zufällig mein Chef war.

KAPITEL 5

Eli

Zum zweiten Mal innerhalb weniger Wochen saß mir eine wunderschöne Frau an meinem Schreibtisch gegenüber. Sie hatte durchdringende Augen, einen langen, schlanken Hals und den Blick von jemandem, der lieber woanders wäre, aber dennoch wusste, dass er hier sein musste.

Doch diese Frau löste nicht dieselben Gefühle in mir aus wie Alexis, als sie in diesem Stuhl gesessen hatte. Stattdessen empfand ich Stress und Angst, aber kein Mitleid. Nein, niemals Mitleid, wenn es um sie ging. Eher Verlust. Oder Enttäuschung. Oder Unverständnis darüber, was eigentlich passiert war.

„Kendall. Danke.“

„Wofür? Dafür, dass ich gekommen bin, um zu helfen? Du weißt, dass das der perfekte Job für mich ist, Eli. Das war er schon immer. Ich habe bereits mit drei verschiedenen Gasthöfen und einer Brauerei wie dieser gearbeitet. Ich habe die Fähigkeiten, das Wissen und die Erfahrung."

Ich nickte und tippte mit meinem Stift gegen den Schreibtisch. „Ich weiß. Du standest immer ganz oben auf meiner Liste, Kendall."

Sie sah mir in die Augen und hob ihr Kinn. „Und trotzdem hast du zuerst Tony eingestellt. Und Savannah."

Ich unterdrückte ein Zusammenzucken. Wirklich. „Und du weißt warum."

„Weil ich die Exfrau deines Bruders bin. Desselben Bruders, den ich seit acht Jahren nicht länger als zehn Minuten am Stück gesehen habe?" In ihren Augen blitzte etwas auf, doch bevor ich erkennen konnte, was es war, war es schon wieder verschwunden. „Ich bin kein Mädchen mehr mit Sternchen in den Augen. Ich bin eine Frau, die sich den Arsch aufgerissen hat. Ich habe die nötige Erfahrung. Ich bin wie geschaffen für diesen Job."

Sie atmete tief aus, und ich ließ sie weiterreden. Ich kannte Kendall vielleicht nicht besonders gut, weil ich nie Teil dieser Ehe gewesen war, aber ich wusste, dass sie ein guter Mensch war. Ich wusste nicht, was diese Beziehung zerstört hatte, die eigentlich gesund gewirkt hatte. Ich wusste nicht, warum mein Bruder sie verlassen hatte oder warum sie nicht gekämpft hatte.

Evan schwieg sich aus, und es stand mir nicht zu, sie danach zu fragen. Es war eine geschäftliche Entscheidung. Eigentlich war es nicht einmal ein richtiges Vorstellungsgespräch, weil ich sie ohnehin einstellen würde. Das bedeutete, dass ich mir überlegen musste, wie ich das hinbekommen würde. Sandy war allein in der Küche, und ich würde ganz sicher nicht von ihr verlangen, noch mehr Stunden zu arbeiten und weniger Zeit mit ihren Kindern zu verbringen. So ein Arschloch war ich nun auch wieder nicht. Und ehrlich gesagt war es ein Job für zwei Personen, und Sandy arbeitete zu hart. Wir brauchten einen Ersatz für Tony. Und so stand ich nun hier und hoffte inständig, dass das funktionieren würde.

„Du bist perfekt für diesen Job, Kendall. Dein Lebenslauf stand immer ganz oben."

„Offensichtlich nicht." Sie hob eine Hand und seufzte: „Tut mir leid. Ich verstehe schon. Verdammt, Eli. Ich bin selbst überrascht, dass ich hier sitze und um diesen Job bitte. Ich mag das Restaurant, in dem ich arbeite, aber ich werde dort nie Chefköchin werden. Ich werde nie die Möglichkeit haben, meine eigenen Entscheidungen zu treffen. Der Sohn des Besitzers ist der Chefkoch und Anderson ist wirklich großartig. Er und sein Vater haben mir unglaublich viel beigebracht. Aber ich werde dort nie eine bessere Position bekommen. Doch ich konnte nicht kündigen, bevor ich eine neue Stelle gefunden hatte, die wirklich zu mir passt. Das ist bei Wilder Resorts der Fall. Ich kann immer noch nicht glauben, dass ihr wieder in San Antonio gelandet seid. Ich wusste nicht einmal, dass Evan hier ist, bis ich letztes Jahr die Stellenanzeige gesehen habe."

Es war seltsam, Evans Namen zu hören, da wir beide unser Bestes getan hatten, ihn nicht zu erwähnen. Sie schien das ebenfalls zu merken, denn sie blinzelte und schluckte. „Wie auch immer, ihr seid hier. Eure ganze Familie. Außer Eliza." Sie atmete tief aus. „Ich habe Eliza immer gemocht. Ihr Verlust tat mir leid. Ich habe ihr eine Karte und eine kuschelige Decke geschickt, weil sie Decken immer mochte. Selbst wenn es warm draußen war."

Ich nickte angespannt. Ich erinnerte mich an diese Decke, von der ich nicht gewusst hatte, woher sie gekommen war. Aber Eliza hatte sie behalten, bis sich alles verändert hatte und sie die wahre Natur ihrer Ehe erkannt hatte. „Das war nett von dir. Eliza hat dich schon immer gemocht."

„Ich sie auch. Vielleicht sehe ich sie mal, wenn sie kommt, um euch Jungs zu besuchen."

Ein Lächeln umspielte meine Lippen, denn ich wünschte mir genau das Gleiche. „Vielleicht. Obwohl sie ja noch ein Kind gewesen sein muss, als du und Evan geheiratet habt."

Kendall verdrehte die Augen. „Nur ein bisschen älter als ein Kind, aber ja. Sie war jung. Aber süß. Und jetzt bin ich hier und ich bettle zwar nicht um einen Job, aber ich brauche einen. Ich brauche eine Veränderung, und das könnte sie sein. Ich habe mich für den Job beworben, bevor der Alte gegangen ist."

Ich nickte. „Ich weiß. Und du weißt, warum wir dich damals nicht eingestellt haben." Weil das eine persönliche Sache war, auch wenn wir das nicht wollten.

„Und was hat sich jetzt geändert?"

Ich sah Kendall in die Augen. Da ich sie kaum kannte, wusste ich nicht, warum die Ehe gescheitert war. Ich konnte ihr nicht alles erzählen, aber ich konnte so ehrlich wie möglich sein. „Weil mein Bruder ein guter Mann ist."

Ihre Augen verengten sich, aber da war auch Schmerz, und ich musste mich fragen, was zum Teufel zwischen den beiden vorgefallen war.

„Er ist ein guter Mann", wiederholte Kendall.

„Und ich habe dich nicht eingestellt, weil ich ihn nicht verletzen wollte. Weil das hier kein normales Vorstellungsgespräch ist. Nicht, wenn du den Namen Wilder trägst."

Kendall schnaubte. „Es ist offensichtlich schwer, den Namen zu ändern."

Ich wusste nicht, ob sie damit den Papierkram meinte

oder etwas Tieferes, aber ich fragte nicht nach. „Ich war überrascht, dass du ihn nicht ändern lassen hast."

„In der Küche werde ich Kendall genannt, nicht Chefköchin Wilder oder so."

„Sie werden es trotzdem merken. Sie werden Fragen haben. Und es wird kompliziert werden. Aber was soll's, so ist es eben, wenn man mit der Familie zusammenarbeitet."

„Ich hätte nie gedacht, dass ihr ins Gastgewerbe einsteigt, mit einem Gasthaus, und Hochzeiten noch dazu."

Das brachte mich zum Lachen. „Ich auch nicht. Aber als ich sah, wie es bei Roy funktionierte, hat es einfach Klick gemacht. Es gab für jeden von uns einen Platz. Etwas, das nichts mit Flugzeugen oder Waffen oder dem Verlust eines Körperteils zu tun hatte. Dem Verlust eines Teils von sich selbst."

„Geht es ihm gut?", fragte sie, bevor sie die Hand hob. „Nein. Vergiss meine Frage. Aber wenn du sagst, dass das hier kein richtiges Vorstellungsgespräch ist, bist du dann hier, um dich zu verabschieden, oder um mir den Job zu geben? Ich muss das wissen."

Ich wollte, dass sie nach Evan fragte, aber mein Bruder erzählte mir nie, wie er sich fühlte. Man musste ihm jedes Wort aus der Nase ziehen, aber darum ging es heute nicht. „Du bist die Richtige für diesen Job, Kendall. Das warst du schon immer. Du hättest schon vor allen anderen hier sein sollen, aber du weißt, warum ich nein sagen musste. Warum ich etwas anderes versuchen musste."

Sie lächelte sanft. „Du liebst deinen Bruder. Ich war immer ein bisschen eifersüchtig darauf, wie ihr sieben zusammengehalten habt. Ihr gegen den Rest der Welt."

„Wir waren nie ‚gegen den Rest der Welt'." Ich schüttelte den Kopf und fragte mich, ob das stimmte.

„Von außen betrachtet sieht es so aus."

„Nicht mit Elizas neuem Ehemann. Verdammte Scheiße, seine Familie ist noch größer als unsere."

Ihre Augen weiteten sich. „Wirklich?"

Ich nickte und schüttelte dann den Kopf. „Es ist unglaublich." Ich tippte erneut auf ihre Mappe. „Okay, ich habe noch ein Meeting, aber wir werden mit Elijah über unsere Vorstellungen sprechen. Wann kannst du anfangen?"

„Morgen, wenn ihr wollt."

Ich blinzelte überrascht. „Wirklich?"

„Wirklich. Ich bin unglücklich in meinem aktuellen Job. Ich liebe die Arbeit zwar, aber es gibt keine Aufstiegsmöglichkeiten. Und Andersons neue Frau hat dieselbe Position wie ich. Sie behalten mich nur aus Loyalität, nicht weil sie mich brauchen. Ich kann sofort gehen, ohne sie in Schwierigkeiten zu bringen, meine Referenzen behalten und hier neu anfangen. Ich kann diese Küche auf Vordermann bringen und sie zur besten machen."

„Auf Vordermann bringen? Wie schlimm ist es denn?"

„Das kann ich nicht sagen, bevor ich drin war, aber es wird Veränderungen geben. Es wird fantastisch werden. Ich bin gut in dem, was ich tue. Die Beste."

„Ich habe dein Selbstbewusstsein schon immer gemocht."

Sie warf mir einen Blick zu, öffnete den Mund und schloss ihn wieder, bevor sie sprach. „Früher war ich nicht so selbstbewusst. Ich bin nicht mehr dieselbe Person, die ich einmal war, und ich hoffe, deine Familie versteht das. Ich bin dankbar für diese Chance und werde das Beste aus Wilder Resorts herausholen. Ich werde uns zu einer Macht machen, mit der man rechnen muss. Denn ich bin auch eine Wilder." Sie zuckte mit den Schultern, ihre Augen füllten sich mit Tränen, bevor sie sie wegblinzelte. „Ich trage den

Namen immer noch. Also werde ich dafür sorgen, dass wir glänzen.“

„Gut. Denn wir brauchen dich.“

„Ich habe seit Jahren darauf gewartet, das zu hören.“ Sie stand auf, streckte mir die Hand entgegen, und ich tat es ihr gleich. Ich ergriff sie genau in dem Moment, als die Tür aufging.

„Eli, war der Manager da, um mit dir zu sprechen? Wir haben ein Problem mit dem Shiraz, aber wir kriegen das schon hin.“ Evan blinzelte, als er seine Exfrau ansah, und dann mich, der ich dastand und ihre Hand hielt. Sein verletzter Blick versetzte mir einen Stich ins Herz. „Ich wusste nicht, dass das Vorstellungsgespräch noch läuft.“

Ich ließ meinen Arm sinken. „Es ist gerade zu Ende, du störst also nicht.“

Evan sagte nichts. Stattdessen drehte er sich auf dem Absatz um und ging zur Tür hinaus. Leider war er dabei zu schnell und bewegte die Prothese falsch. Er hatte eine neue, die erst am Vortag angepasst worden war, und ich wusste, dass er Schmerzen hatte, auch wenn er nie mit uns darüber sprach.

Kendall streckte die Hand aus, als wolle sie ihm helfen, ließ dann aber ihren Arm sinken. Ich räusperte mich. Diese Situation war mir äußerst unangenehm, und ich fragte mich, ob ich wieder einen verdammten Fehler in Bezug auf Wilder Resorts machte.

„Evan. Kendall fängt morgen an. Ich habe jetzt eine Besprechung mit Alexis, aber ich werde sie an Everett übergeben. Er wird sich um den ganzen Papierkram kümmern.“

„Gut.“ Evan stieß ein leises Knurren aus, und ich wusste nicht, ob das Wut oder nur Schmerz war. Er stand immer noch mit dem Rücken zu uns und lehnte sich einen Moment lang schwer gegen den Türrahmen, bevor er sich aufrichtete. „Willkommen, Kendall. Ich werde dir nicht im Weg stehen, wenn du mir nicht im Weg stehst.“

Ich zuckte zusammen, als Kendall nur mit den Schultern zuckte, auch wenn Evan das nicht sehen konnte. „Wie du meinst. Aber ich werde mit dem Weingut zusammenarbeiten. Also müssen wir auch zusammenarbeiten, Evan.“

Mein Bruder drehte sich langsam um, wobei er ein wenig humpelte, und ich hasste es. Ich hasste es, dass ich nichts anderes tun konnte, als zuzusehen, weil mein Bruder mir niemals erlauben würde, zu helfen.

„Was immer du brauchst. Allerdings solltest du besser mit Elijah sprechen. Mit ihm und dem Manager unseres Weinclubs. Sie arbeiten für den Verkostungsraum. In dieser Hinsicht müssen wir also nicht zusammenarbeiten.“

Kendall hob ihr Kinn. „Wie du meinst.“

„Ja, weil du glaubst, was ich sage.“

„Das Gleiche gilt für dich.“

Ich kniff mir in die Nasenwurzel und seufzte. „Sie arbeitet hier, Evan. Du arbeitest hier, Kendall. Wir werden das hinbekommen, aber Evan wird nicht dein Chef sein. Nur ich.“

„Na, das wird ein Spaß.“

„Unglaublich aufregend“, knurrte Evan.

Ich kniff die Augen zusammen. „Finde einfach einen Weg, damit es funktioniert. Du hast gesagt, das sei in Ordnung, Evan.“

„Ja, habe ich. Weil es das ist.“

Evan sah Kendall so lange an, dass ich befürchtete, er wolle etwas sagen, das uns auseinanderbringen würde, aber stattdessen zuckte er nur mit den Schultern. „Du warst schon immer die beste Köchin, die ich je kennengelernt habe. Dein Essen hat mich vor Entzücken auf die Knie fallen lassen. Du bist eine fantastische Köchin, Kendall. Dieser Job gehört dir. Du hast ihn dir verdient. Ich werde dir nicht im Weg stehen. Auch wenn ich ein Arschloch bin."

Damit ging er und Kendall blieb zurück. Sie sah ihm nach, während ich blinzelte und überlegte, was ich sagen sollte. Doch in diesem Moment gab es nichts zu sagen.

Schließlich meldete sich Kendall zu Wort. „Wo ist Elijah? Ich sollte mit ihm sprechen."

„Er ist im Foyer und arbeitet mit Naomi. Er wird wissen, was zu tun ist."

„Danke." Dann sah sie mich an. Ihre Augen waren trocken und ihr Kinn war erhoben. „Danke dafür. Ich werde euch nicht enttäuschen."

„Ich weiß, dass du das nicht tun wirst, Kendall."

„Ich glaube nicht, dass du das weißt. Denn Evan wusste es nicht." Sie schüttelte den Kopf und ging dann hinaus, während ich mich fragte, was zur Hölle ich da eigentlich tat.

Es klopfte an der Tür. Als ich aufblickte, stand Alexis dort. Ihr Anblick brachte mich völlig aus dem Konzept und ich war unfähig, etwas zu denken oder zu tun. Stattdessen blinzelte ich sie nur an, und sie winkte leicht. „Tut mir leid. Ich habe das Ende irgendwie mitbekommen, aber ich habe keine Ahnung, was los ist. Ich habe ein paar Fragen, aber ich habe das Gefühl, dass ich störe."

Ich winkte sie herein und drehte mich um, um eine Flasche Wasser und eine Packung Aspirin zu holen. „Ich brauche einen Drink, aber das hier tut's auch."

Ein kleines Lächeln huschte über ihre Lippen. „Du arbeitest auf einem Weingut."

„Ehrlich gesagt könnte ich gerade einen Drink vertragen."

„Damit kann ich dir nicht helfen. Vielleicht später. Ich setze es auf meine Aufgabenliste." Mir gefiel, dass sie versuchte, die Spannung zu lösen, nur wusste ich nicht, was ich als Nächstes tun sollte.

„Den Chef betrunken machen?"

„Okay, vielleicht nicht das." Sie lachte leise, und eine unangenehme Stille breitete sich zwischen uns aus, weil ich nicht anders konnte, als mich ihr nähern zu wollen.

Sie zog mich geradezu magisch an.

Warum war ich in ihrer Gegenwart so unbeholfen? Das war Alexis. Wir arbeiteten nun schon seit einer Woche zusammen. Sie war meine Hochzeitsplanerin. Nein, sie war die Hochzeitsplanerin für das Unternehmen. Meist arbeitete sie mit meinen Brüdern und kam nur mit größeren Fragen zu mir, die Naomi oder die Jungs nicht lösen konnten.

„Ich habe nur ein paar Fragen. Es wird nicht lange dauern. Versprochen."

„Dafür bin ich ja hier." Ich fuhr mir mit den Händen durch die Haare, strich über meinen Bart und fragte mich, ob ich mich rasieren sollte. Fast hätte ich Alexis gefragt, doch dann wurde mir klar, dass es mir eigentlich egal sein sollte. Ich sollte sie nicht fragen.

Was zum Teufel war nur los mit mir?

„Es geht um die Hochzeit von Luke und Tracy."

„Ich habe keine Ahnung, wer die sind", antwortete ich lachend. „Tut mir leid. Das ist eher Elliots Sache."

Sie zuckte zusammen und schaute auf ihr Tablet. „Oh. Tut mir leid."

„Wenn du mir sagst, in welchem Monat die Hochzeit stattfindet, kann ich dir vielleicht weiterhelfen. Tut mir leid, ich kann mir einfach nicht alles merken."

„Klar, verstehe. Überhaupt kein Problem. Die Hochzeit von Luke und Tracy ist der Cinderella-Ball in zwei Monaten."

Ich nickte, und plötzlich fiel mir alles wieder ein. „Okay. Ja, ich weiß, wer sie sind. Was wollen sie?"

„Eine Pferdekutsche."

Ich blinzelte. „Wir haben keine Pferde. Ich meine, es klingt zwar so, als sollten wir welche haben, wo wir doch hier sind, aber wir haben keine."

Sie warf mir einen geduldigen Blick zu und ich verstummte. „Ich weiß. Es gibt vier verschiedene Firmen, die wir beauftragen können, oder ich kenne noch jemanden."

„Was meinst du mit ‚jemanden'?"

Sie räusperte sich. „Es gibt eine aufstrebende Firma, mit anderen Worten, einen echten Rancher, der sich etwas dazuverdienen will."

„Das klingt überhaupt nicht zwielichtig."

Sie verdrehte die Augen. „Es tut mir leid, ich habe mich nicht richtig ausgedrückt. Die Farm neben diesem Anwesen, die nicht verkauft, sondern als bewirtschaftete Farm erhalten werden soll, braucht weitere Einnahmequellen. Sie möchten keine reine Touristenranch werden. Allerdings trainieren sie Pferde, und drei ihrer Cowboys waren beim Rodeo."

„Oh. Wir sind wohl wirklich auf dem Land."

„Ich weiß, oder? Wir *kennen* Cowboys. Wer hätte gedacht, dass es in Texas welche gibt?"

„Weißt du, hier laufen tatsächlich Leute mit echten Cowboyhüten und Cowboystiefeln herum. Ich dachte, das wäre nur eine Legende."

„Nur wenn man aufs Land kommt. In manchen Gegenden sieht man eher Baseballkappen und Pick-ups."

„Stimmt. Ich bin eher ein Levi's-Typ als ein Wrangler-Typ."

„Gut zu wissen", sagte sie, und ich fragte mich gerade,

was ich eigentlich dachte. „Jedenfalls, sie arbeiten mit ein paar Veranstaltungen nach Mundpropaganda, aber ich glaube, wir könnten daraus hier etwas machen, das Teil des Events selbst sein kann."

„Du willst doch nicht etwa ein Rodeo auf dem Gelände veranstalten?" Allein der damit verbundene Papierkram bereitete mir schon fast Kopfschmerzen.

Sie lächelte strahlend. „Ich schließe es nicht aus, aber das ist eher etwas für Elliot."

„Die rechtlichen Aspekte und die versicherungstechnischen Fragen bereiten mir Kopfzerbrechen."

„Es gibt andere Dinge, die wir tun können. Allerdings sind Pferdekutschen in Texas nichts Ungewöhnliches. Als meine Kunden in Pennsylvania eine Pferdekutsche für ihre Hochzeit wollten, wirkte das eher bäuerlich als märchenhaft. So oder so, ich glaube, das kann für uns wirklich nützlich sein."

Sie ging noch ein paar weitere Punkte durch, und ich nickte und machte Notizen. „Weißt du, das könnte funktionieren."

„Ich weiß, dass es funktionieren kann. Ich würde nicht mit einer dummen Idee zu dir kommen."

„Es gibt keine wirklich dummen Ideen." Ich hielt inne. „Okay, scheiß drauf. Es gibt jede Menge dumme Ideen. Und ich sollte wahrscheinlich nicht ,scheiß' sagen. Verdammt!"

Sie lachte und ich musste aufhören, sie anzusehen. Was zum Teufel war nur mit mir los? Ich war ihr Chef. Technisch gesehen waren wir alle ihre Chefs und sie arbeitete mehr mit Elliot zusammen als mit Everett und mir. Trotzdem musste ich damit aufhören.

„Du darfst gerne fluchen. Das haben wir schon besprochen. Und ich glaube, die Sache mit der Pferdekutsche kann funktionieren. Außerdem habe ich einen Großhandelsrabatt bei einem Floristen und ehemaligen Lieferanten bekommen."

Meine Augen weiteten sich. „Wirklich?"

„Ich glaube tatsächlich, dass mein Bruder mir zu Füßen fallen wird, sobald ich ihm erzähle, wie viel Geld wir sparen werden."

„Meinst du Everett oder jemand anderen?", fragte ich lachend.

„Ich dachte an Everett, aber jeder deiner Brüder könnte das Gleiche tun, sobald er hört, wie viel wir sparen."

„Und wie hast du das geschafft? Ich dachte, wir hätten gute Beziehungen zu vielen unserer Vertriebspartner."

„Das hattet ihr auch. Allerdings bestanden viele dieser Verbindungen zu den alten Eigentümern. Die haben wunderbare Arbeit geleistet, aber das Geschäft verändert sich, und wir verändern uns mit ihm. Irgendwann haben eure Leute angefangen, mit anderen Partnern zusammenzuarbeiten, einfach wegen des Vertriebs und anderer Probleme. Doch ich glaube, das wird das Beste für uns sein. Everett muss natürlich alles absegnen, da er mir immer wieder sagt, dass er dafür zuständig ist. Aber ich dachte, ich komme auch zu dir."

Ich hatte eine Ahnung, warum Everett das gesagt hatte, verdrängte diesen Gedanken aber vorerst. „Das ist toll. Vielen herzlichen Dank, Alexis."

„Gern geschehen. Ich habe mich inzwischen mit allen sechs Hochzeitspaaren getroffen, und ich muss sagen, das ist wirklich unglaublich. Ich kann kaum glauben, dass ihr sechs Wilders das so lange ganz alleine gemeistert habt."

Ich rieb mir die Schläfen. „Ich will gar nicht daran denken. Es ist absurd."

„Nun, darüber musst du dir keine Sorgen mehr machen. Schließlich bin ich jetzt da."

„Das freut mich."

Sie sah mich an, und ihre Wangen erröteten ein wenig. Ich öffnete den Mund, um etwas zu sagen, doch wir wurden unterbrochen.

„Da bist du ja. Wie ich sehe, störe ich gerade." Brayden Dodge stolzierte mit diesem schmierigen Lächeln herein, das den Wunsch in mir weckte, ihm eine zu verpassen. „Oh, bist du neu? Ich habe dich noch nie gesehen. Brayden Dodge."

Alexis begegnete meinem Blick mit einer hochgezogenen Augenbraue, bevor sie aufstand und ihm die Hand entgegenstreckte. „Hallo, ich bin Alexis Lane. Ich kenne deinen Vater."

„Wirklich? Und er hat dir nichts von deiner Schönheit erzählt? Schande über ihn."

Ich verdrehte bei dieser lahmen Anmache die Augen, aber Alexis schenkte dem anderen Mann nur ein gezwungenes Lächeln. „Ich wusste nicht, dass du einen Termin hast, Eli. Ich lasse euch allein."

„Wir hatten keinen Termin. Ich weiß nicht, warum Brayden hier ist."

„Ach, ich wollte nur mit dir reden. Über die Veranstaltung, die Elliot organisiert hat. Nun ja, organisiert hatte. Du wirst bald davon hören."

„Wie bitte?", fragte ich und hielt meinen Ärger im Zaum.

„Die Ruhestandsfeier, die ihr geplant hattet – sie haben sich für etwas ... Ruhigeres entschieden, statt einer Gruppe militärischer Hinterwäldler. Wenn du verstehst."

„Wow, da hast du bei der Schmierkampagne wirklich alles gegeben, oder?", fragte Alexis.

„Wie bitte?", fragte er. Sein Charme verblasste augenblicklich und sein wahres Ich kam zum Vorschein.

„Nein, wirklich, schon gut. Versuch ruhig weiter, diese abfälligen Bemerkungen bei deinem bösen Plan oder was auch immer einzusetzen. Mach einfach dein Ding, Dodge."

Braydens Blick verengte sich. „Mein Vater heißt Dodge. Ich bin Brayden."

„Und trotzdem trittst du in seine Fußstapfen", fügte ich hinzu, während Alexis mich angrinste.

„Wie ich sehe, hast du die richtige Person eingestellt. Jemanden auf deinem Niveau. Ich wollte dir nur die professionelle Höflichkeit erweisen und dich wissen lassen, dass der Auftrag, mit dem ihr gerechnet hattet, jetzt an mich geht."

„Wie du meinst."

Ich zuckte mit den Schultern, als würde es mich nicht wahnsinnig nerven, dass ich keine Ahnung hatte, wovon er sprach.

„Du bist völlig überfordert, Wilder. Du hättest einfach wieder Befehle befolgen und tun sollen, was dein General dir sagt."

„Du hast keine Ahnung, wie es beim Militär zugeht, oder?", fragte Alexis. Trotz ihrer entschlossenen Haltung bemerkte ich, dass sie innerlich am Rande ihrer Kräfte war. Sie war nervös, kämpfte sich aber durch, und ehrlich gesagt sollte sie das überhaupt nicht tun müssen.

„Und ich sehe, dass du einfach jedem Mann in Uniform folgst, Süße. Dein Pech." Mit einem Augenzwinkern ging er hinaus.

Ich blinzelte nur und hielt meine Wut zurück. Ich wollte den Mann schlagen, schreien oder irgendetwas tun, nur um nicht einfach nur dazustehen und mich wie ein Idiot zu fühlen. „Es tut mir leid."

„Das muss es nicht. Er ist der Arsch. Oh mein Gott, wer glaubt er eigentlich, wer er ist, einfach hier hereinzuspazieren und mit einem Auftrag zu prahlen, den er dir vielleicht weggenommen hat? Übrigens weiß ich, welchen Auftrag er meint. Er war noch nicht bei Elliot unter Vertrag, und Elliot war sich ziemlich sicher, dass wir ihn sowieso nicht hätten annehmen können, weil die Termine mit einer anderen Hochzeit kollidieren. Dieser Kerl hat keine Ahnung, wovon er redet." Sie sah einen Moment lang blass aus, holte tief Luft und begann auf und ab zu gehen.

„Und anscheinend weiß ich auch nicht, wovon wir reden, wenn ich mir nicht einmal die Termine merken kann."

„Weil sie noch nicht im Kalender stehen", sagte Alexis und schüttelte den Kopf. „Das ist buchstäblich erst gestern passiert. Du musst nicht alles wissen, was hier vor sich geht, Eli."

„Doch, das muss ich. Das ist mein Job."

„Nein, du vertraust darauf, dass deine Brüder ihre Arbeit machen, damit du deine machen kannst. Du musst nicht jede Kleinigkeit wissen, die jeden einzelnen Tag passiert. Das ist zu viel für eine Person."

„Du weißt nicht, was es bedeutet, der große Bruder und der Chef zu sein", sagte ich mit einem Lachen, das in meinen eigenen Ohren etwas zu hohl klang.

„Ich weiß nur, dass du viel zu viel arbeitest, Eli. Und du machst deine Sache gut. Wenn ich es nicht besser wüsste, würde ich annehmen, dass ihr das schon seit Jahren macht, statt es gerade erst als Familie zu lernen."

„Wir hatten alle schon etwas Erfahrung, nicht genug, aber wir lernen dazu. Und die Leute um uns herum sind gut in ihrem Job. Aber verdammt, das von diesem Mann hättest du wirklich nicht gebraucht."

„Nein, aber du auch nicht. Und ich bin froh, dass du das nicht alleine bewältigen musstest. Ich stehe immer hinter dir, Eli." Sie hielt inne und fuhr sich mit der Hand durchs Haar. „Du machst das gut, Eli. Vergiss das niemals."

„Ich versuche es", flüsterte ich und ging zur Tür. Ich atmete tief durch und sagte mir, dass ich Abstand gewinnen musste, dass ich ihr nicht so nahe sein durfte. Mit mir stimmte etwas nicht, und das hatte nichts mit ihr zu tun.

Zumindest redete ich mir das ein.

Ich stand so nah bei ihr, dass ich ihren betörenden, süßen Duft riechen konnte.

Mit mir stimmte definitiv etwas nicht.

Sie sah mich an, als ich schwer schluckte, und ihre Augen verdunkelten sich. Dann trat sie einen Schritt zurück und räusperte sich. „Ich muss los." Damit rannte sie praktisch aus dem Raum und ließ mich allein mit meinen verdammten Gedanken zurück.

Herrgott noch mal! Ich war zwar technisch gesehen nicht ihr Chef, aber ich überschritt eine Grenze.

Und ich musste verdammt noch mal besser sein als das. Ich hatte schon genug um die Ohren, und mir auch noch Gedanken über Alexis und diese verdammte Anziehungskraft zu machen, die ich für sie empfand? Das wäre eindeutig ein Schritt zu weit.

KAPITEL 6

Alexis

Ich schaltete das Tablet aus, klappte das Notizbuch zu und lächelte.

Ich tat es wirklich. Das, wofür ich geboren worden war. Vielleicht auf eine andere Weise, als ich es geplant hatte, aber ich tat es.

„Es sieht alles gut aus. Ich möchte dir noch einmal dafür danken, dass du mich mit ins Boot geholt hast."

Ich blickte zu meiner Assistentin Emily auf und grinste. „Ohne dich hätte ich das wohl nicht geschafft. Das ist eine riesige Operation."

„Allerdings. Und wenn ich nicht verheiratet wäre – und zwar sehr glücklich, wie ich hinzufügen möchte –, würde ich im Meer der Wilder-Brüder untergehen." Sie lehnte sich in ihrem Stuhl zurück und fächelte sich Luft zu. „Sie sind attraktiv, oder?"

Ich schluckte schwer und tat mein Bestes, sie zu ignorieren, obwohl ihren Adleraugen nichts entging. Wahrscheinlich wusste sie genau, was ich dachte.

„Sie sind sehr attraktiv, aber sie sind meine Chefs."

„Nicht alle. Und ich bin mir ziemlich sicher, dass Everett und Elliot beide deutlich gemacht haben, dass du nur Everett unterstellt bist, auch wenn Eli derjenige ist, der dich eingestellt hat." Emilys Augen verengten sich. „Es ist fast so, als wollten sie sicherstellen, dass du weißt, dass ein paar von ihnen nicht tabu sind."

Sie seufzte verträumt, und diesmal war ich es, die mit den Augen rollte.

„Du gibst dir wirklich alle Mühe, Dinge zu sehen, die einfach nicht da sind."

„Ich sehe nur einen sehr attraktiven Mann, der technisch gesehen vielleicht nicht dein Chef ist, weil die Brüder die Struktur so aufgebaut haben, aber du arbeitest trotzdem mit ihm. Und du hast mit ihm getanzt."

Ich erstarrte und sah meine Freundin und Assistentin an. „Wie bitte?"

„Sag das nicht. Glaubst du etwa, ich würde den Mann nicht erkennen, mit dem du auf Phoenix' Hochzeit getanzt hast? Der Hochzeit, die alles verändert hat?"

Ich schluckte schwer, als die Erinnerungen an diesen Tag wieder hochkamen. Leider war es jedoch nicht nur Elis Gesicht, das mir in den Sinn kam. Nein, es war das, was nach dem Tanz passiert war.

„Ich will nicht darüber reden."

„Ja, Clint ist ein schrecklicher Mensch, und ich verfluche ihn jeden Tag." Sie tat so, als würde sie über ihre Schulter hinweg in die Luft spucken, und sah mich dann direkt an, während ich versuchte, mir ein Lächeln zu verkneifen.

„Aber er ist für immer aus unserem Leben verschwunden. Und ich sage ‚unserem‘, weil ich in einem Fotogeschäft im hinteren Teil eines Kaufhauses arbeiten musste, während ich darauf wartete, dass du dir überlegst, wie es weitergehen sollte.“

„Emily“, flüsterte ich.

„Nein, ist schon gut. So hatte ich Zeit, mir eine Auszeit zu nehmen, um mein wunderschönes Baby zu bekommen. Ich habe ein Leben mit meiner großen Liebe und unserem Kind. Und jetzt habe ich außerdem diese großartige Gelegenheit, hier mit dir zu arbeiten. Ich verstehe das alles. Trotzdem ist es frustrierend, weil ich das Gefühl habe, dass wir so viel verpasst haben.“

„Aber es ist vorbei. Clint ist weg. Meine Firma mag weg sein, aber ich habe hier einen tollen Job.“ Ich nickte ihr zu und lächelte leicht.

„Mit einem heißen, muskulösen Mann.“

Ich unterdrückte einen Seufzer. „Der technisch gesehen nicht mein Chef ist, aber ich arbeite trotzdem mit ihm zusammen. Und es gibt Regeln.“

„Ach ja?“

Ich schüttelte den Kopf und versuchte, mich auf etwas anderes zu konzentrieren. Ehrlich gesagt war ich selbst überrascht, dass ich mit den Wilders im selben Raum stehen konnte, ohne in Schweiß auszubrechen. Dass ich so oft für mich selbst einstand, fühlte sich manchmal gar nicht real an. „Geh nach Hause zu deinem Liebsten und deinem Kleinen. Ich werde noch ein paar Dinge erledigen und dann in meine Hütte fahren.“

Emily lächelte sanft. „Ich kann nicht glauben, dass du hier draußen lebst. Es ist wunderschön.“

Ich zuckte mit den Schultern und versuchte, keine große Sache daraus zu machen. „Es war billiger als alles, was ich vorher hatte.“

„Er hat deine Ersparnisse genommen, Alexis. Er hat dein Geld genommen, deine Girokonten, deine Altersvorsorge. Und er hat dein Geschäft ruiniert. Wie zum Teufel konnte er das alles tun?"

Ich zuckte mit den Schultern, während mich ein Gefühl der Verlegenheit überkam. „Indem ich mir einen hervorragenden Anwalt genommen habe, der entschieden hat, dass alles, was ich hatte, von Clint stammte."

Emily kniff die Augen zusammen. „Obwohl das überhaupt nicht der Fall war. Dein Geschäft lief hervorragend, bevor er in dein Leben trat."

„Laut seinem Anwalt und dem Richter war das offenbar nicht der Fall. Ja, ich wurde über den Tisch gezogen, und mein Anwalt war keinen Cent wert. Aber diesen Fehler werde ich kein zweites Mal machen."

„Nein, das werde ich nicht zulassen."

„Deshalb wird es niemals passieren, dass ich mich in jemanden verliebe oder was auch immer du denkst, dass ich für jemanden empfinde, mit dem ich zusammenarbeite. Ich habe mein Leben schon einmal ruiniert. Das werde ich nicht noch einmal tun."

Meine Assistentin schüttelte den Kopf. „Alexis, für jemanden, der mit Liebe arbeitet und sie jeden Tag sieht, bist du viel zu negativ eingestellt."

„Liebe? Oder eher eine Party? Ein Tag, an dem sich ein Paar etwas verspricht. Aber das macht die Verbindung noch lange nicht verbindlich. Wir alle wissen, dass dieses juristische Stück Papier im Handumdrehen geändert werden kann. Man muss sich nicht lieben, um zu heiraten. Sie können glauben, dass sie sich lieben, aber vielleicht machen sie auch einen schrecklichen Fehler. Und meine Aufgabe ist es, mir darüber keine Gedanken zu machen, sondern dafür zu sorgen, dass ihr Tag zu einem unvergesslichen Erlebnis wird."

„Das sollte ich auf deine Visitenkarte drucken lassen", meinte meine Freundin trocken.

Das ließ mich zusammenzucken und mich winzig klein fühlen. „Lass das lieber. Ich bin nicht immer so zynisch. Es war einfach ein langer Tag."

„Und du hast morgen frei."

„Sozusagen. Da ich dort arbeite, wo ich wohne, fällt es mir schwer, mir frei zu nehmen."

Emily schnalzte mit der Zunge. „Streng dich mehr an. Such dir Freunde. Hab Spaß."

„Du klingst langsam wie eine Lehrerin mit einem magischen Schulbus", neckte ich sie.

„Hey, sie war großartig. Sie hat uns allen so viel beigebracht, und ich bin mir sicher, sie würde das *verstehen*."

Ich konnte mir ein Schnauben nicht verkneifen, als Emily mir zuwinkte und mich in meinem Büro zurückließ, wo ich mich fragte, was ich heute Abend tun sollte. Wahrscheinlich würde ich mir ein Glas Wein einschenken, da ich gerade jeden Jahrgang der Wilder-Weine probierte, und dann würde ich in meiner Hütte ein Buch lesen oder den nächsten Tag planen. Auch wenn ich technisch gesehen keine Termine mit Paaren hatte, gab es immer etwas zu tun. Absprachen mit Lieferanten, Brainstorming ... Offiziell gab es also keinen freien Tag.

Außerdem traf sich Elliot gerne spontan mit mir, um seine Pläne durchzugehen, damit sie nicht mit meinen kollidierten. Wir hatten ein Online-Terminplanungssystem, das aussah, als wäre es für die Götter gemacht, aber wir klärten Dinge lieber von Angesicht zu Angesicht.

Anscheinend bedeutete die Zusammenarbeit mit sechs

Militärs, dass alles pünktlich und sogar zu früh war. Denn pünktlich zu sein, galt schon als zu spät.

Sie waren ein Geschenk des Himmels.

„Klopf, klopf." In der Tür stand eine Frau mit glänzend blondem, perfekt geglättetem Haar und wunderschönen blauen Augen.

Sie sah aus wie ein Supermodel, und ich erkannte sie sofort als Maddie, die Leiterin des Verkostungsraums und des Weinclubs. Ich war bisher nur kurz zu Besprechungen mit Elijah dort gewesen und hatte Maddie noch nicht kennengelernt.

„Hallo."

Die andere Frau grinste mich an. „Hallo! Es ist jetzt schon ein paar Wochen her, und da du erst am Ende meines Urlaubs gekommen bist, hatten wir noch keine Gelegenheit, uns offiziell kennenzulernen. Hallo, ich bin Maddie."

Ich stand auf und streckte ihr die Hand entgegen. „Alexis."

„Nun, da du dich hauptsächlich mit den Jungs getroffen und dich kopfüber in sechs Hochzeiten gestürzt hast, dachte ich mir, es ist Zeit für etwas Mädelszeit. Und um ein paar der Frauen kennenzulernen, die hier mit dir zusammenarbeiten. Naomi hat ein Date. Sie war zwar eingeladen, kann aber nicht kommen. Und alle anderen mit Familien sind unterwegs. Aber ich habe Kendall überredet."

„Oh, die neue Chefköchin?"

„Oh ja. Kendall *Wilder*." Maddie wackelte mit den Augenbrauen. Ich schnaubte. „Da steckt sicher eine Geschichte dahinter, aber wir lassen Kendall sie uns erzählen, wenn sie bereit ist. Komm mit rüber zum Weingut."

Ich kannte einen Teil ihrer Geschichte, aber das ging mich nichts an.

„Oh, ich muss arbeiten."

„Das glaube ich gern. Wir haben immer zu tun. Aber du wohnst hier auf dem Gelände. Wann hast du dir das letzte Mal einen ganzen Abend frei genommen?"

Ich blinzelte. „Von welchem freien Abend sprichst du? Ich bin Hochzeitsplanerin." Zur Betonung hielt ich mein Handy hoch, als es mit einer eingehenden Nachricht piepste.

„Und ich bin die Geschäftsführerin des Weinguts. Wir haben keine freien Tage, wenn wir mit fantastischem Wein und tollen Menschen arbeiten. Ich verstehe das. Aber du kommst mit mir mit. Ja, zu meiner Arbeit, aber wir machen daraus Mädchenzeit."

„Oh."

„Komm mir nicht mit ‚Oh'. Komm schon. Ich brauche Freundinnen. Sei meine Freundin. Bitte, bitte."

Maddie streckte ihre Hände in einer flehenden Geste aus, und ich lachte und schüttelte den Kopf. „Weißt du, heute Abend klingt toll. Ich könnte ein Glas Wein vertragen."

„Ein Glas? Oh, Süße. Es wird mehr als ein Glas werden. Komm schon. Kendall wartet dort auf uns, und wir drei können Wein trinken, ich zeige dir alles, und wir amüsieren uns ein wenig. Kendall hat gesagt, sie bringt Käse und Cracker und ein paar andere selbstgemachte Häppchen mit."

„Und ich komme mit leeren Händen? Plant denn keine von euch demnächst eine Hochzeit?", fragte ich nur zum Spaß. Maddie lachte, warf den Kopf zurück und sah dabei umwerfend aus.

„Nicht im Geringsten. Aber keine Sorge. Wir werden Spaß haben."

„Du triffst also gerade niemanden?", fragte ich, denn ich

war aufrichtig neugierig auf diese temperamentvolle Frau geworden.

„Nein. Ich meine, ich bin zwar in jemanden verliebt, aber da ich mit ihm zusammenarbeite, ist das ein wenig heikel."

Ich blinzelte. „Also arbeite ich wohl auch mit diesem mysteriösen Fremden zusammen."

Ihre Augen funkelten. „Bingo. Aber das ist schon in Ordnung. Ich werde über meinen Schwarm hinwegkommen. Das schaffe ich meistens."

„Verrätst du mir, wer es ist?"

„Mal sehen ... groß, dunkelhaarig, gutaussehend und ein echter Weinkenner."

„Evan?", fragte ich und wäre fast gestolpert, da ich wusste, dass Evan Kendalls Ex-Mann war.

Maddies Augen weiteten sich, und sie schüttelte den Kopf. „Nein, der andere. Der, der in Anzügen verdammt sexy aussieht."

Ich kicherte. „Dann also Elijah. Gefällt mir."

„Ja, aber da gibt es Probleme. Denn wie du weißt, könnte man ihn technisch gesehen als meinen Chef betrachten."

„Evan ist dein Chef, nicht Elijah. Sie sind sehr klar darin, wer wem unterstellt ist, als hätten sie Angst vor Belästigungsklagen oder so." Ich verdrehte die Augen, auch wenn ich es verstand.

„Du sagst das, als hättest du ein Auge auf einen Wilder geworfen. Lass mich raten, ist es der Mann vom Hochzeitstanz?"

Ich stolperte beinahe erneut, als wir über die Pflastersteine zum Weingut gingen. „Woher um alles in der Welt weißt du davon?"

„Emily hat es erwähnt. Ich weiß, ich weiß, wir sollten

nicht tratschen. Aber komm schon, das ist großartiger Klatsch."

„Es war ein Tanz. Auf einer Hochzeit vor zwei Jahren. Und danach hatte ich wichtigere Dinge, um die ich mich kümmern musste, als um einen Fremden."

„Zum Beispiel dich mit einem Arschloch zu verloben. Ja, Emily hat mir von ihm erzählt. Nicht allzu ausführlich, denn sie tratscht nicht viel und wollte mir nicht deine ganze Lebensgeschichte erzählen. Aber ich weiß mehr, als du denkst. Zumindest, was bestimmte Gefühle angeht."

Ich war mir nicht sicher, was ich davon halten sollte, aber in diesem Moment verspürte ich eine Art Seelenverwandtschaft mit ihr, und ich hatte das Gefühl, dass ich mich vielleicht darauf einlassen sollte. „Und ich weiß nichts über dich."

„Ich bin ein offenes Buch", sagte Maddie, und ich kniff die Augen zusammen.

„Weißt du, Leute, die sagen, sie seien offene Bücher, sind in der Regel keine offenen Bücher."

„Da hast du vielleicht recht, aber das wirst du nie erfahren, wenn du nicht fragst. Was Beziehungen am Arbeitsplatz angeht, weiß ich, dass es ein paar Leute gibt, die sich dort kennengelernt haben, und auch ein paar Ehepaare. Und die Jungs achten sehr darauf, wer wem unterstellt ist – nicht aus diesem Grund, sondern weil sie eine klare Befehlskette mögen. Außerdem wollen sie nicht, dass einer dem anderen unterstellt ist. Sechs Brüder arbeiten hier zusammen, also achten sie sehr darauf, wer wem Befehle erteilen darf – zumindest auf dem Papier. Sie wollen, dass dieser Laden funktioniert, also haben sie strenge Hierarchien festgelegt. Dass ich zufällig unter die Zuständigkeit eines Mannes falle, auf den ich nicht stehe, ist irgendwie ganz nett. Ich habe kein so schlechtes Gewissen, wenn ich

Elijahs Hintern anstarre, wenn er im Anzug vorbeigeht." Den letzten Teil murmelte sie, und ich schnaubte.

„Es ist ein schöner Hintern."

„Ist er nicht der Beste?"

„Reden wir schon wieder über Elijahs Hintern?", fragte Kendall von der Tür aus. In den Händen hielt sie mehrere abgedeckte Platten. Ihr dunkles Haar war hochgesteckt und ihre rauchgrauen Augen verengten sich, auch wenn sie amüsiert funkelten.

„Oh gut, du hast Alexis überredet, mitzukommen. Ich hatte wirklich Angst, dass sie den Rest ihrer Zeit hier in ihrem Büro oder mit Hochzeitspaaren verbringt und wir sie nie wirklich kennenlernen."

Ich verzog das Gesicht. „Tut mir leid, mir war nicht klar, dass ich so eine Idiotin bin, die sich in ihrem Büro versteckt."

„Du musst das Chaos anderer Leute beseitigen, ich verstehe das." Kendall zuckte mit den Schultern.

„Lass mich dir damit helfen", sagte ich, während Maddie dasselbe tat, und wir nahmen Kendall einige der Platten ab und machten uns auf den Weg in die Weinkellerei.

Sie war wunderschön und passte mit den Steinmetzarbeiten und dem polierten Holz zur Atmosphäre der Villa und der Hauptgebäude. Trotzdem hatte sie ihren ganz eigenen Charme, mit Weinfässern, die an strategischen Stellen aufgestellt waren.

Maddie hüpfte vor Freude. „Komm schon. Wir machen eine Führung, trinken ein paar Flaschen Wein und amüsieren uns."

„Das sagst du so, aber ich habe das Gefühl, wenn ich zu viel Wein trinke, muss mich jemand nach Hause rollen." Ich schüttelte lächelnd den Kopf.

„Zum Glück wohnst du auf dem Grundstück. Diese Möglichkeit habe ich nicht", sagte Kendall mit einem Achselzucken. „Nicht, dass ich auf demselben Gelände wie mein Ex-Mann wohnen wollen würde."

Ich begegnete Maddies Blick, während uns beide die Neugier packte. „Tut mir leid, dass die Situation so unangenehm ist."

Kendall schüttelte bei Maddies Worten den Kopf. „Es ist nicht unangenehm. Zumindest nicht in diesem Sinne. Ich sehe ihn nie. Aber es ist okay, ich wohne in der Nähe und da mein Auto heute nicht anspringen wollte, holt mich meine Freundin ab. Sie ist eine Nachteule und bleibt gerne die ganze Nacht auf, also kann ich so lange bleiben, wie ich will."

Und ich schlafe heute Nacht auf Naomis Couch, weil ich am Morgen ihre Pflanzen gießen muss, während sie auf ihrem Date ist."

„Unterwegs?", fragten Kendall und ich gleichzeitig.

„Sie macht mit dem Typen einen Camping-Trip über Nacht." Maddie winkte ab. „Ich habe keine Ahnung, wer er ist oder was sie genau machen – na ja, ich weiß schon, was sie machen, nur nicht wo. Jedenfalls hat sie mich gebeten, heute ihre Pflanzen zu gießen, also schlafe ich in der Wohnung der Gastwirtin, muss aber keine Gastwirtsaufgaben übernehmen, da ihre Assistentin Dienst hat."

„Das heißt wohl, wir können uns einen hinter die Binde kippen", sagte Kendall und deutete auf die unzähligen Weinflaschen.

„Ich bin ein wenig besorgt, weil ich schon so lange nicht mehr als ein Glas Wein getrunken habe. Ich werde wohl ziemlich schnell betrunken sein."

Maddie klatschte in die Hände. „Keine Sorge. Wir sorgen schon dafür, dass du mithalten kannst. *Irgendwann* zumindest. Also, fangen wir an." Maddie seufzte. „Zuerst sprechen wir über unsere Weine. Am bekanntesten sind unsere trockenen Rotweine, aber wir haben auch ein paar süße Weine, Cuvées und einen Rosé, der einfach perfekt ist."

Maddie begann ihren kleinen Vortrag und fügte eine gute Portion Drama hinzu. Ich hoffte nur, dass sie bei Kunden nicht immer so vorging, denn ihre Beschreibungen gingen teilweise in Richtung Liebesroman und enthielten auch ein paar Flüche. Trotzdem hatte ich seit Jahren nicht mehr so viel Spaß gehabt. Zwar hatte ich Emily, aber sie hatte ihr eigenes Leben und ihre eigenen Freunde. In diesem Moment wurde mir klar, dass ich eigentlich gar nicht so viele Freundinnen hatte. Und das sagte mehr über mich und meine Zurückgezogenheit aus als über irgendjemanden anderen.

Es musste sich etwas ändern. Während ich mich an gefüllten Champignonhälften, einer Käseplatte und einer Art Spinat-Croissant-Rolle gütlich tat – dank Kendall –, betrachtete ich die beiden anderen Frauen und nahm mir vor, mich mehr anzustrengen.

Ich musste mich mehr anstrengen.

Nach etwa drei oder vier Flaschen hatte ich den Überblick verloren. Wir saßen im geschlossenen Verkostungsraum, waren satt, leicht beschwipst und kicherten.

„Ich muss los. Ich schreibe meiner Freundin, dass sie mich abholen soll."

„Ich gehe auf Naomis Couch. Kommst du gut nach Hause, Alexis?", fragte Maddie kichernd.

„Oh, mir geht's gut. Ich kenne den Weg."

„Na ja, wenn du es statt zu deiner eigenen Hütte zu einer der Wilder-Hütten schaffst, dann viel Spaß."

Kendall blinzelte. „Aber nicht zu viel Spaß! Es sei denn, du willst es so richtig lustig haben. Und ich muss aufhören zu trinken, denn jetzt werde ich langsam wütend bei dem Gedanken, wenn ich mir vorstelle, dass du in eine bestimmte Hütte stolperst, obwohl ich das nicht sollte. Denn er gehört mir nicht. Ich hasse ihn. Das muss ich mir immer wieder vor Augen halten."

Das war das erste Mal, dass Kendall Evan erwähnte, und während ich Maddies Blick begegnete, schüttelte sie entschlossen den Kopf und wirkte dabei weitaus ernster als zuvor. Wir hatten Kendall nicht nach Details fragen wollen, zumindest nicht dieses erste Mal. Aber da war Schmerz, das hörte ich. Es stand mir jedoch nicht zu, etwas zu sagen. Nicht, nachdem die Mädchen so rücksichtsvoll gewesen waren und mir kaum Fragen über Clint gestellt hatten. Wiederum, zumindest nicht dieses erste Mal.

„Mir geht es gut. Ich komme alleine zurecht."

„Oder ich kann dich begleiten", sagte eine tiefe Stimme von der Tür aus, und wir drei erstarrten, bevor wir uns mit großen Augen zu Eli umdrehten, der in der Tür stand.

„Oh. Hallo. Du bist ja da." Ich hickste und presste schnell die Hand auf meinen Mund.

„Ja, bin ich. Und ihr habt offenbar etwas guten Wein genossen."

„Keine Sorge, Chef, das ist mein Wein. Nicht aus dem Lagerbestand oder so", sagte Maddie und schwankte ein wenig auf ihren Absätzen.

„Ehrlich gesagt, habe ich gar nicht darüber nachgedacht. Die Jungs und ich machen das Gleiche. Obwohl die Hälfte von uns Bier trinkt."

„Blasphemie." Maddie hüpfte auf ihren Füßen. „Ich muss los."

„Wohin?", fragte Elijah, der hinter Eli hereinkam. Maddie wäre beinahe gestürzt, und ich streckte die Hand aus, um sie zu stützen, Kendall tat dasselbe.

Maddie blinzelte schnell. „Ich muss einfach ... Ich muss los. Ich räume das auf. Versprochen."

„Ich begleite dich. Ich hoffe verdammt noch mal, dass du nicht fährst." Elijah packte Maddies Arm, und sie wäre fast in ihn hineingefallen, während sie ihr Bestes tat, so zu tun, als wäre sie nüchtern.

„Ich fahre nicht. Ich schlafe auf Naomis Couch."

„Gut."

„Und was ist mit dir?", fragte Evan, der hinter Eli stand und den ich erst jetzt bemerkte.

„Ich?", fragte Kendall. „Ich werde mitgenommen. Von einer *Freundin*. Mach dir keine Sorgen."

Sie betonte das Wort „Freundin", und Evan hob nur das Kinn. „Dann begleite ich dich zum Eingangsbereich."

„Ich brauche deine Hilfe nicht, Evan."

„Du schwankst auf deinen Stöckelschuhen. Ich helfe dir."

„Das sind Keilabsätze, keine Stöckelschuhe."

„Wortklauberei, und ich habe gehört, wie du sie schon mal Stöckelschuhe genannt hast."

„Wie auch immer." Sie stampfte mit ihren Tabletts hinaus, sodass ich allein mit Eli zurückblieb, während Evan ihr folgte.

„Oh, das ist unangenehm. Sehr, sehr unangenehm. Du solltest mich eigentlich nicht beim Trinken sehen. Ich glaube, niemand wollte, dass man uns beim Trinken sieht", flüsterte ich.

„Dann hättet ihr es vielleicht nicht im Verkostungsraum für Mitarbeiter tun sollen?", flüsterte Eli.

Er flüsterte, weil er so nah war. Wie war er nur so nah gekommen?

Da sah ich zu ihm auf, zu seinen Lippen. Ich konnte einfach nicht anders. Mit mir stimmte etwas ganz und gar nicht.

„Ich muss zurück in meine Hütte. Aber ich möchte mich erst noch frisch machen."

„Ihr habt das meiste schon aufgeräumt. Mach dir keine Sorgen. Ich kümmere mich darum."

„Nein, du bist der Boss."

„Ich bin nicht dein Boss, Alexis", flüsterte er und schloss dann den Mund, als hätte er das nicht sagen wollen.

Na gut, ich war mir nicht sicher, ob ich das hören wollte, aber dann tat ich etwas Dummes. Etwas unglaublich Dummes. Ich stellte mich auf die Zehenspitzen, schloss die Augen und presste meine Lippen auf seine. Es war nur ein Moment, ein kurzer Augenblick, aber ich stöhnte leise in den Kuss hinein. Eli legte seine Hände auf meine Hüften, um mich zu stützen oder um mich an sich zu ziehen. Ich wusste es nicht. Doch als sich meine Lippen leicht öffneten und seine Zunge meine berührte, stöhnte auch er leise.

Ich war zu betrunken für so etwas und machte viel zu leicht Fehler. Clint war mein Fehler gewesen, und ich würde ihn nicht noch einmal machen. Als mir sein Name durch den Kopf ging, fühlte es sich an, als würde kaltes Wasser über mich gegossen.

„Oh. Oh nein."

„Tut mir leid", flüsterte er.

„Muss es nicht. Im Ernst. Es war ein Fehler. Ich bin auf deine Lippen gefallen. Weil ich betrunken bin."

Sein Gesicht wurde blass. „Zu betrunken, um zuzustimmen. Scheiße."

Ich schüttelte schnell den Kopf und bereute es. „Nein, nicht zu betrunken, um zuzustimmen. Ich habe dem voll und ganz zugestimmt. Das war meine Schuld."

„Alexis."

„Nein. Ich sollte einfach nach Hause gehen."

„Ich bringe sie zur Tür", flüsterte Everett hinter uns, und ich zuckte zusammen und fragte mich, wie lange er schon da gewesen war.

„Danke", sagte Eli schroff. „Ich werde aufräumen. Obwohl die Mädchen das meiste schon erledigt haben. Ich werde nur noch einmal nachsehen und alles verschließen."

„Und ich bringe unser Mädchen nach Hause."

Mein Blick huschte zwischen den beiden hin und her, während ich schwer schluckte. Ich folgte Everett und versuchte mein Bestes, nicht darüber nachzudenken, was gerade passiert war. Über den riesigen Fehler, den ich gerade begangen hatte.

KAPITEL 7

Eli

Während ich auf die Unterlagen vor mir starrte, begannen meine Augen zu schielen. Das sollte ich eigentlich schaffen. Schließlich hatte ich das schon einmal gemacht. Es waren doch nur Formulare, die unterschrieben werden mussten, und Pläne, die durchgesehen werden mussten. Am Morgen hatte ich mich mit meinen Mitarbeitern getroffen, um mit Elliott die Veranstaltungen und mit Maddie und Elijah die Angelegenheiten rund um das Weingut zu besprechen. Doch jetzt musste ich die Unmengen an Papieren durchgehen, die mir alle anderen gegeben hatten, damit ich sie von meiner Liste streichen konnte.

Wieder einmal war ich sozusagen der Boss, und mein Leben war so anders als früher. Es fiel mir schwer, Schritt zu halten.

Aber es war nun schon über zwei Jahre her, seit wir

beschlossen hatten, dieses Grundstück zu kaufen. Zwei Jahre, in denen wir geplant und Wege gesucht hatten, um das Ganze zum Laufen zu bringen. Wir waren keine kompletten Neulinge mehr in dieser Sache. Wir hatten die Ein-Jahres-Marke des Vollbetriebs überschritten und das Jubiläum gefeiert. Ich war seit zwei Jahren im Ruhestand und nun ein vollwertiger Zivilist.

Wir hatten keine Chefs außer uns selbst.

Wir mussten uns immer noch mit einigen behördlichen Angelegenheiten und Kontakten herumschlagen, was bestimmte Versicherungen betraf, vor allem wegen Evans andauerndem Streit mit der Veteranenbehörde, aber wir waren nicht mehr dieselben wie früher. Unser Leben hatte sich komplett verändert, und wenn ich mich weiter darauf und auf die Arbeit konzentrierte, die ich zu erledigen hatte, sowie auf die Menschen, die sich auf mich verließen, würde ich nicht an Alexis' Lippen auf meinen denken.

Ich konnte nicht glauben, dass sie mich geküsst hatte. Aus heiterem Himmel, und doch auch wieder nicht. Denn wir waren schon umeinander herumgetanzt, seit sie angefangen hatte, für das Resort zu arbeiten, und obwohl ich mein Bestes tat, nicht zu viel darüber nachzudenken, fiel es mir schwer, es nicht zu tun. Denn alles, was ich wollte, war, sie wieder zu küssen.

Wäre da nicht die Tatsache gewesen, dass sie getrunken hatte und Everett sie nach Hause begleitet hatte statt ich, dann wäre ich mir nicht sicher, was noch passiert wäre. Aber sie hatte getrunken und mein Bruder war da gewesen, um mir zu helfen, keinen Fehler zu begehen, der ihr am Ende hätte schaden können.

„Okay, wie lange willst du noch da stehen, auf deine Unterlagen starren und ausflippen?"

Ich blinzelte und blickte auf, als Everett den Raum

betrat. Mein Bruder rieb sich die Schläfe, warf mir aber einen Blick zu, der mir sagte, dass ich keine Fragen stellen sollte. Everett hatte an diesem Morgen einen Arzttermin gehabt und kehrte erst jetzt zur Arbeit zurück. Und wenn er etwas brauchte, würde er es uns sagen.

Zumindest hoffte ich das.

„Was?", fragte ich und riss mich aus meinen Gedanken.

„Ich habe mich nur gefragt, wie lange du noch da sitzen und so tun willst, als würdest du arbeiten, ohne an eine gewisse Hochzeitsplanerin zu denken."

Ich blickte ihn finster an und zeigte ihm den Stinkefinger. „Ich habe nicht nur an sie gedacht."

„Aber du hast ein bisschen an sie gedacht."

Ich seufzte. „Vielleicht. Ich weiß es nicht." Eine Pause. „Aber du hast sie doch sicher nach Hause gebracht?"

Everett musterte mein Gesicht. „Ja. Das habe ich dir gestern Abend schon in der Nachricht mitgeteilt."

Und es hatte mich alle Kraft gekostet, Alexis keine Nachricht zu schicken. Es gab Grenzen, die ich nicht überschreiten durfte. Zumindest redete ich mir das ein. „Und jetzt musste ich es von dir hören. Ich musste es hören."

„Du hast ein Problem, Bruder." Kopfschüttelnd lehnte sich Everett an den Türrahmen.

„Natürlich haben wir ein Problem. Wir besitzen ein verdammtes Unternehmen. Wie sind wir hierhergekommen?"

„Es war deine Idee, und wir alle waren dabei. Sogar Eliza hat uns geholfen. Also reg dich ab!"

Ich warf einen vielsagenden Blick hinter Everett, und mein Bruder schloss die Tür hinter sich. „Ich habe sie geküsst, Everett."

„Ich weiß. Ich war dabei."

Ich fuhr mir mit der Hand über das Gesicht, schob den

Stuhl zurück und begann, auf und ab zu laufen. „Was zum Teufel ist los mit mir?"

„Sie ist eine wunderschöne Frau, zu der du eine Verbindung hattest, seit du sie vor über zwei Jahren auf dieser Hochzeit gesehen hast?"

„War das eine Frage oder eine Feststellung?"

„Beides. Aber verdammt, Eli. Da war von Anfang an etwas zwischen euch."

Genau das war das Problem. „Und ich habe sie eingestellt."

„Korrektur: *Wir* haben sie eingestellt. Wir haben ihre Unterlagen gemeinsam durchgesehen. Und Elliot hat zugestimmt, dass sie die Beste für den Job wäre. Nicht du."

„Und dann habe ich sie gesehen."

„Dann hast du sie gesehen und warst trotzdem der Meinung, dass wir sie einstellen sollten. Als Unternehmen. Als Familie. Wir haben aus gutem Grund eine Befehlskette, Eli. Du bist nicht ihr Vorgesetzter."

„Das ist eine Formalität."

„Eine Formalität, die bedeutet, dass egal, was passiert, du nicht dafür verantwortlich bist, sie zu entlassen oder einzustellen. Das liegt bei mir und Elliott. Das sind Elliott und ich. Was du getan hast, war nicht falsch."

„Sie war betrunken."

„Sie war nüchtern genug, als wir zu ihrer Hütte gegangen sind. Und ich habe dafür gesorgt, dass sie sicher ankommt. Allerdings hat sie mir gesagt, dass sie dich geküsst hat."

„Du hast mit ihr gesprochen?", fragte ich mit finsterem Blick.

Everetts Lippen zuckten. „Hätten wir etwa schweigend nebeneinander herlaufen sollen?"

„Ja", knurrte ich.

„Klar, wie du meinst. Jedenfalls haben wir uns unterhalten. Sie sagte, sie hätte dich geküsst. Und du hast nicht zugelassen, dass mehr passiert. Nicht, weil du ihr Chef bist, denn das bist du nicht. Sondern weil du kein Arschloch bist und keine Frau ausnutzt, die getrunken hat. Ganz zu schweigen davon, dass du und ich vorher auch getrunken hatten, großer Bruder. Oder erinnerst du dich nicht an die zwei Flaschen Wein, die wir geleert haben?"

„Trotzdem hatte ich nicht so viel getrunken wie sie."

„Stimmt. Aber ihr habt euch geküsst, also verhaltet euch jetzt wie Erwachsene und redet darüber, oder macht es nie wieder."

Um ehrlich zu sein, gefiel mir keine dieser Optionen. „Ich hasse es, wenn du versuchst, vernünftig zu sein."

„So bin ich eben. Außerdem bin ich derjenige, der mit ihr zu tun hat. Nicht, dass ich viel tun müsste, denn sie weiß verdammt gut, was sie tut. So wie es aussieht, bin ich derjenige, der alle ihre Budgetposten absegnen muss. Alles andere klärt sie mit Elliot. Sie braucht dich nicht, Eli."

Ich kniff die Augen zusammen, und er warf die Hände in die Luft.

„Ich meinte als Teil von Wilder. Ja, ihr beide macht vieles gemeinsam durch, aber du bist nicht für sie verantwortlich. Ich weiß nicht, ob sie dich darüber hinaus braucht, also warum versuchst du es nicht einfach mal?"

Ich massierte meinen Nasenrücken, wohl wissend, dass wir uns auf dünnem Eis bewegten. „Ich weiß nicht, Everett. Was, wenn ich alles vermassle?"

„Und was, wenn nicht? Wir alle, außer Evan, haben es geschafft, unser Leben zu meistern, ohne zu heiraten."

Ich blinzelte, und mir schoss das Blut ins Gesicht. „Moment mal, Moment mal. Das geht mir etwas zu schnell."

„Bitte hab etwas Geduld, während ich das erzähle", knurrte Everett.

„Okay, na gut."

„In einem Beruf, in dem die meisten Männer offenbar früh heiraten und eine Familie gründen, haben wir es irgendwie nicht getan."

„Die meisten Jungs, die ins Ausland geschickt werden, brauchen einen Ankerpunkt zu Hause. So läuft das eben. Man heiratet jung und bekommt früh Kinder. Zumindest war das in der Generation unserer Eltern so."

„Das gilt auch für viele der Jungs heute. Sie heiraten jung, meistern schwere Zeiten und halten durch – oder eben nicht. Sie gründen Familien, sie wachsen. Keiner von uns hat das gemacht. Ich weiß, dass Evan geheiratet hat, aber er und Kendall haben sich verdammt schnell scheiden lassen und nicht darüber gesprochen.

„Und jetzt müssen sie zusammenarbeiten."

„Und jetzt müssen sie zusammenarbeiten, aber hey, vielleicht reden sie ja endlich darüber und hören auf, sich anzuschnauzen. Es wäre toll, wenn Evan darüber hinwegkommen könnte."

Ich wusste, dass Everett nicht nur über die Ehe sprach, aber das mussten wir nicht aussprechen. Everett hatte seine eigenen Probleme.

„So oder so, keiner von uns hat geheiratet oder hatte auch nur eine ernsthafte Beziehung."

„Da bin ich mir nicht so sicher", sagte ich und dachte dabei an einen anderen Bruder.

„Na gut, keiner von uns hat eine eigene Familie gegründet. Wir finden gerade erst wieder zueinander, nachdem wir viele Jahre ohne einander verbracht haben. Du warst zwanzig Jahre lang bei der Luftwaffe, hast nicht geheiratet, und wir haben nur per Videoanruf miteinander kommuniziert."

„Es tut mir leid", flüsterte ich, und Schuldgefühle stiegen in mir auf.

„Das war eine berufliche Notwendigkeit. Es ist das, was wir getan haben. Wir sind nicht mehr diese Typen."

„Wir werden immer diese Typen sein. So läuft es nun mal, wenn man sein Leben dem Militär verschreibt."

„Und jetzt versuchen wir herauszufinden, wer zum Teufel wir in diesem zivilen Leben eigentlich sind. Es sind zwei Jahre vergangen, Eli. Zwei Jahre, in denen wir alle nach und nach ausgestiegen sind und diese Firma gegründet haben – diese Familie. Wir arbeiten daran. Vielleicht findest du ja etwas für dich."

„Ich habe keine Zeit …", begann ich, bevor Everett mich unterbrach.

„Doch, hast du. Denn du musst die Last nicht alleine tragen, schließlich haben wir einander. Das war doch, was du wolltest, oder? Dass wir uns gegenseitig unterstützen. Jetzt tu es. Versuch, etwas für dich selbst zu finden."

„Und was ist mit dir?"

Everett zuckte mit den Schultern. „Im Moment geht es nicht um mich."

„Willst du mir das einfach so aufbürden?", fragte ich, ganz der große Bruder.

„Nein, es geht darum, dass du in der Lage bist, dich etwas Neuem und Aufregendem zu stellen, das vor dir liegt. Das habe ich noch nicht erlebt. Aber ich werde verdammt noch mal nicht davonlaufen, wenn es soweit ist."

Ich hob eine Augenbraue. „Wirklich? Versprichst du das?"

„Auf keinen Fall! Ich werde es vermasseln. Das mache

ich immer. Wir Wilders generell. Also solltest du vielleicht etwas ändern. Eliza hat es getan. Als sie Beckett fand, hat sie sich verändert. Sie hat es nicht vermasselt wie ein Wilder."

„Weil Eliza die Beste von uns allen ist."

„Verdammt ja. Also versuch einfach etwas. Hab keine Reue. Denn ich schwöre bei Gott, alles, was wir haben, sind Reuegefühle. Aber dieser Ort? Das, was wir hier aufbauen? Das ist ein Fundament. Bau etwas darauf."

Und mit dieser Erklärung ging Everett hinaus und ließ mich mit der Frage zurück, warum zum Teufel er überhaupt aufgetaucht war. Oder vielleicht wollte er mich ja von vornherein nur ein bisschen antreiben und zum Nachdenken zwingen.

Ich ließ Everett gehen und stand da und fragte mich, ob er recht hatte. Aber andererseits musste er wohl recht haben, denn ich wollte nicht mehr allein sein. Was für ein seltsamer Gedanke.

Ich atmete tief durch, schnappte mir mein Handy und beschloss, dass ich frische Luft brauchte. Der Papierkram würde immer da sein, und ich lag zumindest im Zeitplan, nicht im Rückstand, aber auch nicht allzu weit voraus. Ich brauchte einen Moment zum Nachdenken. Um mich herum lief alles reibungslos. Die Mitarbeiter, die ich eingestellt hatte, schufteten sich die Finger wund, machten aber ihre Sache gut, und ich bezahlte sie fair. Meine Brüder hatten alle ihre Aufgaben, und als Betriebsleiter des Resorts war es meine Aufgabe, das Unternehmen zu organisieren. Es gesund zu halten. Und das tat ich. Das hatte ich geschafft.

Vielleicht sollte ich ausnahmsweise auch einmal an mich selbst denken.

Leute wuselten umher, und ich sprach mit ein paar

Gästen, um sicherzugehen, dass sie zufrieden waren. Naomi und die anderen hatten alles im Griff, und manchmal kam ich mir überflüssig vor. So als hätte ich die ganze Arbeit geleistet, um den Betrieb zum Laufen zu bringen, und jetzt brauchten sie mich nicht mehr.

War das nicht genau in diesem Moment eine Metapher für meine Familie?

Ich fuhr mir mit der Hand über das Gesicht und machte mich auf den Weg nach draußen. Ich ging vorbei an den Steinplatten, die einen Steingarten bildeten, vorbei an der Scheune und dem offenen Bereich für Hochzeiten und andere Veranstaltungen, bis ich schließlich die Bäume erreichte. Das Weingut lag mir gegenüber und ich brauchte einen Moment zum Nachdenken. Da es sich um Privatgrund handelte und somit kein Jagdgebiet war, durften sich die Leute frei auf dem Gelände bewegen. Und obwohl wir hier Wildtiere hatten, kamen die Kojoten tagsüber nicht heraus. Es war ja auch nicht so, als könnten wir die Kojoten komplett vertreiben. Ich schüttelte den Kopf und erinnerte mich daran, wie ich sie zum ersten Mal vor dem Schlafengehen hatte heulen hören. Seitdem ließ ich einen Ventilator laufen, um das Geheul ein wenig zu übertönen.

Dieses Land gehörte ihnen, bevor es mir gehörte, und das musste ich mir immer wieder vor Augen halten.

Ich bog um die Ecke und ging weiter auf Evans Hütte zu, da sie dem Hauptgebäude am nächsten lag, und stolperte beinahe, als ich sie sah.

Alexis. Sie hielt ihr Handy ans Ohr und runzelte die Stirn, während sie den Weg auf und ab ging, ununterbrochen redete und sich Notizen auf ihrem iPad machte.

Als das Gespräch beendet schien, drehte sie sich um und wäre beinahe gestolpert.

Ich trat vor und fasste sie am Ellbogen. Ich wusste, dass das falsch war, denn ihre Haut zu berühren war immer ein Problem. Das war schon bei jenem ersten Tanz so gewesen, als ich noch nicht einmal ihren Namen kannte.

„Eli", flüsterte sie.

Ich schluckte schwer und befahl mir, mich zu beruhigen. Und sie loszulassen. Doch keines von beiden geschah.

„Hey, Alexis."

Sie blickte zu mir auf und lächelte, doch ihr Blick wirkte abwesend. „Hätte nicht gedacht, dass ich dich hier draußen antreffen würde."

Ich hob eine Augenbraue. „Bist du deshalb hier draußen und läufst allein durch den Wald?"

Sie errötete, was so hübsch war, dass ich mir erneut befehlen musste, mich zu beruhigen.

„Nein, ich wollte nur einen längeren Spaziergang machen – ja, in Stöckelschuhen – und bin dann hier gelandet. Ich habe mich gerade um den Blumenlieferanten gekümmert."

„Läuft da alles gut?"

Sie lächelte sanft. „Ja, alles ist in Ordnung. Die Braut der nächsten Hochzeit hat herausgefunden, dass sie schwanger ist. Sie reagiert allergisch auf eine bestimmte Blume, die gar nicht im Strauß war. Wir wollten das aber noch einmal überprüfen."

Ich nickte. „Tracy, richtig? Daran erinnere ich mich. Elliot hat es mir erzählt."

Alexis lächelte. „Ich freue mich sehr für die beiden. Sie sind aufgeregt, auch wenn es ihre Pläne ein wenig durcheinanderbringt, aber sie schaffen das."

„Schön für die beiden."

„Ja."

Sie sah mir in die Augen, bevor sie schwer schluckte. „Ich wollte mich entschuldigen."

Ich schüttelte den Kopf. „Nicht doch. Du musst dich nicht entschuldigen."

„Dafür, dass ich dich geküsst habe? Doch, das tue ich. Es war unangebracht."

„Es war nicht unangebracht, wenn ich es auch wollte." Ich hielt inne. „Es sei denn, du wolltest mich von vornherein gar nicht küssen."

Sie sah mich an, und ihr Mund öffnete sich, bevor sie den Kopf schüttelte. „Ich weiß nicht, was ich will, Eli. Und genau das ist das Problem. Ich hasse es, so unentschlossen zu sein, aber so ist es nun mal. Ich hätte dich nicht küssen sollen. Vor allem nicht, wenn wir auf dem Gelände sind."

„Wir leben und arbeiten hier, Alexis. Wann sind wir denn nicht auf dem Gelände?"

„Vielleicht ist genau das das Problem, meinst du nicht?"

„Entschuldige dich nicht. Egal, was du tust, egal, was als Nächstes passiert – entschuldige dich nicht."

„Ich bin gerade dabei, herauszufinden, was ich im Leben will, Eli. Alles steht gerade völlig auf dem Kopf, und ich versuche, das zu sortieren. Deshalb konzentriere ich mich auf alle anderen. Und ich bin so dankbar für diesen Job. Ich will diese Chance nicht ruinieren."

„Du kannst für den Job dankbar sein, aber nicht mir."

Sie runzelte die Stirn. „Was?"

„Ich habe dich nicht eingestellt. Das waren Elliot und Everett."

„Aber ich habe mit dir gesprochen."

„Weil ich die Vorstellungsgespräche führe, aber ich habe nicht das letzte Wort. Nicht in dieser Sache."

„Wegen deiner Befehlskette", murmelte sie.

Meine Lippen zuckten. „Lass mich raten, Kendall?"

„Und Maddie. Sie haben deine Ausdrucksweise übernommen."

„Nun, das solltest du auch. Ich bin nicht dein Chef."

Sie schluckte schwer und leckte sich die Lippen. Mein Schwanz wurde hart. Verdammt. „Okay, dann entschuldige ich mich nicht."

„Heißt das, ich darf dich noch mal küssen?", flüsterte ich, ohne mir bewusst zu sein, dass ich diese Worte sagen würde, bis sie mir schon über die Lippen gekommen waren. Und sie waren ein Problem.

Ihre Augen weiteten sich, aber sie wich nicht zurück. „Noch mal?"

„Noch mal."

Da sie nicht nein sagte und ihren Blick nicht abwandte, beugte ich mich vor, nahm ihr Gesicht zwischen beide Hände und streifte mit meinen Lippen über ihre. Sie stöhnte nicht in mein Ohr, sie ächzte nicht, aber sie wich auch nicht zurück. Stattdessen öffnete sie ihre Lippen, und ich presste meine sanft auf ihre. Unsere Zungen berührten sich, bevor ich mich zurückzog. „Siehst du? Kein Alkohol im Spiel. Keine Entschuldigungen nötig." Meine Stimme klang rau.

„Eli."

„Tu das nicht", sagte ich und schüttelte den Kopf. „Lass mich nicht einfach so stehen. Sag einfach, dass du nicht willst, dass ich dich noch einmal küsse. Dann gehe ich. Wir müssen nie wieder darüber reden."

„Wir arbeiten zusammen."

„Das tun wir, aber viele Leute gehen mit ihren Arbeitskollegen aus."

„Und das ist es, was du willst? Eine Beziehung? Oder nur ein paar gestohlene Küsse?"

„An dem, was gerade passiert ist, ist nichts Gestohlenes", korrigierte ich sie. "Und ja, ich möchte eine Beziehung." Wieder wusste ich nicht, dass ich es sagen würde, bis die Worte schon herausgerutscht waren, aber sie waren wahr.

"Ich weiß nicht. Ich sage nicht, dass es an dir liegt", sagte sie und streckte ihre freie Hand aus. "Meine Scheidung ist gerade erst durch, obwohl wir schon seit fast einem Jahr getrennt sind."

"Ich verstehe das. Es ist wahrscheinlich zu früh. Aber da war vorher schon eine Verbindung. Das weißt du." Ich atmete tief aus. "Als ich an dem Tag mit dir getanzt habe? Da war eine Verbindung. Der Zeitpunkt war völlig unpassend, aber da war eine Verbindung."

"Eli. So etwas darfst du nicht sagen."

"Aber ich habe es getan. Und wir sind beide erwachsen. Es wird keinen Einfluss auf die Arbeit haben. Nur ein Abendessen. Das ist alles, worum ich bitte."

Sie sah mir in die Augen und schluckte schwer. "Kann ich darüber nachdenken?"

Ich ignorierte die Enttäuschung und das Gefühl, als hätte sie mir einen Schlag versetzt.

"Ich sage nicht nein. Aber ich denke gerne Dinge gründlich durch. Ich hoffe, du verstehst das. Ich bin eine Planerin. Das ist buchstäblich meine Berufsbezeichnung. Ich muss nachdenken. Kannst du mir das gestatten? Denn ich habe mir viel zu lange nicht erlaubt, über so etwas nachzudenken. Und es gibt Konsequenzen, auch wenn wir uns einreden, dass es keine gibt."

"Okay. Das kann ich machen. Was immer du willst. Ich werde dich nicht unter Druck setzen."

"Ich weiß, dass du das nicht tun wirst, Eli. Und das ist der einzige Grund, warum ich überhaupt ,vielleicht' sage."

Sie sah mir wieder in die Augen, dann ging sie weg, an mir vorbei, und ließ mich allein im Wald zurück.

Hatte ich mir wieder einmal zu viel zugemutet? Ich wusste es nicht.

Aber ich brauchte verdammt noch mal eine Antwort von ihr. Und von mir auch.

KAPITEL 8

Alexis

CLINT

Wir müssen reden.

Ich schaute auf diese und die sieben anderen Nachrichten von ihm hinunter, in denen mehr oder weniger dasselbe stand, und drückte auf „Ignorieren".

Ich hatte seine Nummer nicht blockiert, obwohl ich es hätte tun sollen – nur weil ich wissen wollte, was er tat, wenn es um mich ging. Er war kein Teil meines Lebens mehr. Ich hatte ihn hinausgedrängt. Ich hatte mich von ihm scheiden lassen. Und er hatte mir alles genommen. Einschließlich eines Teils meiner Würde, wie es schien.

Aber ich würde mir von ihm nicht den Tag verderben lassen. Deswegen hatte ich ihn zwar nicht blockiert, aber ich ignorierte ihn.

Ich wollte nicht wissen, worüber wir seiner Meinung nach reden mussten.

„Hey, geht's dir gut?", fragte Elliot, als er mit einem Ordner und einem Tablet in der Hand hereinkam.

Ich lächelte zu ihm hoch und tat mein Bestes, alle Gedanken an diese Nachricht zu verdrängen. Clint spielte keine Rolle mehr. Alles, was zählte, war das Hier und Jetzt und meine Zukunft. Und das bedeutete: bei den Wilders. Für sie zu arbeiten.

Und vielleicht mit einem von ihnen auszugehen.

Allerdings machte ich mir darüber in diesem Moment keine allzu großen Gedanken, denn ich musste mit Elis Brüdern zusammenarbeiten. Und ich wollte nicht zulassen, dass Eli an diesem Tag jeden einzelnen meiner Gedanken beherrschte.

„Entschuldige, ich war gerade in Gedanken versunken. Sind wir bereit?", fragte ich und warf einen Blick auf meine Notizen für den Tag.

„Ich glaube schon. Bist du sicher, dass es dir gut geht?"

Ich lächelte den Jüngsten der Wilder-Brüder an und nickte. Sie sahen sich alle so ähnlich, mit ihren dunklen Haaren und hellen Augen, aber es gab genug Unterschiede zwischen ihnen, dass man erkennen konnte, dass sie zwar zusammen aufgewachsen waren, aber genug Zeit getrennt voneinander verbracht hatten, um ihre eigenen Persönlichkeiten zu entwickeln.

Ich wusste, dass Elliot noch sehr jung war und Elliot wohl noch ein kleiner Junge gewesen sein musste, als er das Haus verlassen hatte, um zum Militär zu gehen. Ich wusste nicht, was es mit einem Menschen machte, wenn man zusehen musste, wie alle Geschwister nacheinander weggingen, bis man am Ende nur noch mit seiner kleinen Schwester zurückblieb.

Ich wollte diese schwer fassbare Eliza Wilder, jetzt Eliza Montgomery, kennenlernen. Aber nur, weil sie zur Familie gehörte, aus keinem anderen Grund.

Es durfte keinen anderen Grund geben.

„Warum siehst du mich so an?", fragte Elliot und blinzelte.

Ich schüttelte nur den Kopf. „Oh, ich habe nur darüber nachgedacht, dass ihr alle gleich und doch völlig unterschiedlich ausseht. Abgesehen von den Zwillingen natürlich."

Er schnaubte. „Ja, Everett und East sind identisch, auch wenn sie manchmal unterschiedliche Frisuren tragen."

„Ihr lasst alle eure Haare ein bisschen wachsen. Und die Bärte? Das muss ganz anders sein als zu eurer Zeit im aktiven Dienst." Und natürlich ließen die Bärte sie nur noch heißer aussehen. Nicht, dass ich das jemals sagen würde.

Er lächelte. „Absolut. Es ist irgendwie schön, meine Frisur selbst bestimmen zu können, auch wenn es eine Qual ist, jeden Morgen etwas zum Anziehen aussuchen zu müssen."

Ich schüttelte nur den Kopf. „Das war wie bei mir, als ich die Highschool abgeschlossen habe und plötzlich keine Schuluniform mehr tragen musste."

„Du hattest eine Schuluniform?", fragte Everett, als er mein Büro betrat, und hob dann die Hand. „Nee. Unangemessen. Außerdem würde Eli mich umbringen."

Ich hob eine Augenbraue. „Danke, dass du diesen Satz nicht zu Ende geführt hast. Will ich überhaupt wissen, warum du glaubst, Eli würde dich umbringen, wenn du eine Schuluniform erwähnst?", neckte ich ihn, während sich mein Magen zusammenzog.

„Tu nicht so geheimnisvoll, aber wir werden dich auch nicht zwingen, irgendwelche Details preiszugeben."

„Was meinst du damit? Gibt es denn Details?", fragte Elliot und blickte zwischen uns hin und her. „Was habe ich verpasst? Du und Eli?" Elliots Grinsen wurde breiter. „Oh, das gefällt mir."

Ich hätte schwören können, dass die Hitze in meinem Gesicht die Raumtemperatur um zwei Grad steigen ließ. „Da ist nichts, was dir gefallen könnte, außerdem arbeiten wir gerade. Wir müssen mehrere Hochzeiten und Veranstaltungen durchgehen, um sicherzustellen, dass sich unsere Zeitpläne nicht überschneiden. Es gibt keinen Grund, etwas zu besprechen, das mit deinem Bruder zu tun hat."

„Aber dann gibt es etwas, das mit meinem Bruder zu tun hat", flüsterte Elliot und tippte sich an die Wange. „Interessant. Sehr, sehr interessant."

Everett gab Elliot einen Klaps auf den Hinterkopf, und Elliot zuckte zusammen. „Hör auf. Sie hat dich gebeten, damit aufzuhören."

„Okay, na gut. Spielverderberin."

Meine Lippen zuckten. „Ich schwöre, manchmal erinnert ihr mich so sehr an meinen Bruder, dass es schon wieder lustig ist."

„Ich hoffe, wir erinnern dich nicht alle an deinen Bruder", murmelte Elliot und wich Everetts Hand erneut aus. „Hey, wir arbeiten hier. Keine Gewalt am Arbeitsplatz."

„Da hat er recht", neckte ich Everett, der nur die Augen verdrehte.

„Na gut. Ich hab's kapiert. Ich werde meinen kleinen Bruder nicht mehr verprügeln. Und ich verspreche, dich nicht mehr wegen Eli zu necken. Du weißt aber, was unsere Befehlskette besagt."

Diesmal verdrehte ich die Augen. „Ja. Maddie und ich haben das durchgesprochen. Du bist der Boss, Boss."

„Das gefällt mir. Leuten zu sagen, was sie tun sollen. Das ist mal etwas anderes als sonst."

„Ich glaube nicht, dass das irgendwie anders ist", murmelte Elliot und wich dann schnell aus, obwohl Everett diesmal nicht zuschlug.

„Okay, gehen wir diese Punkte auf unserer Checkliste durch, denn ich habe später ein Treffen mit Sabrina und Emmeline."

„Das ist doch die Hochzeit mit den rosa Rosen, oder?", fragte Everett und hielt dann inne. „Woher weiß ich das eigentlich? Wie bin ich zu jemandem geworden, der solche Dinge weiß und sie ganz selbstverständlich in Alltagsgesprächen benutzt?"

Ich ging zu ihm und tätschelte ihm den Arm. „Ist schon okay. Du darfst ruhig wissen, welche Rosen bei Hochzeiten verwendet werden. Schließlich finden sie auf deinem Grundstück statt."

„Ich wette, Evan weiß nicht, welche Rosen bei dieser Hochzeit verwendet werden", murrte er, während er kopfschüttelnd davonging.

Elliot lachte nur. „Nun, ich wusste es nicht. Und es steht auf der Liste. Aber das ist deine Liste, nicht meine."

„Deshalb arbeiten wir so gut zusammen, und ich wette, Evan weiß es. Oder zumindest weiß er, welchen Wein sie für die Hochzeit verwenden."

„Maddie würde es wahrscheinlich eher wissen, aber vielleicht auch Evan. Nur um Everett zu ärgern."

„Die Idee gefällt mir", sagte ich lachend und folgte ihm dann nach draußen.

„Derjenige, der es höchstwahrscheinlich nicht weiß, ist East. Einfach weil er sein Bestes tut, um so etwas nicht zu wissen."

„East ist stolz darauf, nur ein Handwerker zu sein und

nichts mit verrückten Veranstaltungen wie denen hier zu tun zu haben."

„Ist er dann hier glücklich?", fragte ich und schüttelte dann den Kopf. „Entschuldigung, das geht mich nichts an."

Elliot sah mir nur in die Augen und zuckte mit den Schultern. „Ich glaube, wir alle geben unser Bestes. Ich glaube, keiner von uns hätte gedacht, dass wir den Job, auf den wir uns so lange konzentriert hatten, so schnell aufgeben würden. Eli war bereit, auszusteigen. Er hatte seine zwanzig Jahre hinter sich, aber der Rest von uns dachte, wir würden unsere Karriere dort fortsetzen. Und dann, nun ja, kam das Leben dazwischen." Er hielt inne. „Oder in manchen Fällen nicht." Er blickte in die Ferne, und ich drückte seine Hand. Er lächelte mich an, drückte zurück und ließ dann los, um das Thema auf eine Veranstaltung zu lenken, die er für eine Abschiedsfeier plante. Außerdem gab es eine Yoga-Veranstaltung auf dem Weingut, an der sie gemeinsam mit Maddie arbeiteten, und es war einfach ein seltsamer Zustrom von Menschen und Aufgaben, die nichts mit ihrer Vergangenheit zu tun hatten.

Und ich verstand es. Ich war nicht mehr dieselbe Person, die ich gewesen war, als ich noch allein Hochzeiten geplant hatte. Jetzt hatte ich ein ganzes Team, in dem jeder seine eigene Aufgabe hatte, und ich hatte das Gefühl, anderen etwas zu geben. Nein, ich wollte nie wieder heiraten und bereute sogar, an jenem schicksalhaften Tag auf der Tanzfläche „Ja" gesagt zu haben, als Clint mir die Frage aller Fragen gestellt hatte.

Doch diese Menschen glaubten an ihr Glück und ihre Liebe. Also würde ich ihnen den verdammt noch mal besten Tag ihres Lebens bescheren.

Wir gingen über den gepflasterten Bereich, lächelten

ein paar Gästen des Gasthauses zu und gingen unsere Pläne durch.

„Es wird wunderschön werden. Morgen habe ich ein Treffen mit dem nächsten Paar, um sicherzustellen, dass wir auf dem richtigen Weg sind. Ich denke, dein Vorschlag, die gemeinsamen Junggesellen- und Junggesellinnenabschiede im Partybus oder Trolley zu feiern, also am Tag zuvor, ist perfekt."

„Gut, denn ihre große Party haben sie schon eine Woche vorher. So ist niemand verkatert, aber bei dieser hier können wir ihnen ein bisschen von unserem Zuhause zeigen."

„Weil es touristisch ist und sie den River Walk und all den Kram sehen wollen."

Ich verdrehte die Augen. Egal wer zu Besuch kam, alle wollten den River Walk sehen, obwohl ich schon tausend Mal dort gewesen war und sich nichts daran geändert hatte.

Elliots Mundwinkel zuckte. Wir besprachen noch ein paar andere Dinge, und ich gab mir alle Mühe, nicht in die Ferne zu schauen, um nach Eli Ausschau zu halten. Ich wusste, dass er heute unterwegs war – er half Evan mit ein paar Dingen im Weingut und anschließend East bei einigen Bauarbeiten. Ich hielt zwar nicht wirklich Ausschau nach Eli, aber ich wusste, was er heute tat, und versuchte deshalb, nicht zu sehr darüber nachzudenken.

Denn ich schuldete ihm noch eine Antwort. Ob ich ihn noch einmal küssen wollte. Ob wir herausfinden wollten, ob zwischen uns mehr sein könnte.

Es wäre so gefährlich. So riskant. Und doch erinnerte ich mich an diese Verbindung. An diesen Tanz. Und an das Schuldgefühl, das mich überrollt hatte, weil ich solche

Gefühle für jemanden hatte, der nicht mein Freund gewesen war.

Ich hatte die Situation noch nicht einmal ganz erfasst, bevor er weggegangen war und sein Bestes getan hatte, die Enttäuschung in seinem Blick zu verbergen, als Clint aufgetaucht war.

Verdammt, Clint. Er hat wirklich alles ruiniert.

Aber war es wirklich eine gute Idee, mich auf Eli einzulassen? Oder wäre das ein Fehler?

Mir war klar, dass es einer sein könnte. Und wahrscheinlich war es auch einer. Denn obwohl er nicht mein Chef war, würde ich trotzdem mit ihm zusammenarbeiten. Schließlich würden wir weiterhin auf demselben Grundstück wohnen.

Es gäbe kein Entkommen, falls es nicht funktionierte. Und das könnte durchaus passieren, denn das war die einzige Erfahrung, die ich in letzter Zeit gemacht hatte.

Aber würde ich wirklich zulassen, dass Clint und seine Entscheidungen den Rest meines Lebens bestimmen?

„Was zum Teufel macht er hier?", murrte Elliot leise vor sich hin, und als ich aufblickte, sah ich zwei Männer. Mir stockte der Atem, als ich sie erkannte.

„Sie sind ziemlich oft hier."

„Sie kommen für Retreats hierher, speziell ins Weingut, weil einige ihrer Influencer und Investoren den Ort mögen."

„Im Ernst? Eure Konkurrenten?", fragte ich verblüfft.

„Ich habe nicht gesagt, dass es Sinn ergibt. Aber so ist es. Ich glaube, dass sie einfach spionieren und herausfinden wollen, was wir so treiben."

„Und Eli lässt das zu", flüsterte ich. Ich atmete tief aus. „Entschuldige."

Elliot schüttelte den Kopf. „Eli lässt es zu, denn wenn er

es nicht tut, werden der Vater oder die Brüder einfach etwas gegen East und Evan unternehmen."

„Was meinst du damit?"

„Brayden hat herausgefunden, dass East und Evan sich von uns allen am ehesten provozieren lassen."

„Mit anderen Worten: Sie versuchen, eine Szene zu machen, einen Streit anzuzetteln, und die Wilder-Brüder dann als Barbaren hinzustellen, die es nicht verdienen, hier zu sein."

„So ungefähr. Es funktioniert allerdings nicht. Aber wir können sie auch nicht einfach vom Grundstück werfen, da sie zahlende Kunden sind."

„Ich finde, ihr solltet sie trotzdem des Grundstücks verweisen dürfen, egal ob sie zahlen oder nicht. Zum Teufel mit ihnen", erklärte ich und hob trotzig das Kinn.

Ich schüttelte den Kopf und ignorierte ihn, als Brayden und LJ auf uns zukamen.

„Da bist du ja", sagte Brayden grinsend. „Schön, dich hier zu sehen. Ich hätte nicht gedacht, dass du immer noch hier arbeitest", neckte Brayden, und ich hätte dem Mann am liebsten ins Gesicht geschlagen.

Der andere Sohn des Besitzers, LJ Dodge, sah mich an, die Hände hinter dem Rücken verschränkt, und mir wurde klar, dass ich ihm noch nie zuvor begegnet war. Natürlich wusste ich, wer er war, und hatte ihn schon aus der Ferne gesehen, doch wir hatten uns nie vorgestellt.

„Hallo, ich bin LJ. Du musst Alexis sein. Schön, dich kennenzulernen."

„Freut mich auch, dich kennenzulernen, LJ", sagte ich leise und versuchte, ihn einzuschätzen. Ich kannte diesen Mann nicht, und er hatte weder die schmierige Ausstrahlung wie Brayden, noch die aggressive Art, die ihr Vater an den Tag legte. Das beunruhigte mich noch ein wenig mehr, weil ich diesen Mann nicht kannte und kein besonders guter Menschenkenner war, wie sich bei Clint gezeigt hatte.

„Wir haben gerade auf dem Weingut mit ein paar Investoren zu Mittag gegessen."

„Hattet ihr euch nicht für das Dodge Resorts entschieden?", fragte Elliot, und LJ zuckte mit den Schultern.

„Gestern schon. Aber heute wollten sie hierherkommen. Das Essen ist wirklich gut. Eure neue Chefköchin ist fantastisch." Sein Lächeln reichte bis zu seinen Augen, und ich blinzelte nur verwirrt, da ich diesen Mann nicht so gut einschätzen konnte wie den Rest seiner Familie. „Kendall Wilder, richtig? Wir wollten sie schon einmal einstellen, aber mein Vater hat sich für Stefan entschieden."

Elliot schnaubte. „Natürlich hat er sich für Stefan entschieden. Er hat in einem Michelin-Stern-Restaurant gearbeitet." Ich hörte die Bitterkeit in seiner Stimme, die nichts mit Kendall zu tun hatte, sondern ausschließlich mit Dodge.

„Aber Kendall ist die Beste", sagte ich. „Wir haben also Glück, dass dein Vater sich für jemand anderen entschieden hat, denn so haben wir Kendall bekommen. Am Ende haben wir gewonnen." Ich zwinkerte ihm zu, und LJ lächelte nur.

„Stimmt. Aber ich glaube, ich gewinne trotzdem, wenn ich hierherkommen und mitessen darf."

„Seltsam, dass ihr hierherkommt, obwohl euer Vater immer sagt, wir seien Rivalen", sagte Everett, und ich war überrascht, dass er es so direkt ansprach.

„Ich würde nicht sagen, dass wir Rivalen sind", begann Brayden, aber LJ hob die Hand.

„Mein Vater hat seine Meinung, aber das ist nicht meine. Wir haben unterschiedliche Stärken, genau wie bei Roy. Wir sollten zusammenarbeiten können."

Brayden warf ihm einen finsteren Blick zu, aber LJ

schüttelte nur den Kopf. „Das weißt du doch", flüsterte er, und ich fragte mich, was zwischen diesen Brüdern vor sich ging, denn auch bei den Wilder-Brüdern gab es Spannungen, die ich noch nicht ganz verstand.

„Und jetzt genug von unserer schmutzigen Wäsche", sagte LJ mit einem verlegenen Lachen. „Wir sind nur gekommen, um Hallo sagen, da ich dich aus der Ferne gesehen habe und endlich kennenlernen wollte, Alexis. Ich werde nicht versuchen, dich abzuwerben. Aber falls du einmal Lust hast, dir zusätzliche Arbeit aufzubürden, ruf uns an."

„Hier geht es ihr bestens", zischte Everett.

„Er hat recht. Das Wilder Resort läuft so gut, dass ich gerade komplett ausgelastet bin. Und damit bin ich zufrieden", sagte ich mit einem breiten Grinsen. Brayden kniff die Augen zusammen, während LJ lachte.

„Verstanden. Und ich versuche wirklich nicht, dich abzuwerben. Versprochen."

„Klingt aber ganz danach", knurrte Everett.

„Schönen Tag euch noch. Wir müssen noch zu ein paar Besprechungen", sagte Elliot mit einem knappen Nicken und zog uns weg. Die Dodge-Brüder gingen in die entgegengesetzte Richtung zu ihren Autos, und ich schüttelte nur den Kopf.

„Was sollte das denn?", fragte ich.

„Ich habe keine Ahnung", antwortete Elliot seufzend. „Sie verwirren mich. Was wahrscheinlich manchmal auch der Sinn der Sache ist."

„Ich kann Dodge und Brayden nicht ausstehen, aber es macht mir irgendwie Sorgen, dass ich LJ vielleicht doch mag."

„Lass Eli das bloß nicht hören", murrte Everett.

Ich kniff die Augen zusammen. „Und ich kann ihn auch

nicht einschätzen. Wer weiß, vielleicht wiegt er uns in falscher Sicherheit."

Everett runzelte die Stirn. „Oder er ist wie Roy und versucht, uns dazu zu bringen, mit ihm zusammenzuarbeiten."

„Sag so etwas nicht laut", flüsterte Elliot. „Nicht, wenn Dodge ständig versucht, uns zu überbieten und unsere Margen zu schmälern."

Ich wäre beinahe über meine eigenen Füße gestolpert. „Wirklich?"

„Wirklich. Es ist, als wollte er bei jeder einzelnen Veranstaltung mit uns konkurrieren. Deshalb wollten wir dich. Damit wir doppelt so viel Power haben", flüsterte Elliot und verzog dann das Gesicht, als wir bemerkten, dass noch jemand auf uns zukam. „Und ich sollte unsere schmutzige Wäsche nicht öffentlich waschen."

„Sind die Brüder gegangen?", fragte Eli, während er zwischen uns dreien hin und her blickte.

„Ja, sind sie. Keine Sorge. Ich gehe nicht mit ihnen", neckte ich ihn.

Wenn überhaupt, wurde Elis Blick noch stürmischer. „Die wollten dich abwerben? Im Ernst?"

„Erstens: Nicht so, wie du denkst, oder wie du es gerade formuliert hast. Ich werde nicht zu einer anderen Firma wechseln. Ich bin bei euch. Hier ist jetzt mein Zuhause."

„Schön, dass das geklärt wäre. Wir haben jetzt Besprechungen, viel Glück." Elliot hüpfte auf den Zehenspitzen und zog Everett praktisch hinter sich her, sodass ich allein mit Eli auf dem Weg zurückblieb und mich fragte, wie zum Teufel ich in diese Situation geraten war.

„Sie haben dich aber nicht belästigt, oder?", fragte Eli und zog mich zu sich zurück, damit ich ihn ansah. Ich wollte meine Hand auf seine Wange legen und ihm sagen, dass alles gut werden würde. Und das sollte mir Sorgen bereiten.

Denn ich sollte diese Verbindung ignorieren.

Auch wenn ich wusste, dass ich es nicht tun würde.

„Sie haben nichts getan. Haben nur Hallo gesagt und im Weingut zu Mittag gegessen."

„Ich finde es trotzdem seltsam. Wir gehen ja auch nicht dort essen."

„Vielleicht solltet ihr das mal tun", platzte es aus mir heraus, und er hob die Augenbrauen. „Ich meine ja nur, vielleicht versuchen sie gar nicht, uns zu schikanieren."

„Sie versuchen ständig, uns jede Veranstaltung wegzuschnappen, und kommen immer wieder hierher, um uns einzuschüchtern."

„Okay, gut, dann geht nicht zum Mittagessen dorthin. Aber sie sind im Moment nicht wichtig. Uns geht es großartig. Der ganzen Firma geht es großartig. Denkt einfach daran."

Eli sah mir in die Augen, und ich wusste, dass er mich fragen wollte, ob ich eine Antwort hatte. Aber er würde es nicht direkt aussprechen, weil er mich nicht unter Druck setzen wollte. Denn so war dieser Mann einfach nicht.

Also leckte ich mir stattdessen die Lippen und bemerkte, wie sein Blick der Bewegung folgte.

„Okay", flüsterte ich, und er blinzelte.

„Okay?"

„Okay. Lass uns ausgehen. Probieren wir es einfach mal aus."

„Warum?", platzte es aus ihm heraus, dann lachte er. „Ich meine, warum hattest du plötzlich eine Antwort. Nicht, warum du mit mir ausgehst. Denn das werde ich nicht fragen, ich will die Antwort eigentlich gar nicht wissen."

Das brachte mich zum Lachen, und ich schüttelte den Kopf. „Weil ich es leid bin, jeden mit Clint zu vergleichen. Das mache ich ständig. Meine Scheidung ist durch. Ich bin Single, und ich will es."

Und das war alles, was ich dazu sagen würde.

„Gut. Ich muss versprechen, dass wir das nicht vermasseln."

Die Intensität in seinem Blick machte mir Angst, und ich schluckte erneut schwer. „Wir werden das nicht vermasseln."

Und ich musste hoffen, dass keiner von uns beiden den anderen belog.

KAPITEL 9

Eli

Das war wahrscheinlich ein Fehler, aber ich wurde langsam ziemlich gut darin, solche Fehler zu machen.

Ich ging den Weg zu Alexis' Hütte entlang und redete mir ein, dass dies kein großer Fehler war. Doch die Tatsache, dass ich *zu Fuß zu ihr gehen* konnte, anstatt mit dem Auto zu fahren, bedeutete, dass alles wahrscheinlich viel komplizierter war, als es sein müsste.

Ich war mir nicht sicher gewesen, ob sie das Angebot, auf dem Grundstück zu wohnen, annehmen würde oder nicht, bis sie Ja gesagt hatte. Ich wusste, dass sie aufgrund von Umständen, auf die sie keinen Einfluss hatte, gerade zwischen zwei Jobs stand, aber mir war nicht klar gewesen, dass sie eine Unterkunft brauchte. Vielleicht würden wir heute Abend darüber reden. Oder vielleicht war das Thema zu heikel. Verdammt, nur weil ich die Frau nicht aus dem

Kopf bekam, obwohl ich es sollte, hieß das noch lange nicht, dass ich jedes ihrer tiefsten, dunkelsten Geheimnisse kennen musste.

Aber ich wollte sie wissen.

Ich hatte keine solchen dunklen Geheimnisse, nicht so wie meine Brüder. Zumindest glaubte ich das. Also würde sie vielleicht nicht weglaufen.

„Verdammt", murmelte ich leise vor mich hin, bevor ich an ihre Tür klopfte und die Schultern straffte.

Sie öffnete die Tür so schnell, als hätte sie daneben gewartet. Oder vielleicht interpretierte ich einfach wieder einmal zu viel in alles hinein.

Sie stand da in einem schwarzen Kleid, das sich ihren Kurven anschmiegte, und in High Heels, die schreckliche Dinge mit meiner Fantasie anstellten. Ihr Haar fiel locker in langen Wellen um ihr Gesicht. Sie sah absolut umwerfend aus.

Mit mir stimmte eindeutig etwas nicht, denn alles, was ich wollte, war, sie wieder in ihre Hütte zu schieben, ihr Kleid hochzuziehen und herauszufinden, was sie darunter trug.

Und der Hitze in ihrem Blick nach zu urteilen, als sie mich ansah, hoffte ich, dass sie dasselbe dachte. Aber das war unser erstes Date. Wir sollten wahrscheinlich erst einmal diese Verabredung hinter uns bringen.

„Du bist pünktlich. Als du gesagt hast, du würdest mich hier abholen, habe ich gar nicht daran gedacht, dass wir dann den ganzen Weg zu deinem Auto laufen müssen."

„Ist schon okay. Ich habe tatsächlich darüber nachgedacht, hierherzufahren, um dich abzuholen. Aber dann könnten wir nicht über ein paar der kleinen Wege gehen. Und die sind eigentlich das Schönste hier."

„Du hast recht. Das ist ein wunderschönes Stück Land,

und ich kann immer noch nicht glauben, dass ich hier wohnen darf."

„Ich auch nicht. Nicht, dass du hier wohnst, sondern dass ich es tue." Ich schüttelte den Kopf und kniff mir in die Nasenwurzel. „Ich schwöre, ich kann mich besser ausdrücken, als es sich gerade anhört."

Sie lachte, schloss die Tür hinter sich und verriegelte sie. „Ich schwöre, ich bin auch besser darin. Manchmal. Okay, also fahren wir nach Chama Gaucha?"

„Du siehst gut aus", sagte ich nach einem Moment und räusperte mich.

„Das habe ich mir auch gedacht. Da wir in ein brasilianisches Steakhaus gehen, war ich mir nicht sicher, was ich anziehen soll. Ich habe sogar online nachgeschaut, was die Leute auf Instagram so tragen."

Ich schnaubte, während ich sie den mondbeschienenen Weg hinunter zu meinem Auto führte. „Das hätte ich beinahe auch gesagt. Das wäre wahrscheinlich eine bessere Idee gewesen, als Kendall zu fragen."

Alexis stolperte über ihre High Heels, und ich stützte sie am Ellbogen.

„Kendall zu fragen wäre clever gewesen. Du hattest also auch keine Ahnung?"

„Ich war schon in brasilianischen Steakhäusern, aber die waren etwas legerer als dieses hier. Kendall hat mir geraten, eine schicke Hose anzuziehen, aber keine Krawatte und kein Jackett. Was gut ist, denn ich hasse es, eine verdammte Krawatte zu tragen."

„Ich weiß nicht. Ich glaube, ein Anzug würde dir gut stehen. Nur so als Tipp." Ihr Blick wanderte über meinen Körper, und mein Schwanz wurde hart.

Verdammt, nur ein Blick, und ich war schon bereit, sie auf der Ladefläche meines Pick-ups zu nehmen.

Mit mir stimmte etwas ganz und gar nicht.

Ich half ihr in den Pick-up, und wir fuhren die Straße hinunter und dann auf die Autobahn. Das brasilianische Lokal war ungefähr fünfundzwanzig Minuten von den Wilder Resorts entfernt, aber für texanische Verhältnisse war das wie eine kurze Fahrt um die Ecke, um Milch zu holen.

Daran musste ich mich erst gewöhnen, wenn man bedachte, dass ich früher in einer großen Stadt gelebt und nicht einmal ein Auto besessen hatte, da ich auf der Basis keines gebraucht hatte.

Wir sprachen über die Arbeit und nichts allzu Persönliches, da das vorerst unsere gemeinsame Basis war. Als Roys Name fiel, leuchteten ihre Augen auf, und sie lachte. Ich hätte vielleicht eifersüchtig sein können, hätte ich nicht den tiefen Respekt in ihren Augen gesehen und in ihrem Tonfall gehört. Ich wusste, dass es nichts weiter war als das, was ich selbst für diesen Mann empfand. Einfach ein Gefühl des *Respekts*.

Sie lächelte. „Ich verdanke ihm so viel."

Ich runzelte die Stirn, als ich ihr aus dem Pick-up half und wir auf den Eingang zugingen. Das verdammte Restaurant hatte sogar einen Parkservice, obwohl ich mein Biest selbst geparkt hatte. Ich brauchte den Pick-up im Resort, doch heute Abend wünschte ich, ich hätte ein schickes Auto. Wahrscheinlich hätte ich mir für das Date eines ausleihen sollen, aber so war ich nun mal, und Alexis musste mein wahres Ich kennenlernen. Was ein seltsamer Gedanke war, wenn man bedachte, dass ich mein Leben lang darauf geachtet hatte, mich auf keine Frau ernsthaft einzulassen.

„Warum sagst du das?", fragte ich und kehrte zum Gespräch zurück.

„Um das zu erklären, brauche ich erst mal einen Drink." Sie verzog das Gesicht, aber ich nickte verständnisvoll.

„Okay. Ich habe gehört, dass sie eine fantastische Bar haben."

„Gut, denn ich bin nervös." Sie zuckte zusammen. „Das ist mein erstes Date seit meiner Scheidung. Eigentlich traurig, wenn man darüber nachdenkt."

Ich schüttelte den Kopf und ergriff ihre Hand. Sie sah mich an, und wir hielten beide inne. Da war wieder diese Verbindung, dieses Gefühl, als würde ich sie schon viel länger kennen.

„Ist schon gut. Irgendwie gefällt es mir, dein Erster zu sein." Ich zwinkerte ihr zu, und sie verdrehte die Augen, doch dann kehrte dieses Lächeln zurück, das ich unbedingt hatte sehen wollen.

Ich nannte der Hostess meinen Namen, sie suchte unsere Reservierung heraus und führte uns zu unserem Tisch.

„Dieser Laden ist schick", flüsterte Alexis leise, und ich grinste.

„Everett hat mir das Restaurant empfohlen. Ich wollte schon immer mal hierher. Das Fleisch soll fantastisch sein. Aber ich bin wirklich froh, dass wir ein gutes Quartal hatten, denn verdammt, das hier wird wahrscheinlich ein Vermögen kosten. Oder mein Erstgeborenes."

„Wir können auch woanders hingehen", sagte Alexis schnell, als sie sich setzte. Ein Kellner nahm ihre Handtasche und hängte sie an einen kleinen Haken an ihrem Stuhl. Alexis lächelte, bedankte sich bei dem Kellner und setzte sich dann richtig hin.

„Kein Problem. Ich lade dich in ein schönes Restaurant ein, und Everett würde uns nichts Schlechtes empfehlen.

Aber hat deine Tasche gerade ihren eigenen Stuhl bekommen?"

„Ja, das gibt es in manchen Restaurants. Das hier ist eher ein Haken. Ich war mal in Paris in einem Lokal, wo sie tatsächlich einen eigenen Thron hatte."

„Ich habe wirklich das Gefühl, dass ich hier nicht reinpasse."

„Du warst Offizier beim Militär, ich wette, ihr passt besser hierher, als deine Brüder manchmal das Gefühl haben. Abgesehen von Everett."

„Weißt du, was lustig ist? Elijah ist eigentlich derjenige, der am besten in einem Anzug aussieht. Everett macht seine Sache gut, aber Elijah ist wie dafür geboren."

„Dann tust du einfach so, bis du es schaffst. Ich weiß das von den verschiedenen Händlern und Veranstaltungsorten, mit denen ich zusammenarbeite. Oder zusammengearbeitet habe. Es ist anders, wenn man nur eine Speisekarte hat und die Leute zu dir kommen."

„Fake it till you make it. Das habe ich durch die verschiedenen Lieferanten und Veranstaltungsorte gelernt, mit denen ich arbeite – oder gearbeitet habe. Es ist ein wenig anders, wenn man nur eine Speisekarte hat und die Leute zu dir kommen."

„Also, reden wir jetzt?", fragte ich, als die Kellnerin herüberkam und unsere Getränkebestellung aufnahm. Ich bestellte einen Old Fashioned, weil das schick klang und er mir tatsächlich schmeckte, während Alexis einen Wodka-Martini bestellte.

Hier zu bestellen war einfach, weil man im Grunde nur Salat und Fleisch bekam und dann den Abend genießen konnte. Kellner liefen mit Fleischspießen herum, und wenn man seine grüne Karte aufstellte, schnitten sie einem etwas davon ab. Wenn sie auf Rot stand, ließen sie einen in Ruhe.

Ich war vollkommen begeistert, denn hallo, Fleisch so viel man wollte? Das Beste überhaupt.

„Wie schmeckt dein Old Fashioned?", fragte Alexis nach einer Minute, und ich nahm einen Schluck. Der rauchige Geschmack war genau richtig.

„Gut. Ich bin irgendwie froh, dass die wieder in Mode gekommen sind. Mit all den kleinen Whiskybrennereien und Bars, die überall in den Städten aus dem Boden schießen."

„Ich weiß, die Jungen entdecken den Drink gerade wieder, also können wir ihn trinken."

„Entschuldigung. Wir *sind* jung."

„Wir sind in den Dreißigern, Eli. Wir gehören offiziell zur älteren Generation."

Ich schauderte, nickte dann aber. „Kein Problem. In meinen Zwanzigern war ich ein Trottel, also ist es für mich okay, mit fast achtunddreißig ein alter Mann zu sein."

„Und für mich ist es in Ordnung, mit dreißig die matronenhafte Geschiedene zu sein."

„An dir ist nichts Matronenhaftes, Alexis."

„Der Spruch war immerhin besser als der letzte."

Ich verdrehte die Augen und nahm noch einen Schluck von meinem Drink.

„Wollen wir uns Salate und Beilagen holen, bevor wir uns dem Fleisch hingeben?" Ich hielt inne. „Weißt du, ich glaube nicht, dass ich jemals nur mit meinen Brüdern hierherkommen könnte."

„Was? Sind dir die Schwanzwitze doch zu viel?", fragte sie. Ihr unschuldiges Lächeln war einfach zu viel.

Ich beugte mich über den Tisch, küsste sie sanft und sah, wie erneut ein Ausdruck der Überraschung über ihr Gesicht huschte. Dann stand ich auf. „Komm schon, holen wir uns Salat und grüne Bohnen oder was auch immer sie uns sonst noch servieren, und dann essen wir Fleisch. Und genießen es.“

„Wie Sie wünschen, Mr. Wilder.“

„Das klingt gut“, murmelte ich, und sie gab mir einen spielerischen Klaps auf den Arm, während wir zum Buffet gingen, um uns Beilagen zu holen.

Ich war schon einmal in einem brasilianischen Steakhouse gewesen, aber hier gab es etwa fünfmal so viel Essen, und der Service war erstklassig. Ich konnte nicht glauben, dass das im Preis inbegriffen war, und war froh, dass ich einen gesunden Appetit hatte. Alexis wohl auch, den Beilagen nach zu urteilen, die sie auf ihrem Teller auftürmte. Ich verliebte mich langsam in diese Frau, und das alles nur wegen des Essens. Mit mir stimmte etwas ernsthaft nicht.

Wir setzten uns wieder hin, fingen an zu essen, und als die Männer mit den Fleischschwertern vorbeikamen, nahmen wir uns jeder ein Stück Filet, Lamm, Hähnchen, Rib-Eye und unzählige andere Sorten. Das mit Speck umwickelte Filet brachte mich beinahe direkt am Tisch zum Höhepunkt, ebenso wie Alexis. Wir stöhnten beide und aßen weiter, bis wir schließlich die Karten auf „Rot“ schoben, um uns eine Pause zu gönnen.

„Die waren unglaublich schnell“, flüsterte sie.

„Es gibt bestimmt einen Witz darüber, dass sie mit ihrem Fleisch schnell sind, aber ich kann nichts sagen. Ich habe Fleisch im Mund, und das ist alles, was ich will. Oh mein Gott, das ist so gut.“ Ich stöhnte, woraufhin sie lachte und den Kopf schüttelte.

„Ich bin so froh, dass wir darüber Witze machen können.“

„Was denn? Wenn man über so einen Laden spricht, gehören Schwanzwitze doch einfach dazu.“

Wir flüsterten, da wir nicht wollten, dass uns jemand anderes in diesem schicken Lokal hörte.

„Okay, du hast schon deinen zweiten Drink. Erzähl mir etwas."

Sie seufzte, zuckte aber mit den Schultern und nippte an ihrem Martini. „Also, ich habe bei dieser Hochzeit Ja zu Clint gesagt."

Meine Miene verfinsterte sich, und ich musste mich zusammenreißen, um nicht mit den Zähnen zu knirschen.

„Ich habe deinen Blick gesehen. Und ich habe diese Verbindung auch gespürt, auch wenn es falsch war, weil ich damals mit jemandem zusammen war. Aber ich habe es."

Ich öffnete den Mund, um etwas zu sagen, aber sie hob die Hand.

„Lass mich bitte weiterreden."

„Ich bin da."

Und ich wollte es wissen.

„Ich habe Ja gesagt, weil ich es wollte. Aber ich hatte nicht mit einem solchen Heiratsantrag gerechnet, oder gar genau in diesem Moment. Ich dachte, wir hätten mehr Zeit, um herauszufinden, was wir beide genau wollten, aber ich habe mich geirrt. Clint wollte eine große, pompöse Feier, und ich war Hochzeitsplanerin, also habe ich dafür gesorgt, dass sie perfekt wurde. Und Emily hat geholfen. Sie ist unglaublich."

Ich nickte und dachte an ihre Assistentin.

„Ich hatte eine eigene Firma. Ich war meine eigene Geschäftsführerin, Finanzchefin, einfach alles. Emily hat viel geleistet, aber sie ist jetzt verheiratet, Mutter und hat ihr eigenes Leben. So, wie wir früher gearbeitet haben, hat es perfekt funktioniert. Emily konnte ihr Leben führen, und ich konnte mich zu Tode schuften, ohne auch nur darüber nachzudenken."

„Ich weiß nicht, ob das eine gesunde Einstellung ist", murmelte ich.

„Du hast recht. Und es hätte sich etwas ändern müssen. Ich hatte bereits darüber nachgedacht, eine Assistentin für Emily einzustellen, oder zumindest eine Kollegin. Wir haben überlegt, wie wir die Position benennen könnten, damit Emily sich nicht an den Rand gedrängt fühlt, verstehst du?"

„Ich verstehe. Aber da du so eng mit Elliot und seinem Team zusammenarbeitest, brauchst du das hier wohl nicht?"

Sie schüttelte den Kopf.

„Nein, und wenn doch, würde ich erst einmal überlegen, wie ich alles umorganisieren kann, um Geld zu sparen, und dann würde ich zu dir kommen. Ich werde mich nicht noch einmal so verausgaben. Das verspreche ich."

„Gut, aber es ist meine Aufgabe, dafür zu sorgen, dass diese Möglichkeit gar nicht erst besteht."

„Ich schätze schon." Ihr Lächeln verschwand, und sie seufzte. „Jedenfalls habe ich zu viel gearbeitet, und das wusste ich auch. Und Clint wusste es auch. Clint mag schöne Dinge, also arbeitet er dafür."

Ich hörte den scharfen Unterton in ihrer Stimme, als sie das sagte, und runzelte die Stirn. „Dann gab es also Probleme?"

„Ich habe es zuerst nicht bemerkt. Er gab gerne Geld aus und mochte die schönen Dinge des Lebens. Und ich hatte nicht so viel Geld. Nicht so viel, wie er dachte. Und deswegen war er verärgert. Er wollte, dass ich die Frau war, die ich nicht war."

„Warum dachte er, du hättest Geld?", fragte ich, ehrlich verwirrt. Das ergab keinen Sinn.

Sie seufzte, nahm einen weiteren großen Schluck von

ihrem Martini und spielte mit dem Essen auf ihrem Teller. „Ich komme aus einer wohlhabenden Familie."

Ich blinzelte. „Was? Wirklich?"

„Ich behalte das normalerweise für mich, aber meine Großeltern mütterlicherseits hatten sehr viel Geld. Richtig viel", flüsterte sie und zuckte dann mit den Schultern. „Deshalb weiß ich das mit der Handtasche, und deshalb kann ich mich bei bestimmten Hochzeiten oder sogar an einem Ort wie diesem perfekt anpassen. Und ich war schon in Michelin-Sterne-Restaurants, wo man tausend Dollar pro Gedeck zahlen muss, nur um einen Tisch zu bekommen."

„Meine Güte", murmelte ich und nahm noch einen Schluck von meinem Bier. Nach dem Old Fashioned war ich auf Bier umgestiegen, aber ich wollte nur diese beiden Drinks und jede Menge Wasser zu all dem Fleisch trinken, damit ich noch nach Hause fahren konnte.

„Ja. Meine Großeltern waren stinkreich, haben uns aber kein Geld gegeben. Was Sinn ergibt, denn wir hatten alle unsere eigenen Firmen, die gut liefen."

„Und Clint dachte, du hättest mehr?"

„Er kannte meine Großeltern und dachte, ich hätte direkten Anspruch auf dieses Geld. Das hatte ich aber nicht. Ich hatte lediglich einen Treuhandfonds."

„Einen Treuhandfonds", sagte ich und hatte das Gefühl, drei Schritte hinterher zu sein.

Sie fuhr sich mit der Hand durch die Haare, verzog kurz das Gesicht und strich sie wieder glatt. „Mein Großvater ist vor drei Jahren gestorben, und meine Großmutter war die Matriarchin unserer Familie. Ich habe wundervolle Eltern, den perfektesten Bruder und die perfekteste Schwägerin sowie eine Nichte und einen Neffen, die alle in Spanien leben. Meine Eltern auch. Sie sind alle dorthin gezogen, um in der Nähe der Kleinen und der Familie meiner Schwägerin zu sein."

„Und du bist hier. Das tut mir leid."

„Es ist okay. Ich versuche, sie so oft wie möglich zu sehen, und ich weiß, dass du verstehst, was es bedeutet, wegen der Arbeit oder einfach aufgrund der Umstände von der Familie getrennt zu leben."

„Ja. Deshalb haben wir das Wilder Resort and Winery gebaut, damit wir zusammen sein können. Auch wenn die Umstände vielleicht etwas verrückt sind."

„Das ist es definitiv. Jedenfalls dachte Clint, er könnte an das Familienvermögen kommen. Zumindest wirkt es im Nachhinein so. Ich weiß nicht, ob das wirklich seine Motivation war. Am Ende wurde er gemein. Unhöflich. Er war kein guter Mensch. Und er hat mich nicht so geliebt, wie ich dachte. Am Ende habe ich ihn auch nicht mehr geliebt."

„Das tut mir leid, Alexis."

„Mir auch. Die Sache ist die: Ich habe vor ein paar Monaten meine Großmutter verloren", flüsterte sie, und ich beugte mich vor und ergriff ihre Hand.

„Alexis. Es tut mir so leid, das wusste ich nicht."

„Es ist okay. Viele wissen es nicht. Großmutter ist im Schlaf gestorben, friedlich und ohne Schmerzen, wie mir die Ärzte gesagt haben. Sie ist jetzt bei Opa, und ich weiß, dass sie dort glücklich ist. Zumindest rede ich mir das ein. Denn ich hasse den Gedanken, dass es anders sein könnte."

„Also, ich stelle dir jetzt eine seltsame Frage: Was bedeutet das für deine Familie?"

„Und da ist sie", seufzte sie. „Genau das hat Clint auch gedacht, aber nicht so wie du. Meine Ehe mit Clint war schon vorbei, bevor meine Großmutter starb. Weil ich es einfach nicht mehr ausgehalten habe und Clint nicht bekam, was er wollte."

„Pech für ihn, oder?", sagte ich verschmitzt. Sie schnaubte, trank ihren Martini aus und nahm dann einen Schluck Wasser.

„Nun, es ist in der Tat schade für ihn, denn ich bekomme dieses Familienvermögen. Aber erst nächstes Jahr, da ein Jahr nach dem Tod meiner Großmutter vergangen sein muss. So steht es im Treuhandvertrag, damit es keine hinterhältigen Schlupflöcher gibt. Ich verstehe das vollkommen, und es gab nur einige Tiefpunkte im letzten Jahr, in den letzten Monaten, in denen ich mir dieses Geld wirklich gewünscht hätte."

„Wegen der Firma?", fragte ich, immer noch verwirrt.

„Clint hat einen skrupellosen Anwalt engagiert, der mir alles weggenommen hat, was ich besaß. Irgendwie haben sie den Richter davon überzeugt, dass ich die alleinige Verdienerin war und dass meine Hochzeitsfirma ohne Clint nie so erfolgreich geworden wäre."

„Blödsinn", sagte ich so laut, dass mich ein paar Gäste böse anblickten. Ich ignorierte sie.

„Du hast recht. Er hatte nichts damit zu tun, aber der Richter sah das anders. Ich hätte ihm die Hälfte meiner Haupteinnahmen geben müssen oder verkaufen. Komplett verkaufen und die Firma auflösen, meinen Namen verlieren und alles. Und genau das habe ich getan. Denn mit der Hälfte meiner Einnahmen hätte ich unmöglich überleben können. Das hätte nie funktioniert, und das wusste er. Er wollte das Geld. Also hat er bekommen, was er aus dem Geschäft herauspressen konnte. Dabei hat er auch noch die Brücken zu einigen meiner Kontakte niedergebrannt, damit ich nicht wieder auf die Beine komme. Zumindest glaube ich das. Und Roy hatte bereits jemanden in Vollzeit eingestellt und brauchte mich nicht." Sie seufzte erneut und schüttelte den Kopf.

„Alexis. Ich will diesen Kerl finden und ihn verprügeln. Ihm einfach schnell einen Schlag verpassen. Er wird nichts spüren. Nein, ich lüge. Er wird es spüren, und ich werde es genießen."

Sie lächelte und strich mit ihren Fingern über meine Hand. „Danke dafür. Aber ich habe alles verloren: mein Haus, meine Würde, viele unserer Freunde, meine Firma, einfach alles. Emily musste umziehen, um ihre Familie ernähren zu können. Und ich musste hier und da kitschige Hochzeitsjobs annehmen. Das Wilder Resort hat mich gerettet."

„Du hast uns gerettet", korrigierte ich sie. „Das mit deiner Großmutter tut mir leid."

„Danke", flüsterte sie und wischte sich eine Träne weg. „Aber jetzt genug davon. Mir geht es gut. Ich baue mir wieder etwas auf. Ich spare wieder, nachdem Clint unsere Ersparnisse abgehoben hat."

„Willst du mich verarschen?", knurrte ich.

„Nein. Er hat so ziemlich alles genommen, und die Gerichte haben es zugelassen, weil ich über den Tisch gezogen wurde und mir keinen besseren Anwalt leisten konnte."

„Wir werden dafür sorgen, dass du von nun an für alles, was du brauchst, einen guten Anwalt hast."

„Danke. Ich werde nicht zulassen, dass ich noch einmal in eine solche Lage gerate. Nie wieder. Vor allem, weil ich dank des Treuhandfonds jetzt einen besseren Anwalt habe – Clint bekommt nichts davon. Egal, was er denkt, er bekommt keinen Cent."

Meine Nackenhaare stellten sich auf, und ich runzelte die Stirn. „Warum denkst du das?"

Sie schüttelte den Kopf. „Es ist nichts."

„Wirklich?"

„Ich rede gerade nur mit mir selbst, aber im Ernst, erzähl mir was von dir. Genug von mir."

„Über mich gibt es nicht viel zu erzählen", sagte ich und ließ das Thema vorerst fallen.

„Ähm, entschuldige mal, das ist ein Date. Du solltest mir alles erzählen. Schütte mir dein Herz aus." Sie grinste, und ich verdrehte nur die Augen.

„Mal sehen, ich bin direkt nach der Highschool zur Air Force gegangen und habe die Air Force Academy absolviert, weil mein Vater mir einen Platz besorgen konnte."

„Wie meinst du das?"

„Meine Noten waren gut, aber man braucht eine Empfehlung, um aufgenommen zu werden. Es ist ein langwieriger Prozess. Einige werden allein aufgrund ihrer Leistungen aufgenommen, aber ich brauchte diese Start-hilfe. Mein Vater hatte einen guten Freund, der mir geholfen hat. Und es war die beste Entscheidung meines Lebens."

„Wirklich?", flüsterte sie.

„Wirklich. Ich weiß, dass manche es nicht mögen oder nur ein paar Jahre dort bleiben, um ihren Weg zu finden. Aber ich habe es geliebt. Ich mochte die Ordnung. Ich mochte es, für mein Land zu kämpfen. Menschen zu beschützen. Und dafür zu sorgen, dass die Jüngeren, die nachkamen, ein Ziel hatten."

„Das ist schön. Ich meine, ich habe mir nie wirklich Gedanken darüber gemacht, was dort genau vor sich geht, abgesehen von dem, was man in den Nachrichten hört."

„Und es ist nicht so, wie man es in den Nachrichten liest, zumindest nicht ganz. Wir sind nicht nur namenlose Gesichter. Ich habe eine Ausbildung absolviert und war gut in meinem Job. Ich habe meine zwanzig Jahre abgeleistet und brauchte dann eine neue Aufgabe. Eigentlich dachte ich immer, ich würde danach als GS für die Luftwaffe arbeiten. Das ist der zivile Bereich."

„Ich weiß, was ein GS ist, weil ich in San Antonio lebe. Das ist die Gehaltsskala für zivile Mitarbeiter des Militärs. Es gibt verschiedene Stufen. Hier in der Gegend gibt es mehrere Militärbasen. Man gewöhnt sich daran. Die Militärs lieben Abkürzungen."

„Gut, das tut nicht jeder. Aber ich bin immer davon ausgegangen, dass mein Weg so aussehen würde. Und dann hat meine Schwester ihren Mann im Einsatz verloren."

„Oh Eli, das tut mir so leid." Sie drückte erneut meine Hand, und ich strich mit meinem Daumen über ihre Fingerknöchel.

„Ich kannte ihn nicht wirklich. Meine Schwester ist viel jünger. Aber ich habe miterlebt, wie sie zusammengebrochen ist, obwohl sie ihn gar nicht richtig kennenlernen konnte, weil er ständig unterwegs war. Dazu kamen noch andere Dinge, über die ich nicht sprechen sollte, aber ich musste da raus. Ich musste meine Brüder zusammenbringen. Und das hätte ich nicht geschafft, wenn ich für jemand anderen gearbeitet hätte. Evan wurde verletzt, dann Everett. Dann ist etwas mit Elliot und East passiert. All das. Elijah hatte seine eigenen Gründe, auszusteigen. Ich war der Einzige, der seine zwanzig Jahre durchgehalten hatte. Die anderen stiegen aus, sobald ihre Verpflichtung vorbei war. Und innerhalb eines Jahres haben wir es geschafft, das hier aufzubauen."

„Und jetzt arbeitet ihr alle zusammen und lebt am selben Ort. Zum ersten Mal seit Jahren."

„Zum ersten Mal seit zwanzig Jahren", flüsterte ich.

„Das ist verrückt", flüsterte sie und schüttelte den Kopf.

„Ich weiß. Aber ich habe für meine Familie getan, was

ich tun musste, und ich bereue es nicht. Na ja, manchmal schon."

„Wirklich?"

„Natürlich bereue ich es manchmal. Es ist verrückt. Evan ist der Einzige von uns allen, der wegen unserer Onkel auch nur ansatzweise eine Verbindung zum Wein hat, also passt er hierher, auch wenn er das Gegenteil behauptet. East macht das, was er am besten kann, und der Rest von uns hat einfach die Lücken gefüllt. Wir halten das Ding am Laufen. Wir haben die Abschlüsse und wir sammeln Erfahrung, aber wir folgen buchstäblich den Spuren eines anderen Oberstabsfeldwebels und eines anderen Militärs und seiner Familie."

„Es war ein guter Weg. Die Vorbesitzer dieses Grundstücks wussten, was sie taten."

„Dann sollte ich wohl verdammt noch mal herausfinden, was ich hier eigentlich tue."

„Das wirst du schon. Das verspreche ich dir."

„Okay, genug davon. Was hältst du davon, wenn wir unsere Drinks austrinken und nach Hause fahren?"

„Ich muss früh ins Bett, Eli. Wir müssen beide morgen früh zur Arbeit."

Ich sah die Leidenschaft in ihrem Blick und schluckte schwer.

„Ja, früh", flüsterte ich und tat mein Bestes, um nicht die Zunge zu verschlucken, als sie sich vorbeugte und ihre Lippen meine streiften.

„Oh, wie schön, euch zu sehen", sagte eine mir bekannte und unwillkommene Stimme. Ich drehte mich um und sah Brayden vorbeigehen, an seiner Seite eine wunderschöne Frau mit dunkler Haut, strahlenden Augen und einem süßen Lächeln im Gesicht.

„Brayden", sagte ich langsam. „Schön, dich hier zu sehen." Eine glatte Lüge.

„Catalina, das sind meine Erzrivalen: Eli und die schöne Alexis. Sie ist die Hochzeitsplanerin in ihrem Haus."

„Ich habe schon so viel von dir gehört." Catalina winkte mir zu.

„Schön, dich hier zu sehen. Wir wollten eigentlich gerade los", sagte Alexis mit ihrem gewohnten professionellen Lächeln. Ich beneidete sie darum, wie leicht ihr das fiel.

„Natürlich. Es ist schön zu sehen, dass es den Wilders gut genug geht, um in einem Lokal wie diesem zu speisen. Ihr steigt in der Gesellschaft auf."

Catalina runzelte die Stirn, und ich fragte mich, was ein so süßes Mädchen wie sie an einem Mann wie ihm fand, aber das ging mich nichts an. Vielleicht war Brayden gar kein aufgeblasener Trottel. Aber darüber würde ich mir keine Gedanken machen.

Brayden nickte uns zu und ging mit seiner Begleiterin davon. Ich sah Alexis an, die nur den Kopf schüttelte.

„Wir lassen uns von ihm diesen Abend nicht ruinieren."

„Gut. Denn ich möchte noch einmal mit dir ausgehen. Nur so nebenbei."

„Oh. Gut zu wissen."

Ich grinste, beugte mich vor und küsste sie noch einmal, während ich mir einredete, dass das hier kein Fehler war. Es konnte einfach keiner sein.

„Es ist noch früh, Eli. Aber ja, ich würde das gerne wiederholen. Ich habe das Gefühl, wir fangen gerade erst an."

Ich grinste sie an, während sie mich mit großen Augen ansah, als hätte sie das gar nicht sagen wollen, und nickte.

„Klingt nach einem Plan, denn ich möchte dich kennenlernen, Alexis. Und ich will dich auf jeden Fall noch einmal küssen."

KAPITEL 10

Alexis

Ich hätte schwören können, dass meine Lippen noch immer von der vergangenen Nacht kribbelten, während ich am nächsten Tag mein Bestes tat, mich auf die Arbeit, meine Hochzeitspaare und meine Vertriebspartner zu konzentrieren. Doch alles, woran ich denken konnte, war Elis Duft. Der Duft, an den ich nicht denken sollte, und doch war er da. Für immer in meine Haut und in meine Erinnerungen eingebrannt.

Wie konnte ich mich nach nur ein paar Küssen noch daran erinnern, wie er schmeckte? Mehr war nicht passiert, da wir beide wussten, dass es noch andere Komplikationen gab.

Aber es fiel mir schwer, nicht mehr zu wollen und mich zu fragen, wer wir sein könnten, wenn wir es versuchen würden.

Ich schüttelte den Kopf und konzentrierte mich wieder

auf meine Arbeit. Ich hatte sechs fest gebuchte Hochzeiten und sieben Beratungsgespräche, um zu sehen, ob ich sie später im nächsten Jahr einplanen konnte. Ich hatte nur bestimmte Tage im Monat für Hochzeiten zur Verfügung, weil andere bereits für Elliots Veranstaltungen reserviert waren. Er hatte allerdings nicht so viele wie ich, zumindest nicht in den großen Räumen. Er organisierte meist Veranstaltungen für kleinere Gruppen.

Aber vorerst durfte ich mit einigen der wunderbarsten Paare zusammenarbeiten, die ich bisher betreut hatte.

Luke und Tracy waren die Ersten. Sie wollten einen Cinderella-Ball auf der Ranch veranstalten. Nun, zumindest Tracy wollte das. Luke machte mit, weil er bis über beide Ohren in sie verliebt war.

Wir hatten mit einer örtlichen Ranch zusammengearbeitet, die ins Geschäft einsteigen wollte, und uns für die Veranstaltung eine echte Pferdekutsche zur Verfügung stellte. Ich musste unwillkürlich lächeln, weil ich wusste, dass ein Cinderella-Ball in einer europäischen Villa mitten in Südtexas ein ganz besonderes Erlebnis werden würde. Aber es würde funktionieren.

Colin und Adam wollten eine klassische Farm-Hochzeit, die alle anderen Social-Media-Beiträge in den Schatten stellte, wenn es nach mir ging. Emily und ich hatten einen Riesenspaß dabei, gemeinsam mit den beiden Jungs die perfekten Violett- und Grautöne für die großen Picknickbänke auszusuchen, die wir als Haupttisch verwenden wollten. Wir wollten zehn davon in einer Reihe aufstellen, mit einem großen Tischläufer und individuellen Gedecken. Es würde wunderschön und üppig aussehen.

Justin und Hannah wünschten sich elegantes französisches Flair auf einer Ranch. Als sie mir zum ersten Mal von ihrer Vorstellung berichteten, war ich einen Moment lang verwirrt, aber mir wurde klar, dass wir das mit der Architektur der Villa und den weißen Pflastersteinen, die mitten im Eingangsbereich ein eigenes Muster bildeten, hinbekommen würden. Es würde ein bisschen nach Paris und ein bisschen nach Ranch aussehen, aber ich würde dafür sorgen, dass es ein harmonisches Gesamtbild ergab.

Lucinda und Harvey wünschten sich eine klassische, kleine Hochzeit und suchten einfach nach einem Ort, an dem die ganze Familie zusammenkommen konnte. Da sie nur wenige Gäste außerhalb ihrer Familie einluden, würden sie nicht alle Gästezimmer nutzen. Sie wollten einfach nur Glück, Rosen und einen Ort, an dem sie ganz für sich sein konnten. Und ich würde dafür sorgen, dass es Wirklichkeit wurde.

Sabrina und Emmeline planten eine Hochzeit ganz in Rosa und mit *rosa* Rosen. Jede der beiden hatte ihr eigenes Kleid ausgesucht. Sie waren weiß und voluminös, mit langen Schleppen aus Spitze und Glitzer, und ich fand sie wunderschön. Sie durften sich ihre Kleider nicht gegenseitig zeigen, aber es war meine Aufgabe, dafür zu sorgen, dass sie zueinander passten. Sie hatten darauf bestanden, dass ich eingreifen müsse, falls sie dasselbe Kleid wählten oder etwas, das nicht zusammenpasste.

Aber diese beiden liebten sich so sehr und kannten sich so gut, dass ihre große Hochzeit voller rosa Rosen perfekt harmonieren würde.

Matthew und Parker würden eine riesige griechische Hochzeit feiern – natürlich in Texas. Es würde also Unmengen griechischer Desserts und Gerichte geben, und Kendall hatte die Aufgabe, das alles umzusetzen. Es waren sogar drei Hochzeitstorten geplant. Ich hatte großen Spaß daran, mit der Matriarchin der Familie Recherchen anzustellen, damit alles genau so wurde, wie sie es sich vorstellten. Es sollte ein riesiges Familienfest werden, und es war vorerst die letzte Hochzeit, die in meinem Terminkalender stand.

Die erste stand kurz bevor und sollte unser Aushängeschild werden. Die Wilder-Brüder hatten natürlich schon andere Hochzeiten organisiert, und die waren gut gelaufen. Aber wir wollten, dass alle in der Gegend wussten, dass wir da waren, um dem Ganzen unseren Stempel aufzudrücken. Und das war meine Aufgabe.

Beflügelt vom Durchsehen meiner Notizen straffte ich meine Schultern und bemerkte, dass ich zu spät zu meinem Mädelsabend kommen würde, wenn ich nicht aufpasste. Maddie hatte diesen Abend organisiert, nachdem sie von meinem Date mit Eli gehört hatte, und ich wusste, dass der Zeitpunkt kein Zufall war. Sie wollten wissen, was passiert war. Ich würde ihnen nicht allzu viele Details erzählen, da es einfach ein schöner Abend gewesen war, mit ein paar mehr dunklen Geheimnissen, als ich eigentlich preisgeben wollte. Und wundervollen Küssen. Und einer unangenehmen Begegnung, aber das war in Ordnung. Davon schienen wir mit der Familie Dodge eine ganze Menge zu haben.

Allerdings würden Maddie und Kendall Fragen haben. Ich musste also entscheiden, wie viel ich ihnen über mein Date und mein bevorstehendes zweites Date mit einem bestimmten Wilder-Bruder verraten würde.

Ich schüttelte den Kopf, schnappte mir die beiden Geschenktüten, die ich für sie gebastelt hatte – jede enthielt ein besonderes Notizbuch und Stifte, die ich liebte – und machte mich auf den Weg zur Haustür. Ich öffnete sie, als gerade jemand anklopfen wollte und ließ beinahe die Tüten fallen, als ich sah, wer es war.

Clint stand da, mit einem leichten Lächeln auf den

Lippen und einem erwartungsvollen Blick in den Augen. Doch er blinzelte schnell, um einen reumütigeren Ausdruck aufzusetzen.

„Was machst du hier?", fragte ich, und meine Stimme zitterte, obwohl wir schon monatelang getrennt waren. Ich war weit genug vom Rest des Resorts entfernt, sodass mich niemand hören konnte. Doch mir wurde gerade klar, dass niemand mich schreien hören würde. Nicht, dass Clint mir jemals etwas antun würde, aber mir wurde gerade bewusst, wie allein ich hier war. Und das war ein schöner Gedanke.

„Ich wollte dich einfach nur sehen. Ich habe dir doch gesagt, dass wir reden müssen." Er schenkte mir dieses beschwichtigende Lächeln, dessen wahre Bedeutung ich so lange ignoriert erst erkannt hatte, als es fast schon zu spät war, und ich wollte die Tür zuschlagen. Das wäre allerdings sinnlos, denn er würde immer wieder kommen. Nicht immer grob, nein, er würde mit einem Lächeln zurückkommen, und andere würden mir sagen, ich solle ihm eine zweite Chance geben. Dass er es nicht böse gemeint hatte. Doch am Ende würde er meine Gefühle mit Füßen treten und mich daran erinnern, dass ich ein Nichts war.

Schon als er mir auf einer Hochzeit einen Heiratsantrag gemacht hatte, hätte ich wissen müssen, dass das Ganze schlecht enden würde.

„Clint. Ich habe keine Zeit, mit dir zu reden."

„Gehst du auf eine Party?", fragte er mit einem Blick auf die Geschenktüten in meiner Hand. „Wie ich sehe, lassen sie dich wieder die ganze Nacht durcharbeiten, wenn du erst jetzt in den Tag startest."

Ich biss die Zähne zusammen und widerstand dem Drang, ihm eine Ohrfeige zu verpassen. Gerade so.

„Clint. Bitte. Ich habe dich höflich gebeten zu gehen, also verschwinde." Ich erinnerte mich an sein Geschrei und das spöttische Grinsen in seinem Gesicht, als er alles mitgenommen hatte. Ich wollte, dass er ging.

„Willst du wirklich so anfangen, Alexis?"

Schließlich drängte sich die Wut durch den Schmerz. „Es gibt keinen Anfang. Nur ein Ende. Hör einfach auf. Wirklich. Du hast keinen Grund, hier zu sein. Wir sind geschieden. Du hast alles, was du wolltest, Clint. Das war nicht ich, und das ist in Ordnung für mich. Aber ich habe zu tun, und du hast hier nichts zu suchen."

Er hob das Kinn. „Alexis, du willst mich doch nicht wieder so verärgern wie früher."

Angst überkam mich, doch ich schob sie beiseite, da ich wusste, dass sie nichts bringen würde. „Entwürdige mich nicht. Tu nicht so, als ob. Geh einfach."

„Ich wollte nur sagen, dass es mir leidtut."

Ich blinzelte und schüttelte den Kopf. „Was? Nein, vergiss es. Geh einfach."

„Es tut mir leid, wie alles gelaufen ist. Und wie ich mich verhalten habe. Das war kindisch von mir. Ich wollte mich entschuldigen und sehen, ob wir einen Neuanfang machen können. Einen, bei dem ich nicht der Arsch bin."

Ich sah ihn nur verwirrt an. Das war neu. Normalerweise sagte er mir mit einem breiten Grinsen im Gesicht, was ich ihm schuldete.

„Clint, ich weiß es zu schätzen, dass du das sagst, auch wenn ich nicht weiß, woher das kommt. Aber ich muss noch woanders hin, und es ist vorbei. Es ist schon eine Weile vorbei. Also musst du gehen."

„Wir sollten trotzdem reden, Alexis. Wir müssen keine Feinde sein."

Er hatte mir alles genommen. Mein Zuhause, meine Firma, meinen Ruf und mein Herz. Was gab es noch? Und das ausgerechnet an dem Tag, an dem ich an nichts anderes gedacht hatte als an Elis Kuss.

Ich sollte einfach weggehen und so tun, als wäre alles in Ordnung, auch wenn es das nicht war.

„Auf Wiedersehen, Clint." Ich zog die Tür hinter mir zu, schloss sie ab und ging an ihm vorbei, wobei ich darauf achtete, ihn nicht zu berühren. Er seufzte und machte sich dann auf den Weg in die andere Richtung. Kopfschüttelnd machte ich mich auf den Weg zum Weingut, um mich mit den Mädchen zu treffen.

Ich rieb mir die Schläfen und fragte mich, was um alles in der Welt dieser Mann wohl wollte. Er hatte mir bereits alles genommen, und jetzt wollte er mich auch noch ärgern.

Er war gegangen, als ich ihn darum gebeten hatte. Erst beim achten Mal, aber er war gegangen.

Vielleicht war das ein Fortschritt.

Oder vielleicht verlor ich einfach den Verstand.

Ich betrat den Verkostungsraum des Weinguts und schenkte der kleinen Gruppe aus Maddies Kollegen, dem Winzer und ein paar anderen Mitarbeitern, die ich nicht kannte, ein höfliches Lächeln. Als die Wilders das Land und die Betriebe gekauft hatten, waren alle Manager, Kellermeister und Weinbergsmeister bereits angestellt gewesen.

Der Winzer war bereits seit zwanzig Jahren für das Unternehmen tätig. Er war sogar schon vor den Eigentümern vor den Wilders hier gewesen. Er unterhielt sich gerade mit ein paar Weinclub-Enthusiasten, und ich nickte ihm zu auf den Weg zum Verkostungsraum für Mitarbeiter, wo ich Maddie und Kendall treffen würde. Es war schön, dass die Winzer und die Leute, die schon seit Jahren hier arbeiteten, hier ein Zuhause hatten, ganz gleich, wer die Eigentümer waren. Die Wilders hatten sie nicht rausgeworfen. Stattdessen hatten sie sich, genau wie im Kundenservicebereich des Unternehmens, integriert und ihr Bestes getan, um Verbesserungen vorzunehmen, ohne Schaden anzurichten. Wer gehen wollte, konnte gehen, aber es wurde niemand grundlos gekündigt. Sie hatten versucht, als Familie und als Chefs ihren Weg zu finden und gleichzeitig den hervorragenden Ruf des Weins zu bewahren.

Einen hervorragenden Wein, den ich brauchen würde.

Ich stürmte praktisch in den Verkostungsraum, und Kendall drehte sich mit einem Teller Häppchen in den Händen um. „Okay, ich bin froh, dass Maddie den Wein geöffnet hat. Was ist los mit dir? Geht es dir gut? Was ist passiert?" Sie stellte die Pilzköpfe und das Gebäck ab, kam auf mich zu und ergriff meine beiden Hände. „Was ist los? Eine der Bräute? Ein Mitarbeiter? Es muss ein Wilder sein."

Ich schüttelte den Kopf, zog mich leicht zurück und reichte ihr eine der Tüten. „Ich könnte wirklich ein Glas Wein vertragen. Danke, Maddie, dass du ihn geöffnet hast."

Maddie hüpfte herein und reichte Kendall und mir ein Glas, während ich ihr eine Tüte reichte.

„Bevor ich es euch erzähle, lasst uns anstoßen."

„Klingt gut." Maddie nickte. „Darauf, dass wir herausfinden, was zum Teufel mit uns los ist."

Kendall schnaubte, stieß aber mit uns an, und ich nahm einen Schluck von dem Pinot Noir. Er legte sich auf meine Zunge, und ich versuchte, genauso zu atmen wie Maddie, um ihn zu kosten. Doch ich mochte Wein einfach nur. Ich war keine Kennerin wie Maddie oder gar Kendall.

„Lecker", sagte ich und fügte mit einem hohlen Lachen hinzu: „Noten von Eiche?".

„Da der Rotwein in Eichenfässern und unser Weißwein in Edelstahltanks gelagert wird, ist da wahrscheinlich eine Eichennote dabei, aber danke für den Versuch", sagte

Maddie lachend. „Und danke dafür." Sie schaute in die Tüte. „Oh, diese Notizbücher sind so süß."

„Ich finde es toll. Ich nehme an, du hast dann auch ein passendes?" fragte Kendall und nahm das Notizbuch in die Hand, das ich persönlich für sie ausgesucht hatte.

„Alle drei stammen aus derselben Serie, aber jedes ist auf unsere Bedürfnisse zugeschnitten. Du kennst mich ja und weißt, wie sehr ich plane."

„Oh ja, das wird mir gefallen."

„Ich habe schon immer gerne Notizen gemacht, auch wenn ich nicht so eine große Planerin bin wie ihr." Kendall lachte. „Und ich schmecke tatsächlich diesen Hauch von Eiche." Sie zwinkerte uns zu, und wir setzten uns alle auf die große Couch in der Ecke, wohl wissend, dass jederzeit mehr Leute reinkommen könnten, aber das war in Ordnung. Ich war mir nur nicht sicher, wie ich reagieren würde, wenn Eli Wilder auftauchte. Also würde ich so tun, als würde ich nicht an ihn denken.

„So, während ich mich an diesen blättrigen, herzhaften Gebäckstücken gütlich tue, wirst du mir erzählen, was los ist", befahl Maddie, biss in ein Gebäckstück und stöhnte, als hätte sie einen Orgasmus auf der Couch.

Ich nahm ebenfalls einen Bissen und stimmte in ihr Stöhnen ein. Kendall strahlte nur.

„Allein wegen dieser Geräusche, die ihr von euch gebt, hat sich die ganze Arbeit gelohnt. Bei mir ist das schon lange her. Das ist das einzige Geräusch, das ich noch zu hören bekomme", fügte sie trocken hinzu, und ich verschluckte mich fast.

„Oh gut, dann stürzen wir uns also direkt ins Sex-Gespräch." Maddie klatschte in die Hände. „Also, erzähl uns zuerst, was los ist, und dann erzähl uns von dem Date. Und vom Sex."

Ich lachte; ich konnte nicht anders. Genau das hatte ich gebraucht, auch wenn mir das vorher nicht bewusst gewesen war.

„Gerade ist niemand anderes als mein Ex-Mann vor meinem Haus aufgetaucht, um mir mitzuteilen, wir müssten reden. Er wollte einfach nicht gehen."

„Ist er noch da?", fragte Kendall und kniff die Augen zusammen. „Ich kann Evan anrufen, oder jemand anderen", korrigierte sie sich schnell, und ich gab mir alle Mühe, bei diesem Versprecher nicht zu Maddie hinüberzuschauen. „Im Ernst, ich kann die Polizei rufen."

„Nein, er ist weg. Er ist zu seinem Auto gegangen, als ich mich auf den Weg hierher gemacht habe."

„Was hatte er überhaupt dort zu suchen?", fragte Maddie.

„Wahrscheinlich wollte er wissen, ob wir uns treffen können, damit er mein Geld bekommt." Ich verdrehte die Augen, während ich ihnen wie schon am Abend zuvor von meiner Großmutter erzählte, und beide Mädchen nahmen meine Hände. Ich lehnte mich an sie, denn mir gefiel der Gedanke, Freundinnen zu haben, mit denen ich reden konnte. Natürlich hatte ich Emily, und sie wusste das meiste. Aber Emily hatte ihre eigene Familie, und sie arbeitete für mich. Es fiel mir schwer, meine Schwächen jemandem zu zeigen, der finanziell von mir abhängig war. Das war eine seltsame Dynamik. Diese Frauen hingegen waren einfach nur meine Freundinnen. Zumindest hoffte ich das.

„Was für ein Arschloch", schimpfte Kendall. „Wir können den Wilders sagen, dass er das Grundstück nicht betreten darf."

„Das Anwesen ist dafür viel zu groß, und ich will nicht im Mittelpunkt stehen. Er wird nicht wieder auftauchen."

„Das hoffe ich", sagte Maddie leise. „Aber falls doch, musst du es einem der Jungs sagen."

„Das werde ich. Vielleicht."

„Du kannst es zumindest Eli sagen", drängte Maddie. „Du weißt schon, da ihr ja ein Date hattet und so."

„Das war eine hervorragende Überleitung", lachte Kendall. „Aber mal im Ernst, wie ist es gelaufen?"

Diesmal seufzte ich verträumt, und die Mädchen warfen sich einen Blick zu, bevor sie anstießen.

„Das Date war wunderbar, das Essen großartig, die Drinks noch besser", antwortete ich lachend, und Kendall schnaubte. „Aber das Gespräch war perfekt. Und oh mein Gott, wie er küsst? Verdammt."

„Bleib ruhig, mein Herz", sagte Maddie lachend, während sie sich Luft zufächelte, und Kendall lächelte nur sanft.

„Ich schätze, das liegt in den Wilder-Genen", flüsterte Kendall, und ich presste die Lippen zusammen, um keine Fragen zu stellen. Es war seltsam, zu wissen, dass Kendall einmal mit einem der Wilder-Brüder verheiratet gewesen war, keiner von uns sprach wirklich darüber. Aber wir wussten, dass Kendall noch nicht bereit war. Ich hoffte, dass sie es eines Tages sein würde.

„Und, was ist dann passiert?", fragte Maddie und beugte sich vor.

„Das war's. Wir haben uns geküsst und sind nach Hause gegangen."

„Das ist enttäuschend." Maddie schüttelte den Kopf. „Nicht mal ein kurzes Schäferstündchen oder so?"

Ich lachte und schüttelte den Kopf. „Nur ein köstlicher Kuss. Und ein Versprechen für ein weiteres Date."

„Juhu!", riefen beide Frauen gleichzeitig und stießen erneut mit ihren Gläsern an.

„Ihr seid unverbesserlich."

„Natürlich sind wir das." Kendall straffte die Schultern. „So oder so, ich freue mich für dich. Eli ist ein guter Mann."

„Es wird nichts Ernstes werden", korrigierte ich.

Maddie runzelte die Stirn. „Warum nicht?"

„Weil ich gerade aus einer Ehe komme, die in die Brüche gegangen ist und mich immer noch wahnsinnig nervt. Mein Ex-Mann ist heute einfach aufgetaucht, und außerdem ist Eli mein Chef!"

„Erstens ist er nicht dein Chef. Und zweitens hat Clint nichts mit Eli zu tun", korrigierte Kendall.

„Ich habe früher eine schlechte Entscheidung getroffen. Ich will nicht noch einmal einen Fehler machen und verlieren, was ich mir hier gerade aufbaue." Ich zuckte mit den Schultern, aber Maddie nahm meine Hand, während Kendall weiterredete.

„Da ich gerade mit meinem Ex-Mann zusammenarbeite, kann ich dir sagen, dass die Fehler, die du hier machst, nichts daran ändern werden, was mit diesem Unternehmen und dieser Gruppe passiert." Kendall nickte kurz, während sich meine Augen mit Tränen füllten. „Und weine nicht. Es gibt keinen Grund dazu. Eli ist ein guter Mann. Und ihr geht es langsam an. So langsam, dass ihr euch erst geküsst habt", fügte sie trocken hinzu, was mich zum Lachen brachte.

„Ich weiß es einfach nicht."

„Du darfst Clint nicht als Maßstab nehmen", fügte Maddie hinzu.

„Das will ich auch nicht, aber es wird so kommen."

„Dann versuch es. Ich meine, es ist schwer, das nicht zu tun, das verstehe ich, aber versuch es. Denn du hast es verdient, genauso wie Eli", flüsterte Maddie.

Ich nickte, nahm noch einen Bissen von dem Gebäckstück, wobei ich diesmal mein Stöhnen unterdrückte. Als ich zwischen meinen beiden neuen Freundinnen hin und her blickte, kam ich zu dem Schluss, dass ich es vielleicht versuchen könnte, auch wenn es nicht einfach werden würde.

Wir wechselten das Thema natürlich zu Arbeit – und zu Wein. Maddie holte noch eine Flasche hervor, damit wir sie probieren konnten. Diesmal war es ein frisch abgefüllter Wilder-Wein, der fantastisch schmeckte. Die Trauben waren eine Mischung und legten sich sanft um meine Zunge. Maddie und Kendall machten sich Notizen, und ich hatte das Gefühl, ich sollte es ihnen gleichtun. Und es freute mich, dass sie ihre Notizbücher benutzten.

Wir waren gerade dabei aufzuräumen, als draußen plötzlich ein Aufruhr entstand. Jemand schrie. Ich runzelte die Stirn und lief Kendall hinterher, Maddie folgte dicht hinter mir, als wir nach draußen eilten.

„Oh mein Gott", flüsterte ich, als ich die roten Farbspritzer an der Seitenwand des Weinguts sah und den Schmutz auf dem Boden, wo jemand die Blumen ausgegraben und dann noch mehr rote Farbe über den schwarzen Mulch gegossen hatte.

Ich blinzelte und versuchte zu begreifen, was ich da sah, aber es ergab keinen Sinn. Nur Zerstörungswut.

Ich sah zu den Mädchen und dann zu der armen Besucherin, die es entdeckt und geschrien hatte. Sofort schaltete ich in den Arbeitsmodus. Etwas stimmte hier nicht, und die Wilders würden das in Ordnung bringen müssen, aber ich konnte auch etwas beitragen.

„Kommen Sie her. Es tut mir so leid, dass das passiert ist", sagte ich zu der Frau, die zitternd auf die Wand starrte.

„Es sah aus wie Blut. Tut mir leid, dass ich geschrien habe."

„Nein, Sie haben uns darauf aufmerksam gemacht, dass etwas nicht stimmt", fügte Kendall hinzu und schaute über meine Schulter. „Und hier kommt die Verstärkung. Die Wilders werden uns helfen, das wieder in Ordnung zu bringen. Und wir werden dafür sorgen, dass es Ihnen gut geht."

„Mir geht es gut", versicherte die Besucherin mir. „Ich bin nur erschrocken, das ist alles."

„Wir werden herausfinden, wer das getan hat."

„Wahrscheinlich Jugendliche, oder?", sagte die Frau kopfschüttelnd und strich sich das Haar hinter die Ohren.

Ich begegnete Kendalls Blick und dann Maddies, als die Wilder-Brüder angerannt kamen, und versuchte, mir einzureden, dass es Jugendliche gewesen waren.

Denn ich wollte nicht darüber nachdenken, wer es sonst gewesen sein könnte.

KAPITEL 11

Eli

Beim ersten Schrei rannte ich los. Da ich wusste, dass Alexis und die anderen heute im Verkostungsraum für Mitarbeiter des Weinguts waren, schlug mein Herz wie wild, weil mir klar war, woher dieser Schrei gekommen war.

East war an meiner Seite, während Everett und Elijah von der anderen Seite herbeistürmten. Elliot kam aus südlicher Richtung, dicht gefolgt von Evan, der etwas langsamer hinter ihm herlief. Evan lief zwar schnell, aber er hatte erst am Morgen eine Anprobe gehabt und hatte Schmerzen. Verdammt, Evan hätte zurückbleiben sollen. Aber ich würde ihn nicht dazu zwingen. Nicht, wenn Kendall in dem Gebäude war, aus dem dieser Schrei gekommen war.

Als die anderen ankamen, ging ich sofort zu Alexis, und alle redeten durcheinander. Ich sah ihr in die Augen. „Geht es dir gut?", fragte ich, wohl wissend, dass ich mich nicht wie der Besitzer des Wilder Resorts verhielt, sondern eher wie ein Mann, der gerade erst mit ihr auf einem Date gewesen war.

„Mir geht es gut. Sasha auch." Ich blickte auf die Frau neben ihr hinunter, deren Augen weit aufgerissen waren, und schluckte schwer. „Mrs. Michaels. Es tut mir so leid."

„Nein, mir tut es leid. Ich wollte nicht so schreien. Ich dachte nur, es wäre Blut."

Ich runzelte die Stirn über ihre Worte und sah dann endlich über ihre Schultern hinweg zur Wand – zu der Erde und der roten Farbe überall. Pflanzen und Blumen waren herausgerissen worden, und rote Farbe war über Büsche, Pflaster, Fliesen und den weißen Putz gespritzt worden.

Ich unterdrückte einen Fluch, da ich wusste, dass die Leute zuschauten und warteten, und begegnete Everetts Blick.

Everett nickte knapp und flüsterte East etwas zu, der sich sofort in Richtung Geräteschuppen zurückzog.

Ich schüttelte sofort den Kopf. „Wir müssen die Polizei rufen, auch wenn das für Aufsehen sorgen wird. Wir müssen es tun."

Meine Brüder sahen mich an. Bis auf Evan, der nur Augen für Kendall hatte, doch sie nickten alle zustimmend.

Es dauerte eine Stunde, in der wir alle zusammenarbeiteten, um die Gäste fernzuhalten und mit der Polizei zu sprechen. Zwei Beamte wurden geschickt, um mit uns und den Frauen zu sprechen, aber viel konnten wir ihnen nicht sagen. Wir konnten ihnen nicht sagen, wer es unserer Meinung nach gewesen sein könnte. Waren es Jugendliche? Dodge und seine Söhne?

Ich hätte nicht gedacht, dass sie so tief sinken würden. Sie provozierten uns gerne, würden aber nie so etwas

Offensichtliches tun. Das wäre unter ihrer Würde. Zumindest dachte ich das.

Aus dem Augenwinkel sah ich, wie Kendall und Evan miteinander stritten, bevor sie davonstampfte und er es ihr gleichtat. Als sie sich nach ihm umdrehte, wusste ich, dass sie ihm helfen wollte, aber sie tat es nicht.

Denn, Gott bewahre, dann müssten die beiden miteinander reden.

Sie gingen auseinander, und die Polizisten taten es ihnen gleich, nachdem sie Fotos gemacht und Aussagen aufgenommen hatten. Doch ich glaubte nicht, dass wir etwas bewirken konnten.

Maddie und Alexis waren mit Mrs. Michaels weggegangen, und ich wusste, dass Naomi bald vorbeikommen würde, um sicherzustellen, dass sie für ihren Aufenthalt nichts bezahlen musste und auch sonst alles bekam, was sie wollte. Sie hatte nicht darum gebeten, aber ich wollte, dass sie ihren Aufenthalt hier mit ihrem Mann genießen konnte.

„Das wird sich herumsprechen", schimpfte Evan, als er neben mich trat. Ich sah ihn an, sah den Schmerz in seinen Augen, aber ich fragte nicht nach, denn mein Bruder würde es nicht schätzen, wenn ich das täte.

„Ja. Das wird es."

East beugte sich vor. „Was glaubst du, wird passieren?"

Evan atmete tief aus. „Elliot wird Naomi helfen, das geradezubiegen."

Ich hob die Augenbrauen. „Ist das jetzt Elliots Aufgabe? Pressesprecher?"

Evan zuckte mit den Schultern. „Nein, aber er hat immer gute Ideen."

Ich sah zu Evan hinüber, seine Augen glühten vor Zorn.

„Du hast recht. Darin ist er gut. Verdammt, wer würde so etwas tun?"

„Man munkelt, dass Alexis' Ex-Mann vorhin hier herumgelaufen ist. Und Brayden auch."

Ich fluchte leise vor mich hin. „Was meinst du damit, ihr Ex-Mann war hier?"

East schnaubte. „Ist dir aufgefallen, dass er Brayden nicht erwähnt hat?"

„Nein, habe ich nicht. Weil ich davon ausgehe, dass Everett und Elijah sich wahrscheinlich schon um ihn kümmern. Warum zum Teufel war Clint hier?"

Evan legte den Kopf schief. „So heißt der Bastard also?"

Ich funkelte ihn an. „Ja. Ich will ihn nicht auf unserem Grundstück haben."

„Wir können ihn fernhalten, aber nur, wenn sie es will", seufzte Evan. „Wir sollten uns da nicht einmischen."

„Ich werde mich sehr wohl einmischen, wenn er derjenige ist, der das getan hat."

East räusperte sich. „Wir wissen es nicht. Die Polizei wird es uns sagen."

„Und du hast plötzlich kein Problem damit, darauf zu warten, dass die Behörden uns Bescheid geben?"

Mein Bruder sah mich an und schüttelte den Kopf. „Wir haben unser ganzes Leben lang Befehle befolgt und mussten denen vertrauen, die das Sagen hatten. Wir können darauf vertrauen, dass die Polizei das regelt."

„Du hast recht." Ich atmete tief aus.

„Die sind zuverlässig. Die kriegen das hin. Mir gefällt nur nicht, dass die Mädchen heute Abend allein im Gebäude waren, als das passiert ist."

„Mir auch nicht. Nicht, dass ich Kendall vorschreiben könnte, was sie zu tun hat."

Ich schüttelte den Kopf. „Nein, das kannst du nicht. Das

würde sie nicht gut finden. Also, was willst du dagegen tun?"

„Nichts. Sie wird alleine nach Hause fahren. Und ich werde ihr nicht wie ein verdammter Trottel hinterherfahren."

„Gut, denn ich will dich nicht aus dem Knast holen müssen."

„Läuft da etwas zwischen den beiden?", fragte ich.

Evan schnaubte. „Ich glaube nicht. Nicht jeder will mit einer Angestellten ins Bett."

„Von allen Leuten hier musst ausgerechnet du das sagen?"

Evan grinste schief. „Touché, Bruder. Touché. Und jetzt geh und hol dir deine Frau."

„Du hast doch gesagt, sie ist mit den anderen unterwegs. Ich gehe gleich zu ihr. Ich muss mich erst beruhigen, bevor ich sie sehe."

„Wenn sie dich nicht auch in deinen schlimmsten Momenten ertragen kann, dann ist sie nichts für dich."

„Ratschläge? Wirklich?"

Mein Bruder schüttelte den Kopf. „Du hast recht. Du solltest keine Ratschläge von einem alten Mann annehmen, der jetzt mit seiner Ex-Frau arbeitet und nicht einmal im selben Raum mit ihr sein kann."

„Evan. Was zum Teufel ist zwischen euch passiert?"

Ich hatte nie danach gefragt. Die ganze Zeit über hatte ich nie danach gefragt. Als mein Bruder mich ansah, schüttelte er nur den Kopf. „Es wurden Fehler gemacht. Das ist Vergangenheit."

„Evan, das ist eine Lüge."

East sah schweigend zwischen uns hin und her, seine eigenen Probleme standen ihm ins Gesicht geschrieben.

„Vielleicht. Aber es ist eine Lüge, mit der ich lernen

werde zu leben. Und mit der auch du lernen musst zu leben."

Ich seufzte, wusste aber, dass es keinen Grund gab, diesen Gedankengang weiterzuverfolgen. Nicht, wenn mein Bruder mir das nur übel nehmen würde.

Ich traf mich mit meinen anderen Brüdern und den meisten Gästen, die den Tumult nur am Rande mitbekommen hatten. Wir hatten ihnen erklärt, dass wir es lediglich für einen Streich von Jugendlichen hielten, und obwohl so etwas nicht toleriert werden würde, freuten wir uns, mit solcher Begeisterung in der Nachbarschaft willkommen geheißen zu werden.

Auch wenn wir nun schon über ein Jahr hier waren, zwei Jahre, seit wir den Vertrag unterschrieben hatten, waren wir in diesem Teil von Texas immer noch die Neulinge, die Jungen.

Die meisten Leute winkten ab, und niemand ging, verlangte eine Rückerstattung oder sagte, er würde nie wieder einen Fuß auf unser Gelände setzen. Das musste ich als Erfolg verbuchen.

Mit einem Seufzer machte ich mich auf den Weg in mein Büro und überlegte, ob ich nach oben in meine Wohnung gehen oder einfach hierbleiben und noch ein bisschen arbeiten sollte. Papierkram hatte ich mehr als genug. Selbst wenn Everett meinte, er könne den Großteil erledigen, hatte ich genauso viel zu tun wie er. Der Laden brauchte ständig etwas. Ich war mir nicht sicher gewesen, ob das funktionieren würde. Im Hinterkopf hoffte ein Teil von mir aber auch, dass es klappen würde. Denn ich wollte, dass meine Brüder ein Zuhause hatten. Und wir schafften es. Langsam.

Aber verdammt, wer zum Teufel hatte das getan?

Es klopfte an meiner Tür. Ich blickte auf, bereit, einen

meiner Brüder anzuschnauzen, der mich störte, doch ich tat nichts, für den Fall, dass es ein Gast oder Naomi war.

Als Alexis ihren Kopf hereinsteckte, blinzelte ich, und meine Kehle schnürte sich zu.

Ich sprang abrupt auf, stieß mir das Knie am Schreibtisch an und fluchte.

„Geht es dir gut?", fragte sie und schloss die Tür hinter sich.

Sie rannte auf mich zu, und ich hob meine Hand. „Mir geht's gut. Ich hatte nur einen beschissenen Abend. Aber wahrscheinlich war er nicht so schlimm wie deiner. Ist alles in Ordnung bei dir?"

Sie hatte nur ein paar Schritte ins Büro hineingemacht, als ich ihr entgegenkam und ihr Gesicht mit beiden Händen umfasste. Ich konnte mich nicht zurückhalten. Ich musste sie berühren. Verdammt, ich hatte sie den ganzen verdammten Tag über berühren wollen, aber ich hatte mich sehr gut daran gehalten, ihr aus dem Weg zu gehen. Als hätte ich Angst gehabt, dass sie weglaufen würde, wenn sie merkte, dass wir zu viel Zeit miteinander verbrachten.

Was wahrscheinlich das Problem war.

Es gab keine Zeit zum Atmen, also versuchte ich, mir diese Zeit zu nehmen. Und möglicherweise auf Kosten dessen, was aus uns werden könnte.

Und seht mich an – ich war zu einem Mann geworden, dem es tatsächlich wichtig war, was sich zwischen ihm und einem anderen Menschen entwickeln könnte, anstatt so zu tun, als würde ich das nicht wollen.

Ich fuhr mit meinen Fingern über ihr Kinn, atmete tief aus und ließ meine Hand sinken. „Alexis?"

„Mir geht es gut. Und dir? Es muss ein Schock gewesen sein, das Haus so zu sehen."

„Um ehrlich zu sein, hatte ich mehr Angst, weil du drin warst. Verletzt."

„Eli", flüsterte sie.

Ich atmete tief aus, stemmte die Hände in die Seiten und begann, auf und ab zu gehen. „Ich weiß nicht, wer es gewesen sein könnte. Eines der Dodge-Kinder? Das glaube ich nicht. Haben sie uns so sehr gehasst?"

„Sie scheinen immer hier herumzulungern", murmelte sie, und meine Lippen zuckten leicht. „Ich nehme an, du hast von Clint gehört?"

Meine Schultern spannten sich an, und ich drehte mich zu ihr um. „Ja. Warum hast du mir nicht gesagt, dass er hier war?"

Sie blinzelte mich an, und mir wurde klar, dass ich wohl etwas Falsches gesagt hatte, doch ich war wirklich neugierig. „Weil es nichts mit dir zu tun hatte. Es tut mir leid, wenn dich das verletzt, Eli. Aber ich dachte nicht, dass es eine Rolle spielt. Ich weiß, dass das falsch war, und ich bin gerade so durcheinander, dass ich einfach nicht klar denken kann."

Ich seufzte, ging einen Schritt auf sie zu und schüttelte den Kopf. „Du hast recht. Es hat nichts mit mir zu tun."

„So habe ich das nicht gemeint. Was ich sagen wollte, ist, dass er sozusagen mein Ex-Mann ist. Das hätte Teil meiner Vergangenheit sein sollen, nicht Teil meiner Gegenwart. Es hätte etwas sein sollen, worüber wir gestern Abend beim Essen gesprochen hätten, und dann hätte ich nie wieder darüber reden müssen. Aber dann tauchte er auf und sagte, es täte ihm leid oder so einen Mist. Und ich sagte ihm, er solle verschwinden, was er schließlich auch tat. Er ist gegangen, Eli. Ich glaube nicht, dass er es war, aber jetzt wird die Polizei mit ihm reden, und ich werde deswegen Probleme bekommen. Und was, wenn es Clint war? Ich habe es den Wilders erzählt. Was, wenn ich für diesen Ärger verantwortlich bin?"

Ich fluchte erneut und umfasste ihr Gesicht mit beiden Händen. „Wenn es Clint war, dann ist er derjenige, der für den Ärger verantwortlich ist. Nicht du. Und wenn es die Dodge-Brüder waren, dann waren sie es. Nicht wir."

„Gut, rede dir das nur ein. Denn es ist nicht deine Schuld als ältester Wilder, dass heute Nacht etwas passiert ist. Egal, was passiert ist, egal, wer es getan hat oder aus welchen Gründen – es war nicht deine Schuld."

Meine Lippen zuckten, und ich trat einen Schritt zurück. „Verdammt seist du und deine umgekehrte Psychologie."

„Es ist keine umgekehrte Psychologie, wenn ich es dir nur zurückspiegele." Sie hielt inne. „Oder vielleicht doch. Ich bin erschöpft und hatte nur zwei Gläser Wein, und dann ist alles einfach aus dem Ruder gelaufen."

„War der Wein gut?"

Sie grinste. „Es ist Wilder-Wein. Natürlich war er gut."

Ich lachte. „Evan ist derjenige mit der Nase für Wein. Ich gehe einfach davon aus, dass wir großartigen Wein machen, weil wir Wilders sind. Wir produzieren nichts Schlechtes."

„Im Ernst? Du kennst dich mit deinem eigenen Wein nicht aus? Und du besitzt ein Weingut?"

„Ich lerne gerade alles über Wein. Elijah und Evan sind die Weinkenner. Der Rest von uns holt gerade erst auf. Das lässt mich wie einen Trottel klingen, weil ich dieses Grundstück gekauft habe, aber jeder meiner Brüder hat die Position übernommen, die am besten zu ihm passt."

„Ihr macht das großartig."

„Da bin ich mir nicht so sicher. Vor allem nicht heute Abend."

„Eli. Es tut mir leid, dass der Abend so geendet hat."

„Weißt du, ich wollte euren Mädelsabend als Vorwand nutzen, um dich heute Abend zu deiner Hütte zu begleiten. Du weißt schon, um sicherzugehen, dass du gut nach Hause kommst."

Ihre Lippen zuckten, und sie stellte sich auf die Zehenspitzen und küsste mich sanft. Ich stöhnte in ihren Mund hinein. Ich hatte mich nach diesem Geschmack gesehnt, dem Pinot Noir auf ihren Lippen und der Klarheit in ihrem Blick.

„Na ja, ich glaube, ich hätte mich von dir nach Hause begleiten lassen."

„Wenn es nur so wäre, nicht wahr?"

Als Antwort trat sie zurück und ließ mich einen Moment enttäuscht zurück. Dann machte sie einen weiteren Schritt zurück – und noch einen – und schloss mit einem Klicken die Tür hinter sich.

Ich hob eine Augenbraue und knurrte. „Na dann."

„Was? Ich will einfach nicht unterbrochen werden."

„Wobei genau?"

„Ich weiß es nicht, warum sagst du es mir nicht?"

Als Antwort machte ich zwei Schritte auf sie zu, umfasste ihr Gesicht und küsste sie leidenschaftlich. Sie stöhnte in meinen Mund, und dann zerrten wir an den Klamotten des jeweils anderen. Am liebsten hätte ich sie sofort ganz ausgezogen, aber dies war unser erstes Mal, und ich wollte, dass sie wusste, dass ich kein kompletter Barbar war. Nur ein halber.

Unsere Zungen verschlangen sich miteinander, während ich meine Hände über ihre Taille gleiten ließ und ihren Hintern umfasste. Sie presste sich an mich, ihren weichen Körper an meinem harten Schwanz.

„Eli", murmelte sie an meiner Brust, und ich küsste sie

weiter und knetete ihren Körper. Hitze breitete sich zwischen uns aus, während die Geräusche unserer Körper, die aneinander rieben, mein Büro erfüllten. Es war mir egal, dass wir hier arbeiteten, denn, verdammt, ich wohnte direkt darüber und sie wohnte direkt hinter dem Laden. Es gab kein Entkommen vor unserem Arbeitsplatz. Wir lebten hier, wir aßen hier, wir würden hier ficken.

Ich führte sie sanft zu meinem Schreibtisch, doch anstatt sie darauf sitzen zu lassen, schob ich sie zu dem schweren Ledersessel. Sie stöhnte leise, als sie sich setzte, und ich kniete mich vor sie. Ihre Augen weiteten sich, als ich ihren Rock ein wenig hochschob.

„Eli."

„Ich muss dich kosten."

Sie legte ein Bein über meine Schulter, das andere blieb am Boden, während ich ihren Rock höher schob. Sie trug ein kleines schwarzes Spitzenhöschen, das bereits feucht glänzte. Als ich es zur Seite schob, musste ich mich beherrschen. Sie war feucht und heiß. Als ich mich ihr mit dem Mund näherte, stöhnte sie nur und fuhr mit ihrer Hand durch mein Haar, während ich sie leckte. Ihre Schenkel lagen um meine Schultern, und das Leder unter ihr quietschte leicht. Der Geruch von abgestandenem Kaffee, Geschäftsbüchern und Leder erfüllte die Luft, doch alles, was ich schmecken konnte, war die Ambrosia ihrer Muschi.

Als ich zwei Finger in sie schob und sanft in ihren Kitzler biss, kam sie und rief meinen Namen, wobei sie fast vom Stuhl fiel.

„Eli, ich kann nicht, ich kann nicht ..."

Sie konnte ihren Satz nicht zu Ende bringen, doch ich konnte nichts anderes tun, als sie weiter zu berühren, weiter zu küssen, und als ich aufstand, drückte ich sie sanft zurück auf den Stuhl, umfasste ihren Nacken und presste meinen Mund auf ihren. Sie stöhnte und lächelte mich an, während unsere Münder miteinander verschmolzen. Dann trat ich zurück, zog sie sanft vom Stuhl und hob sie auf den Schreibtisch.

„Wir machen noch diesen Computer kaputt", lachte sie, aber ich schob ihn sanft zur Seite, bevor ich mich wieder auf ihren Mund stürzte. Ich schob ihr Shirt hoch, zog ihren BH grob herunter, und sie zog an meiner Hose und meinem Gürtel. Dann senkte ich mein Gesicht zu ihr hinab, küsste ihre Brüste, saugte an ihren Nippeln. Sie wölbte sich mir entgegen und befreite mich aus meiner Hose. Sie streichelte mich, einmal, zweimal, drückte meine Länge, und wir stöhnten beide.

„Kondom. Ich brauche ein Kondom."

„Meine Handtasche", murmelte sie, und meine Augen weiteten sich.

„Von dem Date. Ich hatte es dabei. Verklag mich doch."

„Oh, du bist gerade meine Lieblingsperson. Und ich werde von nun an Kondome hier drin aufbewahren."

„Also wird das hier öfter vorkommen?", neckte sie, während ich hastig nach ihrer Tasche griff, das Kondom herausholte und es über meine Länge streifte.

„Oh, ich werde dich genau hier ficken, und ich habe vor, es wieder zu tun. Oft. Denn du, ganz errötet und zerzaust auf meinem Schreibtisch, wo du normalerweise so brav und anständig bist, Alexis? Verdammt ja."

Sie stöhnte, und wir küssten uns wieder. Als ich tief in sie eindrang und sie sich um mich herum dehnte, traf ich ihren Blick. Wir stöhnten beide, und die Zeit stand still.

In diesem Moment konnte ich buchstäblich nichts hören, nichts fühlen. Ich konnte nur sie sehen und wusste, dass sich in diesem Moment alles änderte.

Ich war nicht dieser Mann. Ich war nicht der Typ, der in

die Zukunft blickte, jenseits dessen, was ich tun konnte, um meine Familie zu retten. Und doch, genau in diesem Moment, war es soweit. Ich wusste es.

Als ich in ihre Augen sah, erkannte ich, dass sie genauso viel Angst hatte wie ich.

Doch ich stieß erneut zu, und wieder, und sie wölbte sich mir entgegen, ihre Beine um meine Hüften geschlungen, und ich saugte an ihrer Brust, küsste sie hart auf den Mund, und sie presste sich an mich. Wir tasteten uns gegenseitig ab, während wir Papiere vom Schreibtisch schoben und uns aneinander rieben.

Sie kam erneut, und ich folgte ihr und stöhnte in sie hinein, während sich ihre Muschi wie ein Schraubstock um meinen Schwanz schloss.

„Alexis", knurrte ich an ihrem Hals und biss zu.

„Eli."

Ich wusste, dass es kein Zurück mehr gab. Es gab kein Weggehen.

Ich hatte vielleicht schon einmal einen Fehler gemacht, aber ich würde ihn nicht noch einmal machen.

Nicht, wenn es um Alexis ging. Und genau das war etwas, worüber ich mir Gedanken machen würde. Aber nicht jetzt. Nicht, wenn sie heiß und feucht um mich herum war und ich sie auf meinen Lippen schmeckte.

Und so küsste ich sie erneut und wurde langsamer.

In der verdammten Hoffnung, dass ich wusste, was zum Teufel ich da tat.

KAPITEL 12

Eli

„Was hast du getan?", fragte Everett.

Ich stellte die Kisten ab, die ich in den Händen hielt, und zuckte mit den Schultern, als wäre das ein ganz normales Gespräch. „Ich habe Alexis zum Abendessen eingeladen."

„Zu uns. In meine Hütte."

Ich schnaubte. „Du hast keine Hütte. Du hast ein Haus. Das größte Haus auf dem Grundstück."

„Stimmt, weil ich Glück hatte, als wir Strohhalme gezogen haben. Aber darum geht es nicht. Du hast eine Frau zu unserem Familienessen eingeladen, bei dem wir zusammensitzen, essen und so tun, als wären wir zivilisiert?", fragte er mit hochgezogenen Augenbrauen.

„Er hat Alexis eingeladen?", fragte Elijah, bevor er nach seinem Sakko griff, das er ausgezogen hatte, als er hereingekommen war. Er war den ganzen Tag in Besprechungen gewesen und nicht ganz so leger gekleidet wie alle anderen. Ich schüttelte lachend den Kopf. „Ich hole sie ab."

„Zu Fuß. Weil wir alle zusammen auf diesem inzestuösen Gelände leben", brummte Evan, der in der Küche herumwühlte. Elijah und Elliot kochten, während East draußen auf der Terrasse vor sich hin murmelte und eine der Dielen reparierte.

Ich war mir nicht ganz sicher, wie es dazu gekommen war, dass wir alle zusammenlebten und zusammenarbeiteten. Und nun brachte ich eine Frau, die zufällig bei uns lebte und arbeitete, zu diesem Abendessen mit.

Ja, eine Beziehung mit einer Frau zu führen, mit der ich zusammenlebte, zusammenarbeitete und die ich fast jeden Tag sah, war wahrscheinlich ein Fehler, aber hier war ich nun und lud sie zum Abendessen ein.

„Ich habe sie nach dem Vorfall mit dem Sachschaden eingeladen." Ich rieb mir den Nasenrücken und atmete tief aus. „Sie war total durchgedreht, also habe ich ihr vorgeschlagen, zum Abendessen zu kommen."

Elijah blinzelte mich an. „Bevor oder nachdem du mit ihr in deinem Büro Sex hattest?", fragte er beiläufig, während Everett neben ihm schnaubte.

Ich sah meine beiden Brüder an und warf ihnen einen finsteren Blick zu. „Wie bitte?", fragte ich mit meiner vornehmsten Stimme.

„Oh, du kommst nicht drum herum, denn ich habe alles gehört", sagte Elijah mit einem Grinsen.

Ich blinzelte. „Was?", fragte ich, und ich spürte, wie mir die Farbe aus dem Gesicht wich.

„Okay, ich schätze, ich schulde dir zehn Dollar", sagte Everett mit einem Seufzer. „Ich dachte, Elijah hätte sich geirrt. Aber du hattest tatsächlich Sex in deinem Büro, wie in so einer CEO-Serie."

„In welcher CEO-Serie gibt es Sex im Büro? Nein, ich will keine Details wissen. Ich habe sowieso keine Zeit zum Fernsehen. Die einzige Serie, in der mir Sex im Büro einfällt, ist ‚The Oval Office‘, und das ist schon Jahre her." Ich musste lachen, während meine Brüder nur den Kopf schüttelten und mir das Geld überreichten.

„Ich habe nicht alles mitbekommen, keine Sorge, aber der Schreibtisch hat laut genug gequietscht, dass ich schnell weggegangen bin und dafür gesorgt habe, dass niemand in diesen Flur kam. Was auch gut so war, denn es waren Gäste in dem verdammten Gebäude, Eli."

Ich kniff die Augen zusammen. „Gäste kommen nicht in diesen Flur. Verdammt. Sag es nicht Alexis."

„Du hast schon Geheimnisse vor deiner Freundin? Ist das eine gute Idee?", fragte Everett neckisch.

„Erstens: Fick dich. Zweitens: Ich weiß nicht, ob sie meine Freundin ist. Wir sind noch dabei, das verdammt noch mal zu klären, also hör auf, sie über mich in Panik zu versetzen. Und verdammt, hör auf, mich in Panik zu versetzen. Drittens: Ich hatte schon früher Sex bei mir zu Hause, und das ist im selben Gebäude wie die Gäste. Und ich weiß verdammt gut, dass Leute in unseren Gästezimmern Sex hatten. Und in unseren Hütten."

„Ich hatte in dieser Hütte Sex." Elijah grinste.

Ich verdrehte die Augen. „Danke, danke für diese Vorstellung."

„Hey, wenigstens musstest du das Stöhnen und Quietschen nicht mit anhören."

Ich blinzelte. „Ich dachte, du hättest nur den Schreibtisch quietschen hören."

„Vielleicht habe ich gelogen, und ich verrate dir nicht, worüber ich gelogen habe." Elijah setzte eine Unschuldsmiene auf, und ich wollte ihn schlagen, doch ich wusste, dass ich es nicht konnte. Eliza würde das missbilligen, und verdammt, Alexis auch.

„Sie ist also nicht deine Freundin. Dann vögelst du also einfach nur die Hochzeitsplanerin?", fragte Evan mürrisch, als er hereinkam und finster dreinblickte.

Ich starrte meinen Bruder an und wusste, dass hier mehr vor sich ging als nur das, was er sagte. Kendall und er hatten sich wegen etwas anderem gestritten. Doch er würde es mir nicht sagen, wenn ich ihn fragte. Meine Brüder erzählen mir nie, was sie taten oder fühlten. Obwohl wir alle hierher gezogen waren, zusammen arbeiteten und praktisch auf engstem Raum zusammenlebten, hatte ich keine Ahnung, was in ihren Köpfen vor sich ging, weil sie es mir nicht sagen wollten.

„Ich dachte nur, es wäre schön, wenn Alexis mal ein selbstgekochtes Essen bekommt, okay?", sagte ich und bereute in diesem Moment einige meiner Lebensentscheidungen. „Mir ist klar, dass es vielleicht ein Fehler war, sie mit euch hierher einzuladen. Aber ihr kennt sie. Ihr seht sie ständig. Und ich nehme an, ihr mögt sie."

„Natürlich mögen wir sie", knurrte Evan.

„Gut. Ihr mögt sie, und ich auch."

„Wie sehr magst du sie?", fragte Elijah, und ich hätte ihm fast mein Handy an den Kopf geworfen.

„Sie hat hier keine Familie. Nicht einmal im ganzen verdammten Land. Also dachte ich, es wäre schön, wenn sie mit uns isst. Wenn das zu viel ist, dann gehe ich mit ihr woanders hin. Und verdammt, der Vorfall mit der Farbe hat mich erschreckt. Und sie auch. Ich dachte, es wäre schön, wenn sie uns mal von einer anderen Seite kennenlernen könnte. Nicht nur als die verrückten Wilder-Brüder."

„Ich weiß nicht, ob ein gemeinsames Essen tatsächlich dazu beitragen wird", warf Everett ein.

Ich schnaubte. „Das stimmt wohl. Aber hey, ich dachte mir, warum nicht versuchen?“

„Das ist also das erste Treffen mit der Familie. Sehr interessant“, warf Elliot ein, als er näher kam.

Ich schüttelte den Kopf. „Wenn es um das ‚Treffen mit der Familie‘ ginge, wäre Eliza dabei, und das wäre eine ganz andere Situation.“

Meine Brüder tauschten einen Blick aus und nickten dann, mit einem wissenden Ausdruck in den Augen.

Da unsere Eltern nicht mehr lebten, würde es nie ein Kennenlernen mit den Eltern geben, wenn wir jemanden kennenlernten oder heirateten. Nicht, dass ich vorhatte, Alexis zu heiraten. Diesen Gedanken musste ich mir sofort aus dem Kopf schlagen. Aber Eliza war das, was einer Familienmatriarchin am nächsten kam. Sie war unsere kleine Schwester. Wenn wir ihr eine Partnerin vorstellten, dann, weil es ernst war. Genau wie damals, als sie uns ihren Mann vorgestellt hatte.

Da hatte sich alles verändert.

Wobei wir sie damals ziemlich unter Druck gesetzt hatten, damit es überhaupt dazu kam. Also war es vielleicht nicht ganz dasselbe.

„Hol sie her. Wir werden uns benehmen.“

Ich warf Everett einen finsteren Blick zu. Er zuckte nur mit den Schultern und stieß einen Schrei aus, als Evan seinen Arm um den Hals unseres jüngeren Bruders legte und ihn in die Küche zerrte. „Ich werde ihn im Zaum halten.“

Elijah seufzte. „Und ich nehme an, ich werde sie alle im Zaum halten.“

„Ich glaube, das ist Evans Aufgabe.“

„Nein, es ist deine. Aber ich bin froh, dass du sie eingeladen hast. Mir gefällt, wie du dich in ihrer Gegenwart verhältst."

Ich runzelte die Stirn und fragte mich, woher das kam. „Wirklich?"

„Ja. Ich weiß, dass sie ein guter Mensch ist und zu uns passt. Wie gut, werden wir wohl heute Abend sehen."

Obwohl ich wusste, dass er recht hatte, breitete sich Unbehagen in mir aus. Ich hatte diese Verbindung zu Alexis schon gespürt, als ich sie zum ersten Mal gesehen hatte, auch wenn ich mir eingeredet hatte, dass es verrückt war, sich auf Anhieb so sicher zu sein. Mittlerweile war ich alt genug, um sesshaft zu werden, aber verdammt, ich war noch nicht bereit, Alexis wissen zu lassen, dass mein Verstand bereits eine Entscheidung getroffen hatte und mein Herz auf dem besten Weg war, ihm zu folgen. „Mach daraus keine größere Sache, als es ist."

„Nein, ich glaube, das hast du bereits getan."

Ich seufzte und verließ das Haus, in der Hoffnung, dass meine Brüder sich zusammenrissen, bevor ich zurückkam. Auf halbem Weg den Pfad hinunter wäre ich fast mit Alexis zusammengestoßen und blinzelte. „Ich dachte, ich hole dich bei dir zu Hause ab?"

Sie lächelte mich an, ich konnte nicht anders, als ihr Haar über die Schulter zu streichen und mich hinunterzubeugen, um ihren Hals zu küssen. Sie erschauderte kurz und räusperte sich dann. „Findest du das nicht albern? Schließlich ist es kein weiter Weg zu Elijah."

„Vielleicht. Aber ich wollte wenigstens ein bisschen Normalität vortäuschen, auch wenn wir alle in Laufweite voneinander wohnen."

Sie schüttelte nur den Kopf. „Stimmt. Also, wie wäre es, wenn ich den Rest des Weges einfach mit dir gehe?"

„Das klingt nach einem Plan." Ich bemerkte die abgedeckte Schüssel in ihrer Hand und nahm sie ihr ab. „Hast du für uns gekocht?"

Ihre Wangen färbten sich rosa, und ich wollte mich vorbeugen und mit meinen Fingern darüber streichen, hielt mich aber zurück, da meine Brüder wahrscheinlich zuschauten. „Ich habe einen Kuchen gebacken. Ich war mir nicht sicher, was es zum Abendessen gibt, weil ich nicht gefragt habe und wir mit allem anderen beschäftigt waren, aber ich hatte Zeit, einen Kirschkuchen zu backen."

Mir lief das Wasser im Mund zusammen, und ich wollte den Deckel abnehmen, doch sie schlug mir auf die Hand.

„Hör auf. Nicht draußen, wo ein Insekt darauf landen könnte."

„Wirklich? Darum machst du dir Sorgen?"

„Wir sind in Texas. Die Insekten sind hier etwa dreimal so groß wie überall sonst außer in Australien. Natürlich werden sie sofort kommen. Die versuchen ständig, mich anzugreifen. Und die Frösche auch. Wusstest du, dass mir einmal ein Frosch ins Gesicht gesprungen ist, als ich auf dem Weg zu einem Kunden war?", fragte sie mit hoher Stimme, und ich prustete.

„Wirklich?" Sie war so verdammt süß.

„Ja, ich denke mir nicht aus, dass mir ein Frosch ins Gesicht springt. Er sah genauso besorgt aus wie ich. Danach ist er fröhlich davongehüpft, aber vorher hat er mir noch eine Ohrfeige verpasst. Ein Frosch hat mich geschlagen."

Ich presste die Lippen zusammen und versuchte, nicht zu lachen, doch als ich nach unten blickte, sah ich, wie sie mich mit zusammengekniffenen Augen ansah.

„Ich weiß, dass du lachen willst. Und ich weiß auch, dass du über die Situation lachen willst, als ich versucht habe, eine Art Kampfsport zu machen, für den ich nicht ausgebildet bin, um die Wespe von mir fernzuhalten."

Sofort entstand ein Bild vor meinem inneren Auge, und ich grinste. „Das habe ich tatsächlich gesehen."

„Es gibt so viele Insekten."

„Wir versuchen, sie loszuwerden, aber wir leben eben auf dem Land. In Südtexas. Insekten und Reptilien gehören einfach dazu."

„Ich hoffe, mit Reptil meinst du nicht keine S-C-H-L-A-N-G-E-N."

„Hast du gerade Schlangen buchstabiert?"

Sie winkte ab und bedeutete mir, still zu sein. „Sag es nicht laut. Sonst rufst du sie herbei."

„Wie ein Rattenfänger für Schlangen?"

„Eli Wilder. Wenn du noch einmal S-C-H-L-A-N-G-E sagst, gehe ich zurück zu meiner Hütte."

„Allein, wo dich jede S-C-H-L-A-N-G-E verfolgen könnte."

„Du machst dich über mich lustig, und auch wenn ich das gerade vielleicht verdient habe, gefällt mir das nicht."

Ich schnaubte, ergriff ihre Hand mit meiner freien und verschränkte meine Finger mit ihren. Sie sah zu mir auf und errötete.

„Bist du sicher, dass es in Ordnung ist, wenn ich zum Familienessen komme?"

„Nun, da wir schon direkt vor der Tür stehen, hoffe ich es."

„Eli", murmelte sie und versuchte, ihre Hand zurückzuziehen. Ich hielt sie fest und drückte sie.

„Es ist okay. Ich verspreche es dir. Sie kennen dich, Alexis. Und sie mögen dich. Komm rein. Sie beißen nicht. Nicht fest."

„Das sagst du, aber ich bin mir ziemlich sicher, dass du lügst."

„Vielleicht. Aber sie mögen dich wirklich. Und es könnte ein wenig seltsam werden, aber hauptsächlich für mich."

„Warum sollte es für dich seltsam werden? Weil wir in deinem Büro Sex hatten?" Den letzten Teil flüsterte sie, und ich zuckte zusammen.

„Nicht deswegen, aber ich sollte dir sagen, dass Elijah uns gehört hat. Ich habe überlegt, ob ich es dir sagen soll, aber ich möchte das, was auch immer das zwischen uns ist, nicht mit einer Lüge beginnen."

Sie blinzelte und wurde blass. „Oh. Gut zu wissen. Ich springe jetzt einfach in diese Bäume da drüben, wo es bestimmt S-C-H-L-A-N-G-E-N gibt, die mich töten können."

„Alexis", sagte ich lachend.

„Schon gut. Wirklich. Ich tue einfach so, als wäre das nie passiert. Wir hatten Sex, Eli. Und jetzt bin ich hier und esse mit deiner Familie zu Abend. Mit Leuten, mit denen ich arbeite. Das als kompliziert zu bezeichnen, wäre noch untertrieben."

Ich sah ihr in die Augen, während ich immer noch den Kuchen hielt, beugte mich vor und küsste sie sanft auf den Mund. Und genau in diesem Moment konnte ich wieder atmen. Wahrscheinlich stimmte etwas nicht mit mir.

„Es wird schon gut gehen. Wir sind erwachsen. Keine Kinder mehr. Das ist kein College-Ball und wir sind nicht mehr Anfang zwanzig und haben Angst, etwas zu verpassen. Wir haben das alles schon erlebt. Das ist normal."

Sie straffte die Schultern. „Ich war schon einmal verheiratet. Ich schaffe das."

„Ich war noch nie verheiratet, aber ich habe in einem Flugzeug einem Feind die Stirn geboten. Ich dachte, ich würde abstürzen, dachte, ich würde alles verlieren. Ich glaube, ich schaffe ein Abendessen mit meiner Familie."

„Oh, super. Wenn wir das auf dieselbe Stufe stellen, fühle ich mich gleich viel beruhigter."

„Erzählt er dir schon wieder seine Geschichte, wie er fast vom Himmel gefallen wäre?", fragte Evan genervt von der Tür aus.

„Vielleicht", antwortete ich lachend.

„Ich frage nur. Ist das eine Kuchenform?", fragte Evan und streckte die Hände aus. „Gib her."

Ich hob eine Augenbraue. „Nicht reinschauen, wir wollen keine Insekten."

„Wir sind in Texas. Hier sind überall Insekten", sagte Evan und nahm mir die Kuchenform aus der Hand. „Ich stelle ihn in die Küche, damit er vor den Jungs sicher ist. Sie würden sich noch vor dem Abendessen über den Kuchen hermachen."

Alexis beugte sich vor. „Na, gut, es ist Kirschkuchen."

„Dann bringe ich ihn wohl besser in mein Auto", meinte er mit einem Augenzwinkern und klang dabei viel unbeschwerter, als ich ihn seit Langem erlebt hatte. Fast so, als wäre er wieder der alte Evan. Doch ich wusste, dass das nicht ganz stimmte. Er spielte eine Rolle, vermutlich Alexis zuliebe. Trotzdem verbuchte ich das als kleinen Sieg.

Ich schüttelte den Kopf, als Evan verschwand und die Tür offen ließ, und bedeutete Alexis hineinzugehen.

Im Haus herrschte reger Trubel: Alle stellten Essen auf den Tisch, Gelächter war zu hören, Musik lief, und alles kam mir völlig normal vor: sechs große Kerle, die zu laut redeten, ein bisschen zu groß waren und nicht wussten, wie man leise war. Aber es war Zuhause.

Alexis hingegen war vielleicht einen Meter sechzig

groß, ein kleines, zierliches Wesen und gleichzeitig verdammt hübsch.

Sie zwinkerte mir zu und sah plötzlich wieder aus wie die Kommandantin und Organisatorin, die ich kannte.

„Hallo Jungs, ich habe Kuchen mitgebracht. Holt euch nach dem Essen ein Stück, bevor Evan ihn aufisst."

„Petze!", rief Evan aus der Küche, und sie lachte.

„Nur ein Kuchen?", fragte Everett seufzend. „Das nächste Mal musst du sechs mitbringen. Nur damit du die Regeln kennst."

„Ich backe keine sechs Kuchen für euch. Tut mir leid. Außer vielleicht an einem Feiertag."

„Dann müssen wir dir das wohl beibringen", fügte Elijah mit einem Zwinkern hinzu und deutete auf den Tisch.

„Wir haben jede Menge Braten, Beilagen und Brot. Da drüben sind grüne Bohnen, es gibt also sogar Gemüse. Aber eigentlich wollten wir nur Sachen, auf die man Soße gießen kann."

Alexis sah sich um, und ich drückte ihre Hand. „Scheint, als wäre ich genau im richtigen Moment gekommen."

„Und ich hoffe, du hast Lust auf Wein", fügte Elliot mit einem Augenzwinkern hinzu und reichte ihr ein Glas Pinot Noir. „Das ist doch dein Lieblingswein, oder?"

Ein seltsames Gefühl von Eifersucht stieg in mir auf, weil Elliott das wusste, doch die beiden arbeiteten am meisten zusammen, also war das nicht verwunderlich.

„Du weißt doch, dass ich alles liebe, was mit Wein zu tun hat."

„Das ist mein Mädchen." Elijah grinste, als Evan hereinstürmte und auf das Glas in ihrer Hand starrte.

„Das ist ein guter Jahrgang. Ich habe auch noch einen

Rosé im Kühlschrank. Elliott meinte, den könntest du mögen.“

„Ich werde ja richtig verwöhnt“, sagte sie lachend und sah zu mir auf.

Ich schüttelte den Kopf. „Ich weiß nicht, wer diese Typen sind. Das sind nicht die Wilder-Brüder, mit denen ich aufgewachsen bin.“

„Keine Sorge. Wir werden bald wieder fluchen und uns die Eier kratzen“, warf East ein und setzte sich. „Das Essen ist schneller fertig geworden als geplant. Also sollten wir essen, bevor es kalt wird.“

Ich sah zu Alexis hinunter, die zu meinen Brüdern hinüberblickte und sich aufrichtete. „Wenn ich also einen Teller haben will, muss ich wohl darum kämpfen.“

„Das ist der einzige Weg. Wir sind Wilders“, erklärte Everett, bevor wir uns alle um den Tisch setzten, Alexis direkt neben mir, Evan auf ihrer anderen Seite.

Evan war wieder still und starrte auf sein Handy, aber keiner von uns fragte, wer ihm schrieb. Stattdessen beluden wir unsere Teller, der Wein floss, und bald lachten alle. Offenbar hatten meine Brüder beschlossen, dass ich heute Abend das Hauptthema sein sollte.

„Aber im Ernst, er stand völlig nackt am Fenster, und Mom schrie nur immer wieder, er solle sich besser eine Hose suchen, wenn er reinkommen wolle“, erzählte East lachend. Ich kniff mir in die Nasenwurzel.

„Müsst ihr diese Geschichte wirklich erzählen?“

Elijah seufzte. „Ja, müssen wir. Weil du nackt warst.“

Alexis strahlte mich an. „Jetzt erfahre ich also alle deine Geheimnisse.“

Ich schüttelte den Kopf. „Du solltest meine Geheimnisse nicht kennen. Vor allem nicht die, bei denen ich nackt aus einem Fenster hänge.“

„Eliza kennt sie alle. Unsere auch", fügte Everett hinzu. „Du solltest sie fragen, wenn du sie kennenlernst."

„Sie ist die Einzige, die ich noch nicht kenne. Ich habe immer noch Respekt vor der Begegnung. Nicht, dass ich vor euch keinen Respekt habe", fügte sie schnell hinzu. „Warum war er nackt?"

Ich schüttelte den Kopf. „Darüber will ich nicht reden."

Evan murrte, aber Elliot antwortete: „Weil ein Mädchen, in das er verknallt war, gesagt hat, dass nur die besten Jungs nackt schlafen. Er war siebzehn, hat nackt geschlafen und war froh, dass er ein eigenes Zimmer hatte, doch dann hatte er diesen wunderbaren Albtraum, in dem er versuchte, aus dem Haus zu fliehen."

„Es ist nicht meine Schuld, dass ich vergessen hatte, dass die Fenster offen waren, weil die Klimaanlage kaputt war und wir in dem Haus keine Fliegengitter hatten", brummte ich.

„Oh mein Gott, das ist einfach zu lustig."

„Und so hing ich aus dem Fenster, mein Hintern leuchtete im Mondlicht, und meine Mutter ließ mich nicht wieder rein, bis ich ihr erklärt hatte, warum ich nackt war und versucht hatte, mich hinauszuschleichen."

„Du hast unsere Eltern so sehr terrorisiert, dass sie bei mir schon alle Wilder-Tricks kannten. Ich hatte keine Chance mehr", schmollte Elliot. Alexis kniff die Augen zusammen und schüttelte den Kopf.

„Du weißt, dass ich dir das keine Sekunde lang abnehme, Elliot Wilder. Du warst das Nesthäkchen. Genau wie Eliza. Ich bin mir ziemlich sicher, dass du dem Namen Wilder alle Ehre gemacht hast und immer mit allem davongekommen bist."

Alle prusteten vor Lachen los, und ich grinste.

„So ungefähr. Er dachte, er kommt mit nicht viel davon,

aber unsere Eltern waren bei Kind Nummer sechs und sieben deutlich lockerer geworden."

Alexis lehnte sich an mich, und alles fühlte sich richtig an. Wahrscheinlich war das ein Problem, aber ich ignorierte es. „Ich kann nicht glauben, dass eure Eltern so viele Kinder hatten. Ich finde es schon laut, wenn wir nur zu zweit sind."

„Es ist immer laut, und jetzt, wo wir alle so nah beieinander wohnen, wird es noch lauter", seufzte Everett, und Alexis lächelte.

„Nun, ich freue mich, euch alle besser kennenzulernen. Egal wie laut ihr seid. Obwohl ich sagen muss, dass ich das nächste Mal mehr Kuchen mitbringen muss."

Sie lächelte mich an, und ich verschränkte meine Finger mit ihren und fragte mich, wie zum Teufel wir hier gelandet waren. Denn das hier war nicht mehr jener Tanz auf der Hochzeit. Das war nicht nur ein Kuss bei einem Date oder eine flüchtige Berührung von Haut an Haut, wenn wir uns im Flur begegneten.

Nein, das war ein Abendessen mit der Familie. Das bedeutete etwas.

Und mir war bis jetzt nicht klar gewesen, wie viel.

Und ich hatte keine Ahnung, was ich jetzt damit anfangen sollte.

KAPITEL 13

Alexis

Als ich aufwachte, spürte ich eine Hand auf meiner Hüfte und schmiegte mich mit dem Rücken an Eli. Ich reckte den Hals, um eine Berührung oder seinen Atem zu spüren.

Eli enttäuschte mich nicht.

Am Abend zuvor hatten wir noch lange nach dem Essen an unseren Projekten gearbeitet und waren lachend ins Bett gefallen, wobei wir unser Bestes getan hatten, so zu tun, als wären wir nicht gestresst wegen dem, was heute passieren würde.

Wir hatten einander genossen, waren über die Laken geglitten und hatten jeden Zentimeter des anderen gekostet.

Und das, obwohl wir uns tagsüber um tausend andere Dinge kümmern mussten.

„Guten Morgen", murmelte er, bevor er sanft in meinen Nacken biss. Ich schauderte und griff hinter mich, um seinen harten, dicken Schwanz zu umfassen. Eli presste stöhnend seine Hüften gegen mich. „Das ist mal eine Art, geweckt zu werden", flüsterte er, bevor er über die Stelle leckte, in die er gebissen hatte.

„Wir haben beide frühmorgens Termine, und heute ist die Hochzeit."

Es war die erste Hochzeit, für die ich auf dem Gelände offiziell verantwortlich sein würde. Es war schon Wochen her, dass ich eingestellt worden war und hierhergezogen war, Wochen, seit ich die Wilder-Brüder kennengelernt hatte. Monate, seit sich mein Leben verändert hatte.

Und ein paar Wochen, seit ich Eli zum ersten Mal geküsst hatte.

Nun lagen wir hier zusammen im Bett, als wäre das völlig normal.

Ich wollte nichts anderes, nicht in diesem Moment. Denn alles fühlte sich einfach richtig und angenehm an, und natürlich machte mir das Angst.

„Wir können schnell sein", murmelte er, bevor er mich auf den Rücken drehte und sich ans Ende des Bettes bewegte. Meine Augen wurden groß, als er mich vor sich ausbreitete und sich über die Lippen leckte. „Ich weiß schon, was ich frühstücken werde."

Ich verdrehte die Augen und hätte ihn fast ausgelacht, bevor er seinen Mund auf meine Muschi presste, und ich erschauderte. Sein warmer Mund und seine äußerst geschickte Zunge auf meinem Kitzler brachten mich schon bei der ersten Berührung fast zum Höhepunkt.

Er schob meine Schenkel weiter auseinander und seine rauen Daumen strichen über meine weiche Haut. Stöhnend wölbte ich mich ihm entgegen, während er mich leckte. Seine Finger glitten über die Innenseite meiner Oberschenkel und meine Mitte. Er spreizte mich weiter und führte seinen Mittelfinger in mich ein. Ich zog mich um ihn zusammen und drängte mein Becken seinem Gesicht entgegen, während er weitermachte. Hitze strahlte von uns beiden aus.

Das leichte Kratzen seines Bartes brachte mich schließlich genau in dem Moment zum Höhepunkt, in dem er seinen Finger krümmte. Ich kam, einfach so, auf seinem Gesicht, und fragte mich, wie das so schnell passieren konnte. Wie konnte dieser Mann so leicht Dinge mit mir anstellen, ohne dass ich überhaupt wusste, dass er dazu fähig war?

Bevor ich etwas sagen oder tun konnte, drehte er mich auf den Bauch, drückte meine Schenkel zusammen und zog meine Pobacken auseinander. Ich errötete, denn so viel Spaß oder so viel Freiheit hatte ich noch nie zuvor im Bett gehabt. Aber das war Eli. Er wusste genau, was er tat, und wie er mich zum Höhepunkt bringen konnte. Und er mochte es, wenn ich rot wurde.

Er senkte seinen Kopf wieder, leckte mich noch einmal fast bis zum Orgasmus, bevor er mit mir spielte, und ich wölbte mich ihm entgegen, ging auf alle viere und blickte über meine Schulter. „Wenn du jetzt nicht in mich eindringst, drehe ich den Spieß um und nehme dich in den Mund."

Er grinste. „Ich glaube nicht, dass das wirklich eine Drohung ist", sagte er mit einem Augenzwinkern. Grinsend drehte ich mich leicht zur Seite und landete vor ihm, wir beide nackt, meine Brüste an seiner Brust. Er küsste mich leidenschaftlich, und ich konnte mich selbst auf seiner

Zunge schmecken. Ich ließ meine Hand zwischen uns gleiten und umfasste ihn fest.

„Das ist eine Art, morgens aufzuwachen", wiederholte ich, und er zwinkerte mir zu, während er mit seiner Hand an mir entlangglitt und mit meinen Schamlippen spielte. Ich zog mich leicht zurück, während er leise brummte, und beugte mich vor ihm nach unten. Meine Fingernägel gruben sich in seine Hüften, als ich ihn in meinen Mund nahm. Er stieß ein Stöhnen aus, das mich bis ins Mark erschütterte, und ich saugte ihn tief in meinen Mund und summte leise an seiner Länge. Ich konnte ihn nicht ganz in den Mund nehmen. Dafür war er zu groß. Doch den größten Teil schaffte ich und sog dabei meine Wangen ein. Er stöhnte, seine Hüften bewegten sich fast von selbst, und ich lächelte zufrieden, weil ich diese Reaktion bei ihm auslösen konnte.

Er bewegte sich weiter, sein salziger Geschmack breitete sich auf meiner Zunge aus, und dann zog er sich wieder zurück, sodass ich fast auf den Rücken fiel. Meine Brüste hüpften, während wir beide lachten, und dann war sein Mund auf meinem, und er war zwischen meinen Beinen. Wir stöhnten beide überrascht auf, als er tief in mich eindrang, und erstarrten.

„Scheiße. Ich habe das Kondom vergessen."

Ich blinzelte zu ihm hoch, völlig schockiert, dass ich es ebenfalls vergessen hatte.

Kopfschüttelnd schlang ich meine Beine um seine Hüften. „Ich nehme die Pille, und wir haben uns beide testen lassen. Nur für den Fall. Es ist okay."

Er sah mich an, und seine Augen verdunkelten sich. „Es fühlt sich so verdammt gut an, wenn ich ohne in dir bin."

Ich errötete, und meine Muschi zog sich zusammen. „Gut, dann beweg dich. Ich will, dass du dich bewegst."

„Alles, was du willst. Alles." Er küsste mich weiter und bewegte sich in mir hin und her, bis ich kaum noch atmen, kaum noch denken konnte. Es war nicht das erste Mal, dass wir in seiner Wohnung miteinander geschlafen hatten. Es war nicht das erste Mal, dass wir uns so gegenseitig geweckt hatten. Doch es fühlte sich wie das erste Mal in einer anderen Hinsicht an, und ich war mir nicht sicher, was ich davon halten sollte.

Denn das war Eli. Das war ich. Und warum fühlte sich alles plötzlich so überwältigend an?

Ich verdrängte diese Gedanken. Ich musste im Moment bleiben. Später würde ich arbeiten und mich auf alles andere konzentrieren müssen. Ich durfte mich nicht darin verlieren, durfte nicht wieder fallen. Denn einmal war ich schon gefallen, und das hatte mich fast zerstört. Das hier war nur Spaß, nur ein Moment.

Eli drehte uns wieder um und legte sich auf den Rücken, damit ich mich auf ihn setzen konnte, und er runzelte die Stirn. „Konzentriere dich ganz auf mich. Auf uns. Hör auf, dir Gedanken zu machen, Baby."

Ich wusste, dass er recht hatte, also ließ ich meine Hände über meine Brüste gleiten und rollte mich auf ihn, während ich mich weiter bewegte, wohl wissend, dass ich mich in ihn verlieben würde, wenn ich nicht aufpasste. Und das durfte ich nicht. Nicht schon wieder. Ich durfte die Situation nicht noch komplizierter machen, als sie ohnehin schon war. Das hier war nur Spaß, das durfte ich auf keinen Fall vergessen.

Dann sah er mich an und zog mich zu sich herunter. Ich stöhnte und beugte mich vor, um ihn zu küssen, während mir die Tränen in die Augen stiegen. Tränen, die dort nichts zu suchen hatten.

Also ließ ich sie nicht zu.

Ich küsste ihn weiter, während mein Höhepunkt mich durchflutete und er mich füllte. Die feuchte Hitze zwischen uns war mehr als nur Sex, und das machte mir Angst.

Inzwischen wussten alle, was zwischen uns lief und was passierte, wenn wir allein waren. Und sie wollten alle mehr daraus machen, als es eigentlich war. Wieder stand ich im Mittelpunkt. Dabei hatte ich mir geschworen, das nie wieder zuzulassen. Als Hochzeitsplanerin sollte ich im Hintergrund bleiben. Also musste ich es besser machen. Stärker sein.

Als ich meine Gedanken endlich abschüttelte, sah Eli mich stirnrunzelnd an, auch wenn in seinen Augen eine Hitze und Leidenschaft lag, die mir eigentlich Sorgen machen sollte. „Du warst am Ende nicht bei mir. Was ist los, Baby?", fragte er und strich mit dem Daumen über meine Wange.

Ich schüttelte den Kopf. „Entschuldige, ich mache mir nur Sorgen wegen der Arbeit. Du weißt schon."

Er sah mich skeptisch an, nickte aber. „Das verstehe ich. Aber ich stecke immer noch in dir, also konzentriere dich noch kurz auf mich. Ich bin egoistisch."

Das war das Problem mit Eli. Er war nicht egoistisch. Aber er sollte es sein. Es war einfacher, so zu tun, als wäre er es.

„Entschuldige", flüsterte ich und beugte mich vor, um ihn sanft zu küssen. Er stöhnte in meinen Mund hinein. Dann vibrierte mein Handy, und ich fluchte. Etwas verlegen rutschte ich von ihm herunter und schaute auf mein Handy. „Verdammt. Es ist eine Nachricht vom Fotografen. Ich muss mich fertig machen." Ich schaute auf die Uhr und fluchte erneut. „Ich habe gar nicht gemerkt, dass es schon so spät ist. Trotz unserer Wecker."

„Wir haben noch Zeit. Ich habe noch einen letzten

Alarm gestellt, so lange können wir noch im Bett bleiben. Ich werde nicht zulassen, dass wir heute Mist bauen. Es ist ein wichtiger Tag."

Ich begegnete seinem Blick, und Panik stieg in mir auf. Ich geriet in *Panik*. Heute war wichtig, und ich lag hier im Bett, verschmiert und eklig, nachdem ich Sex mit dem Mann gehabt hatte, der zwar nicht mein Vorgesetzter war, aber trotzdem irgendwie mein Chef.

„Ich muss los. Es tut mir leid."

Ich rannte ins Badezimmer, machte mich frisch, zog mich an und hörte dabei, wie Eli sich im Schlafzimmer fertig machte und fluchte.

„Alexis? Was ist los?"

„Es ist alles in Ordnung. Aber heute ist die Hochzeit von Tracy und Luke. Wir müssen sicherstellen, dass alles bereit ist. Ich muss nach Hause und die letzten Dinge erledigen."

„Ich dachte, du würdest dich heute Morgen hier fertig machen?", fragte er. Ich schüttelte den Kopf und schnappte mir die Tasche, die ich mitgebracht hatte, um mich hier fertig machen zu können. Es hatte so einfach geklungen, als er es gestern Abend vorgeschlagen hatte, doch jetzt kam es mir wie eine viel zu große Verpflichtung vor. Ein viel zu großes Versprechen, wo das Ganze doch eigentlich ungezwungen sein sollte. Das war Eli. Ein Freund. Nicht mehr. Wir durften nicht zulassen, dass es mehr wurde, sonst würde ich ihn verletzen. Oder er mich, oder es würde einfach zu viel werden.

Ich spürte, wie ich anfing zu hyperventilieren, doch ich warf mir meine Tasche über die Schulter und schüttelte den Kopf. „Ich habe ein paar Dinge vergessen, und heute darf nichts schiefgehen. Wir sehen uns später." Ich stellte mich auf die Zehenspitzen, drückte ihm einen Kuss auf die Lippen und ignorierte das Ziehen in meinem Bauch, weil ich mehr wollte und gleichzeitig Angst hatte, mehr zu wollen. Ich ging zur Tür, um nach Hause zu gehen und mich zu sammeln. Denn ich wollte Eli nicht verletzen, und ich wollte selbst nicht verletzt werden. Und ich wollte einfach, dass alles normal war, obwohl ich gar nicht mehr wusste, was überhaupt noch normal war.

Eli nahm meine Hand. „Alexis. Sprich mit mir."

Ich schüttelte den Kopf und stellte mich wieder auf die Zehenspitzen, um ihn zu küssen. „Es ist okay. Ich bin heute nur gestresst. Aber wir schaffen das."

Er musterte mein Gesicht, und ich hatte Angst, dass er meine Gedanken lesen konnte. „Das tun wir. Du hast dir den Arsch aufgerissen."

„Du auch."

„Na gut. Sehen wir uns dann auf der Hochzeit?"

Mein Herz machte wieder diesen kleinen Sprung, aber ich ignorierte es. „Ja. Auf der Hochzeit."

Ich joggte praktisch den Flur entlang und stieß direkt mit Evan zusammen. Er hielt mich an den Schultern fest und sah mich an. „Geht es dir gut? Was ist los?" Er blickte über meinen Kopf hinweg und kniff die Augen zusammen, und ich klopfte ihm gegen die Brust und wich zurück.

„Mir geht es gut. Tut mir leid. Ich bin nur spät dran."

„Du bist nicht verletzt?", fragte er, und genau das war der Grund, warum es so schwer war, sich von den Wilder-Brüdern fernzuhalten. Sie waren immer für einen da, immer bereit, sich um einen zu kümmern. Aber ich musste mich um mich selbst kümmern. Ich hatte auf die harte Tour gelernt, was passierte, wenn ich das nicht tat.

„Mir geht's gut. Wirklich. Und das hier ist total peinlich, weil du genau weißt, wo ich gerade herkomme."

Er zuckte mit den Schultern. „Du bist mit meinem

Bruder zusammen. Und ihr scheint glücklich zu sein. Alles andere geht mich nichts an.“

Ich lächelte ihn an und schüttelte den Kopf. „Wahrscheinlich hast du recht. Jetzt muss ich los. Ich muss ein paar Leute zurückrufen und mich mit Kendall treffen.“ Er erstarrte für einen Moment, und ich löste mich von ihm. „Tut mir leid.“

„Ist schon okay. Ich bin erwachsen. Ich komme damit klar, mit Kendall zusammenzuarbeiten.“

Er klang allerdings nicht so, als hätte er wirklich Lust darauf.

Auf dem Weg zu meiner Hütte begegnete ich niemandem, denn es war noch früh am Morgen, die Sonne ging gerade erst auf und die meisten Leute waren noch nicht wach. Kendall und Sandy waren damit beschäftigt, alles für die Gäste und das Frühstück vorzubereiten. Braut und Bräutigam befanden sich in der Hochzeitssuite auf der anderen Seite des Gebäudes.

Sie hatten die Nacht zusammen verbracht und sich gegen die Tradition entschieden, sich am Morgen der Hochzeit nicht zu sehen. Bald würden sie ohnehin getrennt werden, während sie sich fertig machten.

Sie waren bezaubernd, und diese Cinderella-Farm-Ranch-Hochzeit, die sie sich gewünscht hatten, würde wunderschön werden.

Auf der anderen Seite des gepflasterten Weges sah ich bereits das Team, das mit Blumen und Dekoration beschäftigt war. Ich nickte kurz und versuchte, die Ruhe zu bewahren. Ich duschte schnell, steckte meine Haare zu einem kleinen Chignon im Nacken zusammen, zog ein taubengraues Kleid und einen passenden Mantel an und erklärte mich für bereit für den Tag. Dann schlüpfte ich in meine

High Heels und war dankbar für die Gelpads im Ballenbereich, damit ich am Ende des Tages keine Blasen bekam.

Ein Anruf nach dem anderen ging ein – von meinem Team, von der Braut, von der Mutter der Braut, von der Ranch, die die Pferde liefern sollte, und von unzähligen anderen Leuten. Denn heute organisierte ich nicht nur Tracy und Lukes Hochzeit. Ich hatte außerdem noch fünf weitere Hochzeiten zu bewältigen – acht, wenn ich die für nächstes Jahr mitzählte. Aber Emily und ich hatten alles im Griff.

Und ich wollte mir gerade keine Gedanken darüber machen, dass ich in Elis Bett aufgewacht war und mich wie zu Hause gefühlt hatte.

Auf dem Weg zurück traf ich Maddie, die mir eine Tasse reichte.

„Ist das Kaffee?", fragte ich, und mein Mund wurde trocken.

„Es ist ein Kaffee-Protein-Shake. Kaffee bekommst du erst, nachdem du das hier getrunken hast."

Ich blinzelte. „Was?", fragte ich.

„Kendall hat ihn Emily gegeben, und Emily hat ihn mir gegeben, als ich hier vorbeigekommen bin. Also trink, sei glücklich, und du schaffst das. Ich habe großartige Dinge über deine anderen Hochzeiten gehört. Das hier ist nur eine weitere Veranstaltung."

Ich nahm einen Schluck, und stöhnte vor Genuss. Kendall war ein Genie. „Ähm, nein. Das ist keine gewöhnliche Hochzeit. Das ist meine erste Wilder-Hochzeit."

„Und du musst das Rückgrat sein. Denn ich weiß, dass diese Brüder auch verdammt gestresst sind."

Ich stolperte beinahe. „Was?"

„Natürlich sind sie gestresst. Auf dem Gelände gab es zwar schon Hochzeiten, die von den früheren Hochzeitsplanern organisiert wurden. Aber jetzt ist es anders. Weil sie wirklich wollen, dass das funktioniert. Weil du eine von ihnen bist."

Ich verzog das Gesicht. „Weil ich mit ihnen arbeite. Ich bin nicht eine von ihnen."

Maddies Augen weiteten sich. „Okay. Das werden wir später mit Kendall genauer unter die Lupe nehmen. Vielleicht sogar mit Naomi, wenn wir sie von ihrem Mann losreißen können."

Ich schüttelte den Kopf. „Dafür haben wir keine Zeit."

„Im Moment nicht, das stimmt. Aber wir werden darüber reden. Denn du scheinst vor etwas wegzulaufen."

„Ich laufe vor nichts weg."

Ich lief zwar tatsächlich in meinen High Heels, aber darum ging es hier nicht.

„Wir werden darüber reden!", rief sie mir hinterher, und ich winkte nur ab, setzte meinen Ohrstöpsel [N1.1]ein und rief Emily an.

Ich traf mich mit der Floristin und dem Fotografen und ging noch einmal ein paar Dinge mit Kendall und ihrem Team durch. Wir lagen im Zeitplan. Auch wenn ich das niemals laut aussprechen würde, erlaubte ich es mir zumindest, es zu denken.

Der Standesbeamte würde bald eintreffen, und wir hatten am Vorabend die Probe in der Scheune abgehalten. Alles war reibungslos verlaufen. Sogar die drei Blumenmädchen und die drei Ringträger hatten ihre Sache bewundernswert gemeistert. Ich versuchte nicht daran zu denken, dass sich heute noch alles in einer Sekunde ändern konnte. Es würde schon gut gehen. Alles würde gut gehen.

Genau das wiederholte ich wie ein Mantra in meinem Kopf, während ich dem Vater des Bräutigams und der Mutter der Braut zuwinkte. Sie führten gerade eine hitzige

Diskussion, aber als ich vorbeiging, schnappte ich auf, dass es um eine Eishockeymannschaft und nicht um die Hochzeit zu gehen schien.

„Sie sehen wundervoll aus", sagte die Mutter der Braut und winkte mir zu.

Ich lächelte. „Danke. Sie sehen auch wunderbar aus."

„Ich bin so froh, dass Sie mich zu diesem Kleid überredet haben und nicht zu etwas Altbackenem", sagte sie grinsend und sah an ihrem schlichten, aber wunderschönen Brautmutterkleid hinunter.

„Sie sehen großartig aus. Sie brauchen wirklich keine zusätzlichen Schulterpolster", neckte ich sie.

„Sie sieht wirklich toll aus. Es kommt mir vor, als wäre es erst gestern gewesen, dass unsere Kinder sich auf dem Spielplatz kennengelernt haben", sagte der Vater des Bräutigams mit einem Seufzer und legte sich die Hand aufs Herz.

Er sah aus, als würde er gleich anfangen zu weinen, aber die Mutter der Braut winkte ab und reichte ihm ein Taschentuch.

„Ich sollte hier doch die Heulsuse sein. Nicht du."

„Ich kann nichts dafür. Unsere Kinder geben sich endlich das Ja-Wort."

„Ich freue mich sehr für Sie alle. Ich gehe kurz zu Tracy und ihren Brautjungfern."

„Ich komme gleich nach. Ich gebe ihr nur ein bisschen Zeit, damit sie über Dinge reden kann, die ich nicht hören sollte." Sie zwinkerte, und der Vater des Bräutigams lachte. Ich schüttelte lächelnd den Kopf. Sie waren eine tolle Familie, und sie schienen sich alle zu verstehen. Das war ein großer Gewinn.

Ich ging zum Zimmer der Braut hinauf und klopfte leicht, bevor ich eintrat.

„Guten Morgen."

„Oh, du bist da! Ich bin so froh, dass wir die Hochzeit für den frühen Nachmittag und nicht für den Abend geplant haben. Ich bin einfach so glücklich." Sie stand in einem Seidenmantel und Unterwäsche da, klatschte in die Hände und strahlte.

„Ich kann es kaum erwarten, dich in deinem Brautkleid zu sehen. Es ist bald soweit."

„Ich weiß. Wir haben gerade alle zusammen gebruncht, und jetzt trinken wir ein Glas Champagner. Eine Mimosa mit einem Spritzer Orangensaft."

„Möchtest du ein Glas?", fragte die Trauzeugin, und ich schüttelte den Kopf.

„Für mich ist es noch etwas zu früh, wenn ich den Überblick behalten will. Aber beim Empfang stoße ich gerne mit euch an."

„Abgemacht. Alles ist so wunderschön, Alexis. Danke, dass du mir geholfen hast, meine Traumhochzeit zu planen." Tracy hatte Tränen in den Augen, als sie nach meinen Händen griff, und ich lächelte zurück.

„Danke, dass du eine wunderschöne und verständnisvolle Braut bist."

„Sie ist unerträglich gut gelaunt, fröhlich und umgänglich", sagte die Trauzeugin mit einem Grinsen.

„Ich versuche, keine ‚Brautzilla' zu sein. Ich nehme an, das werde ich erst, wenn ich schwanger bin. Ihr wisst schon – mit all den Hormonen und Gelüsten. Also versuche ich mich jetzt zu benehmen."

„Das klappt bisher ganz gut", sagte ich scherzhaft.

„Wie Luke und Tracy sich ansehen, ist schon fast ekelhaft. Aber auf die beste Art."

„Die beiden sind ziemlich süß zusammen."

„Genauso süß wie du und ein gewisser Besitzer dieses

Etablissements", neckte Tracy und klimperte mit den Wimpern.

Ich erstarrte für einen kurzen Moment, tat aber mein Bestes, mein Lächeln beizubehalten.

„Zieht dein Kleid an", lenkte ich ab, und die Mädchen fingen an zu kichern und wedelten mit den Händen in der Luft herum.

„Wir haben gesehen, wie Eli und du euch angesehen habt. Das ist so süß. Die verliebte Hochzeitsplanerin." Tracy legte die Hände auf die Brust und seufzte, und ein kalter Schauer lief mir über den Rücken.

Ich war schon einmal verliebt gewesen, und es hatte mich zerstört. Was würde passieren, wenn sich diese Liebe, die ich für Eli nicht empfand, doch veränderte? Dann hätte ich keinen Ort mehr, an den ich gehen könnte. Ich würde diese neue Familie verlieren, die ich gerade erst gefunden hatte. Ich musste es besser machen. Ich musste sicherstellen, dass ich nicht noch einmal zerbrach. Und dass Eli auch nicht verletzt wurde.

Die Trauzeugin musste die Panik in meinem Blick gesehen haben, denn sie zog Tracy sanft zur Seite, warf mir einen entschuldigenden Blick zu, und ich setzte wieder meine professionellste Miene auf.

Wir halfen Tracy in ihr Kleid, und von da an lief alles wie am Schnürchen.

Fotos, Lächeln und die schönste Braut, die ich je gesehen hatte.

Alle waren an ihrem Platz, sogar die Wilder-Brüder halfen hinter den Kulissen, wo sie konnten.

Sogar Evan und Elijah waren mit dem Personal des Weinguts gekommen, um sicherzustellen, dass bei der Hochzeit erstklassige Wilder-Weine serviert wurden.

Mir fiel auf, dass Kendall und Evan immer auf den

entgegengesetzten Seiten des Raumes standen, und ich wusste, dass das Absicht war, denn sie wussten immer genau, wo der andere war.

Genauso wie ich immer wusste, wo Eli war.

Ich seufzte und machte mich wieder an die Arbeit.

Die Zeremonie lief weiter, und es gab nur ein paar kleine Pannen, von denen Braut und Bräutigam niemals etwas erfahren würden. Ich war überall gleichzeitig und erledigte vier Dinge auf einmal, aber ich liebte diesen Job. Ich genoss es, die Freude in ihren Gesichtern zu sehen, auch wenn sich langsam Angst auf meinem eigenen Gesicht breit machte, während Tracys Worte immer wieder in meinem Kopf widerhallten.

Als Braut und Bräutigam schließlich auf der Tanzfläche waren, atmete ich erleichtert auf. Ich ging meine nächste Checkliste durch, um sicherzustellen, dass alles bereit war, wenn die beiden zu ihren Flitterwochen aufbrachen. Der Rest der Familie und die Hochzeitsgesellschaft würden noch eine Nacht im Gasthaus bleiben, das Brautpaar hingegen musste einen Nachtflug erreichen.

Ich ging an Kendall vorbei, die mich angrinste und sich dann wieder ihrem Gespräch mit LJ zuwandte. Ich blinzelte überrascht, als mir klar wurde, dass LJ Dodge als Gast des Bräutigams hier war. Ich hatte das Gefühl, dass ich diesen Mann vielleicht sogar mögen könnte. Ja, sein Bruder und sein Vater waren ziemliche Arschlöcher, aber LJ schien nett zu sein. Und so, wie er sich zu Kendall hinüberbeugte, konnte es sein, dass meine Freundin ihn vielleicht auch mochte. Ich würde sie später fragen. Nachdem ich Evan davon abgehalten hatte, den Mann zu schlagen, nur weil er mit seiner Exfrau sprach. Oh ja. Das würde kompliziert werden.

Ich ging um das Farmhaus herum und den Steinweg

hinunter, um ein paar organisatorische Dinge zu überprüfen – und stieß plötzlich gegen eine breite Brust. Ich blickte auf, und mir wich die Farbe aus dem Gesicht.

„Clint? Was machst du hier?"

Er sah auf mich herab, neigte den Kopf zur Seite und packte mich am Arm.

„Ich habe es dir doch gesagt. Wir müssen reden."

KAPITEL 14

Eli

Mit einem Lächeln auf den Lippen bog ich um die Ecke, denn ich war auf dem Weg zu Alexis. Heute war ein verdammt guter Tag. Ich hatte den Morgen mit einer wunderschönen Frau in den Armen verbracht, ein köstliches Frühstück genossen und Alexis zum Stöhnen und Rotwerden gebracht. Und jetzt lief diese Veranstaltung so gut, dass wir laut Elliot bereits Anfragen für kommende Events hatten. Nicht nur für Hochzeiten, sondern auch für Ruhestandsfeiern, Familientreffen und sogar für komplette Gruppenurlaube wollten sie unser Grundstück mieten.

Ich war unglaublich erleichtert.

Ich durfte allerdings niemanden sehen lassen, wie erleichtert ich war, denn dann würden sie wissen, wie viele Sorgen ich mir gemacht hatte. Und das hatte ich. Ich hatte mir so verdammt große Sorgen gemacht, dass ich uns alle in diesen Fehler hineingezogen hatte.

Doch jetzt wollte sogar ein weiterer Weinclub mit uns arbeiten, den Elijah seit einem Jahr zu überzeugen versuchte. Sie wollten unsere Weine. Und das bedeutete, dass wir einen Schritt näher daran waren, dass alles wirklich funktionierte.

Ich war so verdammt glücklich, denn ich war mir nicht sicher, was wir getan hätten, wenn das heute nicht funktioniert hätte.

Lange hatte ich geglaubt, dass ich meine Familie in dieses Chaos hineingezogen hatte, aber vielleicht, nur vielleicht, konnte es doch funktionieren. Doch um das zu verarbeiten, musste ich Alexis sehen. Egal, was passierte, ich musste sie sehen. Um ihr zu danken.

Als ich um die Ecke bog, schlug mir das Herz bis zum Hals, und Wut stieg in mir auf. Meine Füße schlugen im schnellen Stakkato auf den Steinweg, und ich zog einen Typen von Alexis weg.

Dieser Mistkerl hatte sie angefasst. Hatte seine Finger in ihren Arm gegraben und sie gegen die Hauswand gedrückt. Ich biss die Zähne zusammen und riss den Mann von ihr weg, knurrend wie ein Bär, der sein Revier verteidigte.

„Nimm deine verdammten Hände von ihr."

Der andere Mann spuckte mich an. „Fass mich nicht an, du elender Prolet! Denkst du, du kannst jeden einfach so wegschieben, wie du lustig bist?"

Ich baute mich vor dem Mann auf. „Das ist ja lustig, wo doch gerade deine Hände auf Alexis waren."

Er grinste höhnisch. „Wir haben uns unterhalten. Du hast keine Ahnung, wovon du redest."

„Ich habe deine Hände auf ihr gesehen. Also verschwinde sofort von meinem Grundstück."

Der andere Mann kniff die Augen zusammen, und seine Lippen zuckten. „Oh, der berühmte Wilder-Bruder. Ein Roughneck, der keine Ahnung hat, was er tut, und glaubt, er könne einfach in dieser Stadt auftauchen und die Leute dazu bringen, ihm aus der Hand zu fressen? Du passt hier nicht rein, und das wirst du auch nie."

Ich blinzelte den anderen Mann an und versuchte zu verstehen, was zum Teufel sein Problem war.

Alexis schob sich an mir vorbei. „Clint, geh nach Hause. Eli, hör auf."

Ich sah erst sie an und dann den Mann, und mir wurde klar, dass dies ihr Ex-Mann war. Der Mann, der ihr wehgetan hatte und sie jetzt angepackt hatte. Nein, ich würde nicht aufhören. „Erstens glaube ich nicht einmal, dass du weißt, was ein Roughneck überhaupt ist. Zweitens: Wir sind hier außerhalb von San Antonio, der siebtgrößten Stadt des Landes. Das hier ist keine Kleinstadt, egal was du glaubst. Also verpiss dich. Drittens, und eigentlich hätte das an erster Stelle stehen sollen: Wenn du dich jemals wieder diesem Grundstück oder Alexis näherst, wird es dein kleinstes Problem sein, dass ich dich von ihr wegziehe."

„Eli", sagte Alexis scharf.

Ich stellte mich vor sie, um sie vor Clints Blick abzuschirmen. Der andere Mann kniff die Augen zusammen, als er das bemerkte, und grinste dann erneut. „Ach so, du vögelst den Chef. Das ist ja nett."

Alexis schob sich an mir vorbei. „Fahr zur Hölle, Clint! Eli, hör auf! Mir geht es gut. Alles ist in Ordnung."

„Es ist nicht in Ordnung! Verschwinde von meinem Grundstück, Clint!" Meine Stimme war ein leises Knurren.

„Zwing mich doch."

Ich straffte die Schultern, hielt aber erst inne, als Alexis ihre Hand auf meinen Arm legte.

„Bitte hört auf! Das ist peinlich."

Ich sah sie an und bemerkte, dass sich langsam eine kleine Menschenmenge bildete. Ich fluchte leise. „Hau ab!", zischte ich den anderen Mann an. „Bevor ich die Beherrschung verliere."

„Fick dich."

Da ich meine Aufmerksamkeit auf Alexis gerichtet hatte, sah ich die Faust erst, als es schon zu spät war. Clint schlug mir gegen den Kiefer, aber er war kleiner als ich, und ich taumelte kaum zurück. Der Schmerz überraschte mich trotzdem. Ich rieb mir die brennende Stelle und kniff die Augen zusammen.

„Hast du mich gerade wirklich geschlagen?", fragte ich und kniff die Augen zusammen.

„Fick dich." Clint versuchte es erneut, doch diesmal wich ich seinem Schwinger aus und riss ihm die Beine weg. Es war eine schnelle Bewegung, die mir Evan vor Jahren beigebracht hatte, und schon lag Clint keuchend am Boden.

„Was zum Teufel, Mann?" Ich schüttelte den Kopf. „Im Ernst? Du hast Hausverbot. Wenn du dich noch einmal hier blicken lässt, rufe ich die Polizei." Ich atmete tief aus. „Es sei denn, du willst, dass ich sofort die Polizei rufe, weil du Alexis und mich angegriffen hast."

„Eli. Lass es gut sein." Ich hörte die Wut und die Demütigung in ihrer Stimme, doch ich konnte mich gerade nicht auf sie konzentrieren. Ich konnte sie nicht ansehen, denn ich musste sicherstellen, dass dieser Mann keinen weiteren Ärger verursachte. Wenn ich Alexis in diesem Moment angesehen hätte, wusste ich nicht, was ich getan hätte. Sie wie ein Höhlenmensch weggetragen?

Oder sie einfach an mich gedrückt und nie wieder losgelassen?

„Gibt es hier ein Problem?", fragte Evan, als er näher kam. Der Rest meiner Brüder folgte ihm, zusammen mit Amos.

„Oh, toll. Das ist ja einfach großartig", murmelte Alexis leise.

Ich kniff die Augen zusammen und starrte den Arsch auf dem Boden an. „Kein Problem. Wir sind hier, um sicherzustellen, dass dieser Typ nie wieder auf unser Grundstück kommt."

„Das lässt sich regeln", knurrte East, bevor er Clint an den Schultern hochzog und ihn praktisch wegzerrte.

Evan war direkt an seiner Seite und half ihm, während Elijah tief ausatmete und ihnen folgte.

Elliot und Everett standen hinter ihnen und starrten uns an, bevor sie sich räusperten. „Wir gehen mal nachsehen, ob da draußen alle in Ordnung sind."

„Nein, das ist meine Aufgabe", sagte Alexis, und drängte sich an mir vorbei.

„Alexis."

Sie wirbelte zu mir herum, und ihre Schultern zitterten. „Ich habe dich gebeten aufzuhören. Ich habe dich gebeten aufzuhören, und du hast es nicht getan."

„Er hat dich angefasst."

Aus dem Augenwinkel sah ich, wie meine Familie sich zurückzog und uns allein ließ. Irgendetwas in mir schaltete um, und ich wusste nicht einmal genau, was gerade passierte.

„Alexis." Wut und Frustration wirbelten in mir, aber ich hielt mich zurück. Ich durfte Alexis jetzt nicht packen und wegbringen, nur um sicherzugehen, dass sie in Sicherheit war.

„Nicht", sagte sie scharf. „Ich schäme mich so, Eli. Verstehst du das?"

Ich blinzelte geschockt. „Wofür?"

Sie warf die Hände in die Luft. „Mein Ex-Mann war hier und hat dich geschlagen." Sie hob ihre Hand an mein Gesicht und ließ sie dann wieder sinken. „Er hat dich *geschlagen*. Und du hast ihn einfach zu Boden geworfen, als wäre es nichts. Du hättest einfach aufhören sollen und mich das regeln lassen."

„Dich das regeln lassen? Er hatte dich gegen die Wand gedrückt. Wie genau wolltest du ,das regeln'?"

Ihre Hände zitterten, aber ich konnte die Wut und die Angst in ihren Augen erkennen. „Ich hätte es geregelt. Du bist genau in dem Moment gekommen, als er mich überrascht hat. Ich kann auf mich selbst aufpassen, Eli. Vielleicht habe ich das früher nicht gut genug gemacht, aber ich kann es. Ich komme allein klar."

In diesem Moment wusste ich, dass wir nicht nur über das sprachen, was gerade passiert war. Es ging um den Grund für ihre seltsame Reaktion, als sie heute Morgen meine Wohnung verlassen hatte.

„Alexis. Du musst nicht alles alleine bewältigen."

„Sagt der Mann, der hier alles alleine schaffen muss. Der ein ganzes Unternehmen aufgebaut hat, nur um bei seiner Familie zu sein, und sich trotzdem um alle kümmert."

Ich kniff die Augen zusammen, aber ich konnte sie nicht einfach so gehen lassen. Ich wusste, dass sie verletzt und verängstigt war. Also würde ich alles ertragen, was sie mir entgegenwarf. Das musste ich. Denn sie schlug nie um sich. Sie brauchte mich. Zumindest redete ich mir das ein. Autsch. „Aber das hat nichts mit dem zu tun, was hier gerade passiert ist."

„Doch, hat es. Die Leute haben das gerade gesehen. Wir haben auf der Hochzeit von jemand anderem eine Szene gemacht, und ich muss verdammt noch mal hoffen, dass Braut und Bräutigam nichts davon erfahren. Das ist ihr großer Tag, und ich weigere mich, ihn zu ruinieren. Ich weigere mich, meine Vergangenheit noch etwas anderes ruinieren zu lassen."

„Das war nicht deine Schuld."

„War es das nicht? Nein – beantworte das nicht. Ich muss gehen."

„Lass mich dich begleiten." Angst stieg in mir auf, doch ich unterdrückte sie.

Sie drehte sich zu mir um und funkelte mich wütend an. „Nein. Ich komme schon klar. Weißt du was? Vielleicht ist das ein Zeichen."

„Ein Zeichen wofür?", fragte ich. Mein Herz raste.

„Das ist einfach zu kompliziert. Viel zu kompliziert. Du bist mein Chef. Und jetzt bist du hier und drückst meinen Ex-Mann zu Boden, ohne auch nur ins Schwitzen zu geraten. Du hast nicht einmal gezuckt, als er dich geschlagen hat."

„Das war ein ziemlich schwacher Schlag."

„Und das ist mein Ex-Mann. Der Mann, den ich geheiratet habe. Der Mann mit dem schwachen Schlag macht eine Szene, und ich bin immer noch hier. Aber du hast nicht auf mich gehört, Eli. Ich habe gesagt, dass ich das regle, und du hast mich nicht gelassen."

„Weil du das nicht musstest."

„Du hast mich trotzdem nicht gelassen", wiederholte sie. „Ich kann das nicht. Ich muss mich auf diese Hochzeit konzentrieren und auf die, die noch kommen. Ich habe dir gesagt, dass das ein Fehler war. Ich hätte vorher nicht Ja sagen sollen."

„Tu das nicht."

„Ich habe keine andere Wahl. Es ist vorbei, Eli. Es ist einfach besser, wenn es jetzt vorbei ist, bevor es zu kompliziert wird und noch mehr Gefühle ins Spiel kommen. Es tut mir leid. Wir sehen uns beim nächsten Meeting, aber ich muss erst einmal nachdenken." Sie richtete sich in ihren High Heels auf, straffte die Schultern, und ich wusste, dass sie wieder Maske der Hochzeitsplanerin aufgesetzt hatte. Sie war nicht mehr die Frau, die gerade noch gegen die Wand gedrückt und überrascht worden war.

Nein. Jetzt trug sie ihre Rüstung wie ein Schild und ließ mich einfach zurück. Ich war am Boden zerstört.

Everett trat aus der Dunkelheit hervor, seine Miene war besorgt.

Ich atmete tief aus. „Du hast also alles gesehen?", fragte ich trocken.

„Ja. Und du hättest Alexis das regeln lassen sollen."

Ich fuhr zu ihm herum. „Willst du mich verarschen? Du würdest einfach eine Frau das alleine regeln lassen? Wenn ein Mann seine Hände an ihr hat?"

Mein Bruder hob beschwichtigend die Hände. „Ich sage nicht, dass es einfach wäre, aber Alexis ist stark. Und wenn sie sagt, dass sie etwas alleine regeln muss, dann hättest du sie lassen sollen."

„Scheiß drauf. Er hat ihr wehgetan."

„Und du hast ihn von ihr weggezogen. Danach hättest du auf sie hören sollen, statt eine Szene zu machen."

„Clint hat eine Szene gemacht", knurrte ich genervt.

„Stimmt. Aber vielleicht wäre es anders gelaufen, wenn Alexis es selbst hätte regeln können."

„Du warst nicht die ganze Zeit dabei. Du hast verdammt noch mal keine Ahnung."

„Von mir aus. Dann liege ich eben falsch. Aber Alexis ist

gerade von dir weggegangen. Wütend und verletzt. Und es klingt, als wäre es vorbei. Also bring das verdammt noch mal in Ordnung. Denn ich mag sie. Sie tut dir gut. Sorg einfach dafür, dass du ihr auch guttust."

Fassungslos sah ich meinem Bruder nach, wie er davonging, und fragte mich, was zum Teufel da gerade passiert war. Wie zum Teufel konnte das meine Schuld sein? Ich dachte, ich hätte geholfen.

Dann traf mich die Erkenntnis. Sie hatte mich *verlassen*. Es war vorbei.

Und ich konnte verdammt noch mal nichts dagegen tun.

KAPITEL 15

Alexis

Mein Herz schmerzte und auch meinem Kopf ging es nicht viel besser. Ich saß in meiner kleinen Hütte, meinem Zuhause, das ich den Wilder-Brüdern verdankte, und hatte das Gefühl, dass nie wieder alles in Ordnung kommen würde.

Nach dem Vorfall mit Clint und Eli war ich zur Hochzeit zurückgekehrt und hatte gelächelt, als wäre alles in bester Ordnung.

Das Brautpaar war ohne Zwischenfälle zu seiner Hochzeitsreise aufgebrochen und niemand aus der Hochzeitsgesellschaft oder der Familie hatte erfahren, was passiert war.

Nur ein paar Leute aus dem Weinclub hatten den Vorfall mitbekommen. Und soweit ich das beurteilen konnte, hatten sie sich auf die Seite der Jungs gestellt. Mit anderen Worten: Ich war diejenige gewesen, die überreagiert hatte.

Und doch ... Hätte ich mich zurückhalten sollen? Ich hätte es nicht gekonnt. Die Situation war so schnell eskaliert, und dann war Eli auf Clint losgegangen.

Ich war fest davon überzeugt, dass ich das alleine hätte regeln können. Clint hatte mich noch nie zuvor so angefasst, aber ich wäre damit fertig geworden.

Doch Eli hatte mir nicht einmal die Chance dazu gegeben.

Stattdessen hatte er für mich gekämpft.

Und ich hatte mich so geschämt. Vielleicht hatte ich ihn genau deshalb weggestoßen. Weil die Konsequenzen meiner eigenen Entscheidungen mich immer wieder einholten und ich nicht wollte, dass Eli eine davon wurde.

Ich betrachtete meinen Terminkalender, mein Tablet und all die Terminlisten, die ich noch organisieren musste. Ich war froh, dass ich mir für heute freigenommen hatte, um mich von meiner ersten Hochzeit hier zu erholen. Heute stand kein Treffen mit einem Brautpaar an. Ich musste lediglich ein paar Anrufe entgegennehmen, aber selbst dabei versuchte ich, mir den Tag so weit wie möglich freizuhalten. Selbst dabei versuchte ich, mir so viel freizunehmen wie möglich, um wieder Kraft zu sammeln und nicht völlig auszubrennen.

Nachts hatte ich kaum ein Auge zugetan, da ich immer wieder daran denken musste, wie leicht Eli Clint zu Boden gebracht hatte.

Ich konnte kaum atmen.

Ich war mir nicht sicher, ob meine Entscheidung richtig gewesen war oder ob ich sie bereits bereute.

Ich konnte diese Entscheidung einfach nicht treffen. Ich konnte nicht einmal klar denken. Vielleicht hatte ich deshalb das Richtige getan, indem ich das Schwerste getan hatte.

Jemand klopfte an meine Tür, und mein Magen zog sich zusammen. Wollte ich, dass es Eli war? Oder wollte ich, dass es nie wieder er sein würde, damit ich ihm nicht gegenübertreten musste?

Aber ich war kein Feigling. Also würde ich mir genau ansehen, wer es war, und mit den Konsequenzen leben.

Ich schaute durch den Türspion, blinzelte und öffnete die Tür. Verwirrt runzelte ich die Stirn.

„Kendall? Maddie? Was macht ihr denn hier?"

„Wir sind hier, weil du uns nicht erzählt hast, was gestern passiert ist. Wir mussten es ausgerechnet von Evan erfahren." Kendall stapfte mit einem Tablett voller Essen im Arm an mir vorbei, während Maddie zwei Flaschen Wein in der Hand hielt.

„Ist es nicht ein bisschen früh für Wein?", fragte ich und war überrascht, dass ausgerechnet das die ersten Worte waren, die mir einfielen.

Maddie schüttelte den Kopf. „Erstens: Halt den Mund. Es ist nie zu früh für Wein, wenn man auf einem Weingut arbeitet. Außerdem sind das die neuen Roséweine, die wir gerade probieren, und ich bin zufrieden damit. Aber ich will, dass du auch zufrieden bist, also betrachte es als Arbeit. Wir werden uns Notizen machen."

Kendall seufzte. „Und ich habe Käse mitgebracht. Jede Menge Käse. Und Gemüse, Fleisch und Brot, damit du auch wirklich etwas isst. Denn nach allem, was letzte Nacht passiert ist – und wovon du uns nichts erzählt hast – und da du heute noch nicht einmal deine Hütte verlassen hast, musst du etwas essen. Du achtest offensichtlich gerade nicht auf dich."

Ich blickte zwischen den beiden Frauen hin und her, die in kurzer Zeit enge Freundinnen geworden waren, und brach sofort in Tränen aus.

„Okay, setz dich hin und erzähl uns, was passiert ist. Wir sind für dich da." Maddie legte ihren Arm um meine Schulter, und ich atmete zitternd aus, genervt von mir selbst.

„Warum weine ich? Mir geht es gut. Mir geht es wirklich gut."

„Ja, dir geht es gut. Aber es ist okay, dass du gerade gestresst bist. Du machst gerade viel durch."

Ich schnaubte. Ich konnte nichts dagegen tun. „Was ist los mit mir?"

„Du hattest einen schweren Tag. Das ist okay."

„Was hat dieses Arschloch dir angetan?"

„Reden wir über Clint? Oder über Eli?", fragte Maddie, und ich zuckte zusammen.

„Wie viel wisst ihr?"

„Offensichtlich nicht genug", antwortete Maddie und tätschelte mir die Hand.

„Jetzt erzähl es uns. Wir sind für dich da. Versprochen."

„Es ist einfach so peinlich."

„Es muss dir nicht peinlich sein. Nichts, was du sagst, wird dazu führen, dass wir schlechter von dir denken. Du musst uns nur erzählen, was los ist."

Ich sah die beiden Frauen an und dachte an all die Veränderungen der letzten Monate. Dann schluckte ich schwer und erzählte ihnen schließlich alles.

Über Clint, über das Geld.

Über die Scheidung und meine Sorgen. Alles.

Sie saßen da, stellten ein paar Fragen und schienen mich nicht zu verurteilen.

Zumindest nicht sofort.

Aber ich verurteilte mich selbst.

„Dieser Arsch! Ich bin froh, dass Eli sich für dich eingesetzt hat. Aber das hätte er nicht tun müssen."

Ich schüttelte den Kopf. „Ich komme mir einfach so dumm vor."

„Das solltest du nicht. Es ist nicht deine Schuld, dass er das getan hat."

„Aber er war nur meinetwegen hier, weil er etwas will. Was soll ich damit anfangen?"

Kendall beugte sich vor. „Mach dir das nicht zu deinem Problem." Ich blinzelte, doch Kendall zuckte nur mit den Schultern. „Das ist alles Clints Schuld. Du hast ihn nicht gebeten, hierherzukommen. Du hast ihn auch nicht darum gebeten, sich wie ein Arschloch aufzuführen und alles zu ruinieren. Es ist zwar nervig, wenn der Beschützerinstinkt der Wilder-Brüder durchgeht, aber vergiss nicht: Sie sind gekommen, um dir zu helfen. Eli hat dich beschützt, weil er Angst hatte, dass du es vielleicht nicht allein schaffen könntest."

„Aber ich hätte es allein geschafft", knurrte ich, auch wenn es nicht besonders überzeugend klang.

Kendall hob die Hand. „Weißt du was? Du hast recht. Tut mir leid, das hätte ich so nicht sagen sollen. Aber die Sache ist die: Die Wilder-Brüder sind einfach so gestrickt."

„,Egoistisch'?", murmelte ich.

„Sie lassen dich deine eigenen Kämpfe austragen. Sie halten dir sogar den Mantel, während du es tust. Aber sie beschützen auch die Menschen, die ihnen wichtig sind, besonders dann, wenn niemand sonst es tut. Ich weiß, dass du für dich selbst einstehen und dich selbst verteidigen wolltest. Und vielleicht hättest du das auch gekonnt. Aber am Ende hatte Clint dich gegen die Wand gedrückt, und Eli war derjenige, der etwas unternommen hat."

„Es ist einfach so peinlich."

„Ich weiß. Aber das ist nicht deine Schuld. Nichts davon ist deine Schuld."

„Bist du sicher? Denn so fühlt es sich an.“

„Ist es nicht. Das kann gar nicht sein. Eli wird dir nicht die Schuld geben für das, was passiert ist. Weder du noch er muss das in Ordnung bringen.“

„Ich komme mir einfach so dumm vor.“

„Das musst du nicht. Ich weiß, das klingt leicht gesagt. Aber fühl dich nicht dumm. Die Wilder-Brüder wollen die Menschen beschützen, die zu ihnen gehören.“

„Aber ich gehöre nicht zu Eli.“

Sie schenkte mir ein trauriges Lächeln. „Doch, das tust du. In gewisser Weise. Ich sehe, wie ihr beide miteinander umgeht. Es ist in Ordnung, sich das zu wünschen. Es zu genießen, wie er zu dir ist.“

Meine Lippen verzogen sich zu einem Lächeln. „Wirklich? Das ist deine Meinung?“

Sie zuckte mit den Schultern und strich sich die Haare aus dem Gesicht. „Es ist die Wahrheit.“

„Ich weiß es einfach nicht.“ Das war das Problem. Ich wusste nicht, ob ich mir erlauben konnte, mehr zu wollen. Nicht nach allem, was Clint getan hatte.

„Und du hast es gestern Abend beendet?“, fragte Maddie mit sanfter Stimme.

Ich schluckte schwer. „Ich glaube schon? Ich habe ihm gesagt, dass es vorbei ist, dass es zu viel war. Dass es zu viel ist, zusammenzuarbeiten, zusammenzuwohnen und eine Beziehung zu führen. Vielleicht ist es das auch. Clint kam während meiner Arbeit hierher. Während einer Hochzeit. Er hätte sie ruinieren können.“

„Aber das hat er nicht. Und ja, Eli hat ihn schnell zu Boden gebracht, aber erst nachdem Clint den ersten Schlag ausgeteilt hat.“

„Machst du dir Sorgen, dass Eli sich so verhalten könnte

wie Clint?", fragte Maddie, und ich schüttelte den Kopf und zuckte dann mit den Schultern.

„Ich weiß es nicht. Vielleicht? Es ist einfach kompliziert." Mein Herz schmerzte, und ich wusste nicht, was ich tun sollte – etwas, das so gar nicht zu mir passte, dass es mich beunruhigte.

„Natürlich ist es kompliziert. Es ist eine Beziehung. Er bedeutet dir etwas."

Ich zuckte zusammen. „Ja. Und das macht mir Angst."

„Es sollte dir auch Angst machen", flüsterte Kendall. „Weil du nie weißt, wann du fällst. Und plötzlich bist du mitten drin – ohne Sicherheitsnetz. Du kannst nicht weglaufen oder dich verstecken, weil alles offen vor dir liegt und du nichts mehr ändern kannst."

Sie schluckte schwer und Maddie und ich gaben ihr einen Moment, um sich zu sammeln.

„Ich weiß einfach nicht, was ich will. Alles ist noch so neu, dass ich mir eigentlich Zeit lassen sollte. Einfach den Moment genießen. Aber mit all den zusätzlichen Komplikationen, der Tatsache, dass wir zusammen arbeiten, so nah beieinander wohnen, uns nie wirklich aus dem Weg gehen können und ständig von seiner Familie und all den Leuten umgeben sind, die ihn kennen – macht es alles schwieriger."

„Das stimmt. Aber alle Beziehungen sind in gewisser Weise schwierig." Maddie verzog das Gesicht. „Warum glaubst du, bin ich in Elijahs Nähe so nervös?"

„Und wirst du jemals etwas dagegen unternehmen?", fragte ich.

Sie schüttelte den Kopf. „Nein. Nein. Aber meine Situation ist anders als deine."

„So fühlt es sich im Moment aber nicht an."

„Die Wilders treffen schlechte Entscheidungen. Darin

sind sie gut. Aber wenn sie die richtigen treffen, neigen sie dazu, das wieder gutzumachen." Ich sah Kendall an, überrascht von ihren Worten. „Schau mich nicht so an."

„Ich kann nichts dafür. Es ist seltsam, diese Worte aus deinem Mund zu hören."

Sie zuckte mit den Schultern. „Die Wilders können sich entschuldigen wie niemand sonst. Manchmal kann man die Entschuldigungen annehmen, und manchmal nicht. Alles, was ich sagen will, ist: Wenn Elis Brüder ihn genauso zur Vernunft bringen wie wir gerade versuchen, dich zur Vernunft zu bringen, dann entschuldigt er sich vielleicht tatsächlich."

„Und die Frage ist: Was willst du dagegen tun?"

Ich sah die beiden an und schluckte, aber ich hatte keine Antworten. Stattdessen probierte ich den Wein und machte mir Notizen. Der Rosé war köstlich. Ich aß, was Kendall mir vorsetzte, und sprach weitere dreißig Minuten lang weder über die Wilders noch über die Arbeit. Eine Weile lang ließ ich mich einfach treiben.

Als sie schließlich gingen, weil wir alle viel zu tun hatten, wusste ich immer noch nicht, was ich sagen würde, wenn Eli auftauchte.

Natürlich hatte ich nicht lange Zeit zum Nachdenken, denn es klopfte schon wieder an der Tür, und als ich den massigen Schatten davor sah, war ich unendlich dankbar, dass es nicht Clint war.

Stattdessen stand Eli da, die Hände in den Taschen und die Stirn gerunzelt.

„Hey", begrüßte ich ihn.

„Ich war mir gar nicht sicher, ob du überhaupt aufmachen würdest. Nicht, dass ich es dir übel genommen hätte, so wie ich mich gestern Abend verhalten habe."

War das dieses typische „Zu-Kreuze-Kriechen" der Wilders?

„Eli. Es tut mir leid."

Seine Augen weiteten sich. „Warum entschuldigst du dich?"

„Weil ich dich nicht so hätte wegstoßen sollen. Es war mir einfach so peinlich, und ich glaube, das lässt sich nicht mehr rückgängig machen."

Er schüttelte den Kopf. „Natürlich gibt es ein Zurück. Ich fühle mich eher schrecklich, weil ich dir gar nicht die Chance gegeben habe, das Ganze erst mal zu verarbeiten. Und ich weiß, dass du einiges sagen wolltest, aber wir hatten keine Gelegenheit dazu. Also ... hier bin ich. Ich hoffe, du kannst mir verzeihen und verstehst, dass mir klar ist, dass ich mich wie ein Arsch verhalten habe, auch wenn ich es diesmal nicht so wollte."

Ich schüttelte den Kopf und verzog das Gesicht. „Eli. Bei uns ist einfach alles so kompliziert."

„Das stimmt, aber ist das nicht bei den meisten Menschen so?"

„Vielleicht. Oder vielleicht müsste es das gar nicht sein."

„Ich bin hier, um mich zu entschuldigen. Um Abbitte zu leisten. Und um zu sagen, dass ich Mist gebaut habe."

Ich konnte nicht anders. Ich brach in Gelächter aus und schüttelte den Kopf. „Wirklich? Das ist also deine Strategie."

„Beziehungen sind schwierig. Manchmal mehr, manchmal weniger. Und wir alle haben unser Päckchen zu tragen. Verdammt, du lebst in einem Resort mit meinem Päckchen. Du bist ständig davon umgeben. Es steht quasi auf unserem Briefkopf."

Ein Lächeln huschte über meine Lippen. „Eli."

„Wir alle haben Altlasten. Und Clint mag Teil deiner sein, aber du bist nicht allein verantwortlich dafür, wer er ist oder welche Entscheidungen er trifft."

„Er ist hierhergekommen. Er hat dir wehgetan."

Endlich wagte ich es, meine Hand auszustrecken und sein verletztes Kinn zu berühren. Er zuckte nicht zusammen und wich auch nicht zurück. Stattdessen lehnte er sich meiner Berührung entgegen, und meine Augen füllten sich erneut mit Tränen.

„Alexis."

„Er hat dir wehgetan."

„Würde ich blaue Flecken an deinen Armen sehen, wenn ich dir den Pullover ausziehen würde?"

„Vielleicht." Ich zuckte zusammen, und seine Augen trübten sich. „Er hat dir auch wehgetan."

„Ich hätte die Polizei rufen sollen."

„Das hätte nur noch für mehr Aufsehen gesorgt."

„Trotzdem gefällt mir das alles nicht. Dass er hier war."

„Und ich weiß nicht einmal, was er wollte. Geld? Macht? Mich? Wer weiß. Ich verstehe ihn einfach nicht. Aber du hast ihn vom Grundstück geworfen und die Hochzeit ist trotzdem gut verlaufen. Vielleicht habe ich also überreagiert."

Er schüttelte den Kopf, trat näher und nahm mein Gesicht in seine Hände, als ich die Arme sinken ließ. „Nein, mir tut es leid. Du hast mich gebeten, aufzuhören. Aus dem Weg zu gehen, damit du das regeln kannst. Und ich habe es nicht getan, weil ich wütend war. Weil ich dachte, ich müsste das übernehmen. Aber ich hätte dich machen lassen sollen. Ich werde versuchen, es besser zu machen. Aber ich werde Fehler machen. Ich bin nicht besonders gut darin. Aber ich werde es versuchen."

Ich schüttelte den Kopf und lehnte mich an ihn. Er

schlang die Arme um mich. „Ich bin auch nicht gut darin. Wie meine Scheidung beweist."

„Mein Beweis ist, dass ich nicht einmal eine Ehe oder Scheidung vorzuweisen habe. Wie ist das als Beziehungserfahrung?"

„Ich habe Angst, Eli. Ich habe dich nicht erwartet."

Er sah auf mich herab und strich dann sanft mit den Lippen über meine. „Ich habe dich auch nicht erwartet."

„Dann sollten wir wohl lernen, es besser zu machen."

Als Antwort zog ich an seinem Shirt, und er trat ein und schloss die Tür hinter sich.

Seine Augen weiteten sich leicht, und ich lachte leise, während seine Hände langsam über meinen Körper glitten.

„Ich will dich", knurrte er.

„Gut. Denn ich will dich auch." Ich hielt kurz inne und sah zu ihm auf. „Die blauen Flecken sind oberflächlich, sie verblassen schon. Ich möchte nicht, dass du wieder wütend wirst."

„Du kannst mir nicht vorschreiben, was ich fühlen soll, aber ich verspreche dir, dass ich ihn nicht suchen und verprügeln werde. Klingt das fair?"

Ich grinste, streckte die Hand aus und legte sie wieder auf seine verletzte Wange. „Okay. Ich verspreche dir dasselbe."

Er küsste mich erneut, und ich war hin und weg.

Dann führte er mich zum Sofa und drückte mich sanft gegen die Rückenlehne. Als er meinen Pullover hochzog, weiteten sich seine Augen, und ich errötete.

„Ich hatte heute keine Lust, einen BH anzuziehen."

Er räusperte sich, und seine Wangen röteten sich, als sein Blick auf meine nackten Brüste fiel.

„Gott sei Dank."

Ich grinste und legte eine Hand auf seine geprellte Wange. „Okay. Ich verspreche dasselbe."

Er küsste mich erneut, und ich war wie verzaubert.

Er führte mich zu meinem Zweisitzer und drückte mich sanft gegen die Rückenlehne. Als er meinen Pullover hochzog, weiteten sich seine Augen, und ich errötete.

„Ich hatte heute keine Lust, einen BH anzuziehen."

Er räusperte sich, seine Wangen färbten sich rot, als sein Blick auf meine nackten Brüste fiel.

„Gott sei Dank."

Er beugte sich vor und saugte sanft erst einen Nippel in seinen Mund, und dann den andere.

Ich stöhnte und presste meinen Körper an seinen, während er an meinen Brüsten saugte, so kräftig, dass der leichte Schmerz mich fast über den Rand trieb. Mit seiner freien Hand umfasste er meine andere Brust und spielte mit dem Nippel, erst sanft, dann intensiver. Ich presste die Oberschenkel zusammen. Mein Körper bebte, während seine Hände langsam über die Vorderseite meiner Leggings nach unten glitten.

„Auch kein Höschen. Das gefällt mir."

„Es war mein fauler Tag."

Er zog leicht an meinen Haaren, legte meinen Kopf nach hinten und eroberte meinen Mund. Ich stöhnte auf und keuchte überrascht, als seine Hand über meine Mitte glitt.

„Was ich jetzt mit dir mache, wird nichts mit Faulenzen zu tun haben."

„Wie du meinst, Eli."

Dann waren seine Finger in mir, und ich zitterte und wiegte meine Hüften an seiner Hand. Er fickte mich mit seinen Fingern, während wir beide zitterten und uns küssten. Er küsste meine Lippen und biss dann in meine Schulter, während seine freie Hand weiter mit meinen Brüsten spielte. Als er aufblickte und meine Hüften sich bewegten, grinste er.

„Genau so, Alexis. Reite meine Hand. Spüre, dass ich es bin. Ich bin derjenige, der dich berührt und dich zum Höhepunkt bringt. Jetzt hilf mir, dich zu ficken."

Seine Worte ließen mich kommen, mein Körper zog sich um seine Finger zusammen. Er stöhnte und als ich endlich wieder zu mir kam, zog er seine Hand aus meinen Leggings. Er saugte an seinen Fingern, ohne den Blick von mir zu lösen.

Ich presste meine Schenkel zusammen und zitterte bei diesem Anblick. Als er seine feuchten Finger an meine Lippen legte, öffnete ich den Mund und ließ sie hineingleiten. Ich schmeckte mich selbst, während ich sie sanft umschloss, errötete – und dann war sein Mund wieder auf meinem. Der Kuss war intensiv. Fordernd. Als er mir die Leggings herunterzog, stöhnte ich auf und keuchte überrascht, als ich mich plötzlich über das Sofa gebeugt wiederfand, den Hintern in die Luft gestreckt, während er sich hinter mich stellte. Ich hatte gar nicht bemerkt, dass er sich ebenfalls ausgezogen hatte. Dann hatte er meine Haare in seiner Faust, meine Zehen berührten kaum den Boden, und er stieß hart und schnell in mich.

Ich umklammerte die Sofakante und richtete mich etwas auf, um ihm entgegenzukommen, ihn tiefer zu spüren. Er stöhnte, und wir zitterten beide vor Verlangen. Als ich spürte, dass ich kurz vor dem Höhepunkt war, stützte ich mich mit einer Hand ab und kniff mit der anderen in meinen Nippel. Ich kam erneut, diesmal um ihn herum, und als er aufstöhnte und mich wieder in den Hals biss, zitterte ich, mein ganzer Körper war heiß, und ich konnte kaum atmen oder denken oder irgendetwas tun.

Dann zog er sich wieder aus mir heraus, und ich drehte

mich, sodass ich auf der Sofakante saß, die Schenkel weit gespreizt, während ich meine Hüften wiegte und er wieder in mich stieß, diesmal von vorne. Ich umklammerte seine Schultern, und meine Fingernägel gruben sich in seine Haut, als ginge es um mein Leben. Er grinste und fickte mich hart, während ich ihm entgegenkam. Dann kam er, und ich folgte ihm. Es war schweißnass, heiß, klebrig und voller Bedeutung.

Das war kein Betteln oder eine Entschuldigung. Nur wir, wie wir endlich zusammenkamen.

Es hatte nichts mehr damit zu tun, wer ich gewesen war oder wer ich sein wollte. Es war nur der Moment. Und das war alles, was ich brauchte.

Doch als ich mich auf ihn sinken ließ, hatte ich Angst, dass ich mich verliebt hatte.

Und ich war nicht bereit.

Doch einem Wilder konnte man nicht widerstehen. Selbst wenn man es versuchte.

KAPITEL 16

Alexis

Eine weitere Hochzeit war überstanden. Meine Füße taten weh und mein Kopf schmerzte, doch das glückliche Paar war in der Hochzeitssuite und würde am nächsten Tag in die Flitterwochen aufbrechen. Colin und Adam hatten sich eine klassische Farmhochzeit gewünscht, und wir hatten ihren Wunsch erfüllt.

Der Ausdruck auf ihren Gesichtern, als sie „Ja" gesagt hatten, bedeutete mir alles. Denn meine Aufgabe war es, dafür zu sorgen, dass sie sich nur darauf konzentrieren mussten, zum Altar zu gehen und sich ihre Liebe und ihr Versprechen zu geben. Alles andere war nur das i-Tüpfelchen. Ein i-Tüpfelchen, an dem monatelang gearbeitet wurde, um es zu perfektionieren. Aber genau das war meine Spezialität.

Sie lächelten, bedankten sich bei mir und umarmten sogar Eli und Everett.

Das wiederum brachte mich zum Lächeln: die überraschten und beschämten Blicke, als die Wilder-Brüder ihre herzlichen Umarmungen bekamen. Schließlich versuchten die Wilders normalerweise, sich im Hintergrund zu halten, damit niemand wusste, wer sie waren. Aber einen Wilder konnte man nicht übersehen. Sie waren groß, verdammt sexy und immer zur Stelle, um zu helfen. Das ließ sich nicht verbergen.

Nun saß ich also bei Eli auf seiner Couch und hatte die Füße auf dem Couchtisch.

Ein Seufzer entwich mir, als jemand meinen Fuß berührte. Ich öffnete ein Auge und sah Eli, der auf dem Couchtisch saß, meine Füße auf seinen Schoß gelegt hatte und die Fußballen massierte.

Das Gefühl war so gut, dass ich beinahe direkt gekommen wäre, und an meinem leisen Stöhnen merkte Eli genau, was ich dachte.

„Warum trägst du diese Schuhe, wenn deine Füße darin so wehtun?", fragte er leise.

Ich lächelte zu ihm hoch. „Weil du mir immer auf den Hintern schaust, wenn ich diese Schuhe trage."

Er hielt inne und grinste dann, als würde er sich meinen Hintern vorstellen.

„Da hast du recht. Du siehst verdammt sexy darin aus. Außerdem habe ich dich schon einmal nur in diesen Schuhen gesehen, kurz bevor sie sich in meinen Rücken gebohrt haben."

Ich schnaubte und schüttelte den Kopf.

„Du bist unmöglich."

„Ja, bin ich. Aber ich bin eben ich. Ich kann nichts dafür."

„Stimmt. Die Hochzeit ist aber gut gelaufen. Sie wirkten glücklich."

„Das waren sie auch. Ich würde gern glauben, dass wir

etwas damit zu tun hatten, aber vielleicht lag es auch einfach an ihnen."

Ich sah zu ihm auf, und er schüttelte nur den Kopf. Ein Lächeln huschte über seine Lippen, bevor er seufzte und sich gegen den Tisch lehnte.

„Ich finde es immer noch seltsam, dass das jetzt mein Job ist."

Ich lächelte nur. „Ich finde es auch seltsam, dass das jetzt dein Job ist, aber du machst das gut."

Er blinzelte, und ich schüttelte nur den Kopf.

„Das stimmt. Du kümmerst dich um alle und sorgst dafür, dass sie bereit sind. Dass sie alles haben, was sie brauchen."

„Ich weiß nicht. Manchmal kommt es mir so vor, als würde ich nur versuchen, nicht unterzugehen, und dafür sorgen, dass alle versorgt sind. Aber ich bin mir nicht sicher, ob ich in Bezug auf meine Brüder die richtige Entscheidung getroffen habe."

Ich setzte mich auf, zog meinen Fuß zurück und stellte ihn auf den Boden. Ich musterte sein Gesicht, die Sorgenfalten, die sich darin eingegraben hatten, und schüttelte den Kopf. „Eli, Du könntest nicht mehr tun. Du hast dafür gesorgt, dass sie alle ein Zuhause hatten, nachdem sie sich ein neues Leben aufgebaut hatten. Du hast das großartig gemacht."

„Es fühlt sich nicht immer so an."

„Das sollte es aber eigentlich. Deine Brüder sind glücklich, oder zumindest auf dem Weg dahin." Als er eine Augenbraue hob, zuckte ich mit den Schultern. „‚Auf dem Weg dahin‘ trifft es besser, aber ihre Arbeit gibt ihnen einen festen Halt, zu dem sie zurückkehren können, während sie ihr Leben sortieren. Und du warst derjenige, der diese Idee hatte."

„Manchmal habe ich das Gefühl, dass es entweder die schlechteste oder die beste Entscheidung meines Lebens war, in Roys Fußstapfen zu treten."

„Ich glaube, du unterschätzt dich selbst."

Er lächelte mich an und schüttelte den Kopf.

„Manchmal denke ich, ich schätze mich genau richtig ein."

„Du bist ein guter großer Bruder, und sie sind erwachsen. Sie treffen ihre eigenen Entscheidungen."

„Nun, eine gute Entscheidung war es wohl auch, dich einzustellen."

Ich verdrehte die Augen. „Ich nehme an, dass es eine gute Entscheidung war, zuzusagen oder mich überhaupt auf diese Stelle zu bewerben."

Da grinste er, beugte sich vor und streifte meine Lippen mit seinen. Ich bekam eine Gänsehaut und schluckte schwer, während meine Hände über seine Brust glitten.

„Du schmeckst nach Champagner", flüsterte er.

Ich errötete. „Ich hatte am Ende des Abends ein Glas zum Feiern."

„Ich bin mir sicher, ich kann noch mehr besorgen, denn ich möchte ihn auf deiner Haut schmecken."

Mit einem leisen Stöhnen sank ich tiefer in die Couch, als es an der Haustür klopfte.

Ich blickte zu Eli auf, der die Stirn runzelte und zur Tür ging. In diesem Moment vibrierte mein Handy und ich sah, dass ich Nachrichten von einer unbekannten Nummer erhalten hatte.

UNBEKANNT

Ich habe dir doch gesagt, dass wir reden müssen. Sag deinem Grobian, er soll aufhören.

Ich seufzte, Scham kroch in mir hoch, und ich blockierte die Nummer.

Ich würde meine Telefonnummer wohl ändern müssen, aber da ich auch eine öffentliche Dienstnummer brauchte, würde er sie immer finden können.

Ich schüttelte den Kopf, als Elis Stimme zu mir durchdrang.

„Eliza? Was machst du denn hier? Wusste ich, dass du kommst? Komm her, gib mir das Baby."

„Tut mir leid. Ich dachte, du wüsstest es. Ich habe es Evan gesagt."

Eine Frau mit dunklem Haar und einem strahlenden Lächeln kam herein, nachdem sie Eli ein kleines Bündel überreicht hatte. Ein Mann mit dunklem Haar, blauen Augen und etwa derselben Statur wie Eli kam hinter der Frau herein, die Eli Eliza genannt hatte.

Mit anderen Worten: seine Schwester.

Die jetzt ins Wohnzimmer kam und mich nach einem langen Tag in einem sehr seltsamen, fast nackten Zustand sah.

Wenn ich in diesem Moment unter das Sofa hätte kriechen können, hätte ich es getan.

„Oh. Du hast Besuch." Eliza blinzelte. „Und du bist Alexis. Oh mein Gott. Es ist so toll, dich kennenzulernen. Aus Eli bekommt man kaum etwas heraus, aber zum Glück habe ich Brüder, die mir alles erzählen."

Ich schluckte schwer und verschluckte mich fast, als ich aufstand und mir bewusst wurde, dass ich barfuß war und beinahe über meine Schuhe gestolpert wäre. „Hallo", flüsterte ich. „Und was haben sie dir erzählt? Nein, ich will es gar nicht wissen."

„Nur Gutes, das verspreche ich dir. Oh, es ist so schön, dich endlich persönlich kennenzulernen." Eliza umarmte mich fest und ich umarmte sie instinktiv zurück. In diesem Moment machte es wieder Klick, so ähnlich wie bei Eli und mir. Es fühlte sich an, als würde ich diese Frau schon mein ganzes Leben lang kennen.

Was hatte es bloß mit den Wilder-Geschwistern auf sich?

„Wusste Evan, dass du kommst?"

„Ja, Wir verbringen das Wochenende hier, weil ich einen Termin habe, und übernachten in einer der Hütten. Es hat allerdings eine Weile gedauert, bis wir hier ankamen, weil unser Flug Verspätung hatte. Evan meinte, wir sollen euch hier treffen. Aber anscheinend hat er dir nicht Bescheid gegeben."

Der Mann sah zu mir und lächelte. „Ich bin Beckett Montgomery. Das ist Lexington. Freut mich."

„Ich bin Alexis, und ich stehe im Weg."

„Du stehst nicht im Weg, also wage ja nicht zu glauben, dass du jetzt einfach so gehen kannst", erklärte Eliza mit einem Grinsen. „Ich kann es kaum erwarten, dich kennenzulernen."

„Und du kannst mich morgen kennenlernen. Wenn ich nicht gerade eine Hochzeit hinter mir habe und so aussehe."

„Du siehst fantastisch aus. Ich weiß nicht, weswegen du dir Sorgen machst. Ich bin gerade zum ersten Mal mit einem Baby im Flugzeug gereist. Wir reden, wenn du das hinter dir hast."

Sie zwinkerte mir dabei zu und legte ihre Arme um meine Schultern.

„Du bist also der mysteriöse Gast, von dem Evan meinte, dass er in Hütte A einchecken würde."

„Und du hast nicht daran gedacht, nachzufragen?", fragte Eliza grinsend.

„Ich war ein wenig abgelenkt", brummte er, und ich errötete noch mehr.

„Ich sollte wirklich gehen."

„Nein, nein", protestierte Eli. Er schüttelte den Kopf und fuhr sich mit der Hand durch die Haare. Alexis, das sind meine kleine Schwester Eliza und ihr Mann Beckett. Und der Kleine hier heißt Lexington. Er ist mein absolutes Lieblingsbaby. Und das hier ist Alexis. Die Hochzeitsplanerin des Wilder Resorts und meine neue Freundin. Was ihr ja sowieso schon wisst. Ich habe keine Ahnung, warum Evan euch ausgerechnet hierhergeschickt hat, außer um mich zu ärgern, aber ich bringe euch schnell zur Hütte."

„Ich finde sie schon", sagte Eliza und schüttelte den Kopf, nun etwas entschuldigend. „Du hast gerade eine Hochzeit hinter dir. Nimm dir Zeit. Bleib hier. Wir sind die Störenfriede hier."

Das Baby patschte gegen Elis Brust. Als er nach unten sah, explodierten meine Eierstöcke.

Ja, ich hatte mich in Eli Wilder verliebt.

Diesen großen Mann, der ein winziges Baby an seine Brust drückte, während das Baby versuchte, nach seinem Bart zu greifen. Das war es. Damit hatte er mein Herz erobert.

Und dem wissenden Blick auf Elizas Gesicht nach zu urteilen, wusste Elis kleine Schwester genau, was gerade passiert war.

Na toll.

„Im Ernst, genießt euren Aufenthalt und beschwert euch bei Evan wegen seiner Heimlichtuerei, womit er offenbar auch durchgekommen ist. Wir sehen uns morgen."

„Du musst nicht gehen", flüsterte Eli, als er sich zu mir hinunterbeugte.

Da ich wusste, dass alle zuschauten, auch der kleine

Lexington, stellte ich mich auf die Zehenspitzen und küsste ihn sanft. Alle wussten bereits, dass etwas zwischen uns lief. Es gab keinen Grund, das zu verstecken.

Einen Moment lang sah er überrascht aus, und genau das erwärmte mein Herz. Denn er wusste genauso wenig wie ich, wie ich reagieren würde.

„Ich gehe jetzt, damit du Zeit mit deiner Familie verbringen kannst. Wir sehen uns morgen, wenn ich wieder anständig aussehe."

Ich sah auf das Baby in Elis Armen hinunter. „Schön, dich kennenzulernen, Lexington."

Das Baby streckte die Hand aus und patschte gegen meine Wange, und ich schmiegte mich an seine kleinen, pummeligen Hände.

„Du bist wirklich bezaubernd."

„Er ist ein kleiner Racker. Aber unser Racker", flüsterte Eliza. „Tut uns leid, dass wir dich vertrieben haben."

„Ihr habt mich nicht vertrieben. Ich gehe nur nach Hause, um nach diesem sehr langen Tag endlich zu duschen. Wir sehen uns morgen. Versprochen."

Ich verabschiedete mich, wohl wissend, dass mein Abgang etwas unbeholfen war, aber ich brauchte einen Moment für mich. Ich hatte nicht damit gerechnet, Elis Schwester so kennenzulernen, oder damit, dass plötzlich alle so viel über mein Privatleben wussten. Nicht, dass ich ihnen einen Vorwurf machte, denn Maddie und Kendall wussten schließlich auch eine Menge über meine Gefühle für Eli. Trotzdem musste ich mich erst daran gewöhnen.

Ich war in Eli Wilder verliebt.

Wie zum Teufel war das passiert?

In einem Moment versuchte ich noch, meinen neuen Weg als frisch geschiedene Frau, die ganz von vorne anfing zu finden.

Und im nächsten war ich in einen Mann verliebt, der ein Baby im Arm hielt und fast eine Art Vaterfigur für seine Geschwister war.

Eigentlich sollte mein Leben nicht so kompliziert sein, und doch: Wollte ich, dass sich etwas änderte? Wollte ich, dass alles wieder so wurde, wie es einmal war?

Es machte mir Angst, weil ich mir nicht sicher war, wie meine Antwort lauten sollte.

Denn ich wusste, dass ich Eli liebte.

Und ich liebte die Art und Weise, wie sich unser Leben entwickelte. Auch wenn sich alles rasend schnell veränderte und wir noch dabei waren, unseren Platz zu finden.

Panik begann sich einzuschleichen, doch ich tat mein Bestes, sie zu ignorieren.

Denn bisher hatte ich das immer hinbekommen.

Während ich den Weg entlangging, stellte ich fest, dass sich die meisten Gäste bereits in ihre Zimmer zurückgezogen hatten. Die Flutlichter brannten, sodass ich nie im Dunkeln stand, aber ich war trotzdem froh, auf dem Heimweg zu sein. Ich wollte einfach nur ins Bett, um am nächsten Morgen frisch und ausgeruht zu sein, wenn ich Eliza und die anderen wiedersah.

Als ich um die Ecke bog, traf mich etwas Hartes am Hinterkopf. Ich stürzte, meine Knie schlugen auf die Fliesen, Schmerz durchzuckte mich, und ein dumpfes Geräusch ertönte, und dann war da nichts mehr.

KAPITEL 17

Eli

„Wir wollten sie nicht vertreiben", sagte Eliza und biss sich auf die Lippe. Ich drückte den kleinen Lexington fester an mich und runzelte die Stirn. „Ist schon okay. Wir lassen es sowieso langsam angehen."

„Nur weil ihr es langsam angehen lasst, heißt das nicht, dass sie gleich weglaufen muss, wenn wir kommen." Eliza seufzte, und Beckett legte einen Arm um ihre Schultern. „Schon gut, Babe. Sie hat wahrscheinlich ohnehin schon genug von den Wilder-Brüdern. Auch wenn sie jetzt eine Montgomery ist, war noch ein Wilder wahrscheinlich einfach zu viel."

„Hey, einmal ein Wilder, immer ein Wilder", knurrte ich scherzhaft und klopfte auf Lexingtons Windelpo.

„Das sagst du, aber alles, was ich höre, ist Montgomery." Grinsend nahm Beckett mir dann Lexington aus den

Armen und machte den Schnüffeltest. „Im Moment ist alles in Ordnung, aber ich habe das Gefühl, dass das Abendessen gleich seinen Weg nach unten nimmt."

Ich verzog das Gesicht. „Ich verstehe nicht, wie ihr so locker über Körperfunktionen reden könnt."

„Du warst beim Militär und hast wie viele Brüder? Ich glaube, du kommst schon klar", fügte Beckett grinsend hinzu, aber ich schaute immer noch zur Tür hinüber und fragte mich, ob ich Alexis hätte bitten sollen, zu bleiben. Oder verdammt noch mal, sie zu ihrer Hütte hätte begleiten sollen. Das hätte ich tun sollen. Was zum Teufel war nur los mit mir?

„Komm, lass uns gehen, uns einrichten und Evan zur Schnecke machen. Danach kannst du nach ihr sehen. Vielleicht verbringst du sogar die Nacht bei ihr. Ich bin mir ziemlich sicher, dass ihr das geplant hattet, bis wir es ruiniert haben."

Ich sah meine kleine Schwester an und legte meine Arme um ihre Schultern. „Ich weiß nicht, was sich Evan dabei gedacht hat, aber es ist schön, dass ihr hier seid. Auch wenn ich ein wenig überrumpelt war." Ich küsste sie auf den Kopf. Sie sah zu mir auf und grinste.

„Das ist der Sinn einer Überraschung. Sie soll einen überraschen."

Ich runzelte weiterhin die Stirn, während ich an Alexis dachte und mir vornahm, sie später auf jeden Fall noch zu besuchen. Ich hasste es, dass sie einfach so gegangen war, aber Alexis mochte erste Eindrücke, die Hand und Fuß hatten. Wahrscheinlich war es einfach zu viel für sie gewesen, Eliza auf diese Weise kennenzulernen. Doch mir war nicht entgangen, wie sie mich angesehen hatte, als ich Lexington im Arm gehalten hatte. Dieses kurze Stirnrunzeln, bevor sie gelächelt und sich verabschiedet hatte. Und sie hatte mich vor ihnen geküsst. Nur kurz, aber es war, als hätte sie mich damit für sich beansprucht. Und verdammt, ich würde sie auch für mich beanspruchen.

Denn ich konnte an nichts anderes denken als an diese Verbindung, diesen Funken auf der Tanzfläche vor nun schon über zwei Jahren.

Und ich wollte es wieder.

Ich schlüpfte in meine Schuhe, folgte Beckett hinaus und die Treppe hinunter. Evan stand im leeren Flur. Während ich ihn missbilligend ansah, stieß Eliza einen fröhlichen Laut aus und rannte auf ihn zu. Sie schlang ihre Arme um ihn, warf sich aber nicht mehr mit ihrem ganzen Körper auf ihn, wie sie es früher getan hatte. Evan schien das auch zu bemerken, doch dann hielt seine kleine Schwester ihn fest und nichts anderes zählte mehr. Ich konnte das nachvollziehen. Nichts anderes zählte. Nicht in diesem Moment.

„Du bist hier. Und du bist ein Idiot, weil du den anderen nicht gesagt hast, dass wir kommen würden." Sie boxte Evan gegen die Schulter, und ich grinste nur.

„Siehst du, du bist der Idiot."

„Du bringst unserem Kind schon bei, andere zu schlagen. Wer ist hier jetzt der schlechte Einfluss?"

Eliza verdrehte nur die Augen. „Entschuldigung. Aber die Montgomerys sind viel schlimmer als die Wilders."

„Das stimmt", antworteten Evan und ich wie aus einem Mund und lachten.

Beckett schüttelte nur den Kopf. „Nicht im Geringsten."

„Du bist hier in der Unterzahl, Montgomery. Vergiss das nicht." Ich nahm Lexington wieder aus Becketts Armen, bevor ich die Stirn runzelte, als Evan mir den Kleinen abnahm.

„Ich bin dran." Evan küsste Lexington auf den Kopf. Das

Baby lächelte ihn an, und ich seufzte nur und fragte mich, wie dieses Kind es schon geschafft hatte, alle um den kleinen Finger zu wickeln.

Wir gingen zur Hintertür hinaus und quetschten uns in ihren gemieteten SUV, um zu der Hütte zu fahren, die Evan für sie organisiert hatte.

Wir hätten auch zu Fuß gehen können, aber keiner von uns hatte Lust, Koffer zu schleppen.

Ich würde zu Fuß zu meiner Wohnung zurückgehen, nachdem ich bei Alexis vorbeigeschaut hatte, um sicherzugehen, dass es ihr gut ging. Und weil ich sie sehen wollte, verdammt noch mal.

Als ich dort ankam, warteten alle meine Brüder bereits bei der Hütte, und ich runzelte die Stirn. „Wussten sie es alle?", fragte ich, als ich aus dem SUV sprang, um Eliza zu helfen.

„Ich habe ihnen nur gesagt, dass sie uns hier treffen sollen, also wissen sie es jetzt", erklärte Evan mit einem Grinsen, und ich musste mich fragen, ob er sich heutzutage so vergnügte, denn der Mann war, gelinde gesagt, interessant.

Der Empfang war laut und überschwänglich, aber er tat mir gut. Denn wenn ich nicht darauf bestanden hätte, dass wir alle hier zusammenarbeiten, hätten wir das hier nicht.

Abgesehen von der Hochzeit waren wir selten alle sieben zusammen gewesen. Jetzt waren wir sechs jeden Tag zusammen und Eliza kam oft zu Besuch.

„Das ist dein Verdienst", flüsterte Eliza, als sie auf mich zukam. Meine Brüder gaben gerade das Baby reihum weiter, während Beckett sie dabei wie ein Falke beobachtete. Niemand würde dieses Kind fallen lassen, aber wir standen drinnen unter einem Deckenventilator, und da jeder von uns als Baby schon einmal in so einen geworfen worden war – dank unseres ebenso überschwänglichen Vaters –, war es nur logisch, dass wir alle ein wenig nervös waren.

„Wie meinst du das?", fragte ich nach einem Moment, als mir ihre Worte bewusst wurden.

„Ihr wirkt glücklicher. Vielleicht noch nicht ganz angekommen, aber ein Stück besser."

Ich runzelte die Stirn und schüttelte den Kopf. „Das liegt an ihnen."

„Sie sind deinetwegen hier. Dank deiner großartigen Idee."

„Ich habe einfach solche Angst, dass ich das für die Familie vermassle."

Eliza warf mir einen Blick zu und seufzte. „Warum benimmst du dich so? Du hast eine gute Entscheidung getroffen."

Ich schüttelte den Kopf. „Ich habe das Gefühl, dass ich ständig alles vermassle."

„Fängt er schon wieder damit an?", fragte Evan seufzend.

„Er ist manchmal so", fügte Elijah hinzu.

„Wir sind glücklich. Oder zumindest sind wir auf dem besten Weg dahin, genau wie unsere kleine Schwester gesagt hat", fügte Elliot hinzu und drehte sich zu mir um. „Wir lieben dich."

Ich blinzelte und fragte mich, warum zum Teufel er das sagte. „Und? So etwas sagt man normalerweise nicht einfach so."

„Na ja, vielleicht solltet ihr das aber", warf Eliza ein.

„Das wird langsam seltsam", murmelte East, woraufhin wir ihn alle finster anblickten.

„Ich will nur sichergehen, dass wir die richtige Entscheidung getroffen haben."

„Es ist zwei Jahre her. Ja, wir haben die richtige Entscheidung getroffen. Wir sind glücklich. Akzeptiere es einfach", knurrte Evan und überraschte uns damit.

„Uns geht es gut. Wir haben alles im Griff. Wir finden alle unseren Platz, unseren Weg. Du musst dir nicht mehr so viele Sorgen um uns machen", sagte Everett.

„Ich werde mir immer Sorgen machen. Ich bin der große Bruder."

Beckett warf mir einen Blick zu. „Ich bin auch der Älteste. Das gehört zum Job dazu."

„Ich kann nicht glauben, dass du eine von denen geheiratet hast", murrte Elliot, und legte seinen Arm um Elizas Schultern.

„Ich auch nicht. Es ist, als hätte man zwanzig große Brüder, wenn man unsere Familien zusammenzählt. Aber wir sind zusammen. Du hast das Richtige getan, Eli. Ich bin stolz auf euch alle. Und ich liebe es hier. Es ist wunderschön. Es ist wie ein zweites Zuhause."

„Aber wir ziehen nicht hierher", warf Beckett ein, und Eliza verdrehte die Augen, während der Rest meiner Brüder Gründe nannte, warum sie hierherziehen sollten. Zumindest Eliza und Lexington. Beckett war ihnen egal.

Ich lachte nur und schüttelte den Kopf, als Evan zu mir kam.

„Wo ist Alexis?", fragte er.

Ich runzelte die Stirn. „In ihrer Hütte. Sie war da, als Eliza und die anderen kamen, und da es eine Überraschung war, sah sie nicht so perfekt aus, wie sie es gewollt hätte. Auch wenn ich fand, dass sie perfekt aussah – nicht, dass ich ihr das tatsächlich hätte sagen können."

„Es könnte schlimmer sein. Sie hätten euch beim Sex erwischen können", meinte Evan lachend.

„Na ja, es hätte nicht viel gefehlt", murrte ich, und Evan lachte wieder.

„Wir sind hier alle versorgt. Geh und hol dein Mädchen. Bring sie her oder bleib bei ihr. Mach nicht dieselben Fehler wie ich."

Ich erstarrte, da Evan so gut wie nie über Kendall sprach, doch dann ging mein Bruder davon, hob das Baby hoch und wirbelte es herum.

Ich schüttelte den Kopf, verabschiedete mich und machte mich auf den Weg, um Alexis zu holen.

Ich liebte sie, verdammt noch mal. Ich hatte versucht, es nicht zu tun, doch es gab kein Zurückhalten. Nicht bei ihr.

Und ich wollte, dass sie Zeit mit meiner Familie verbrachte. Verdammt, ich wollte, dass sie zu meiner Familie gehörte. Das war wahrscheinlich zu früh, aber ich war nicht gut darin, die Dinge langsam anzugehen. Nicht mehr.

Ich ging den Weg entlang, nickte einigen Gästen zu, die an diesem kühlen Abend auf ihren Terrassen saßen und ein heißes Getränk genossen, und klopfte an Alexis' Tür. Sie war verschlossen und das Licht im Flur brannte, doch ich konnte nichts hören. Ich glaubte nicht, dass sie schon schlief, da es noch nicht allzu spät war. Ich fragte mich, warum sie nicht da war.

Ich zog mein Handy heraus, um sie anzurufen. Als ich auf ihren Namen tippte und ihr Handy irgendwo in der Ferne klingeln hörte, stellten sich meine Nackenhaare auf und mir wurde schlecht. Ich rannte dem Geräusch entgegen und sah das Handy im Gras liegen, das die Umgebung erhellte, ihre Tasche lag daneben auf dem Boden.

Aber Alexis war nicht da.

Suchend drehte ich mich im Kreis, aber sie war nicht da.
Und meine Welt brach unter meinen Füßen zusammen.

KAPITEL 18

Alexis

Ich versuchte, meine Hände aneinanderzureiben, um mich aus dem Seil zu befreien und hoffentlich aus diesem Albtraum aufzuwachen. Das konnte doch nicht wahr sein. Es ergab wirklich überhaupt keinen Sinn, und doch saß ich hier auf dem Boden einer der letzten Hütten, die East gerade renovierte, umgeben von Kisten mit Dielen und Meißeln. Da waren Schleifgeräte und eine Säge. Alles, was East hier lagerte, um es von den Gästen fernzuhalten und sicher aufzubewahren.

Es ergab keinen Sinn.

Warum war ich hier?

Und dann sah ich zu Clint auf, dem Mann, den ich zu lieben geglaubt hatte, und fragte mich, wie er zu diesem Menschen werden konnte.

„Sieh mich nicht so an", knurrte Clint mit finsterem

Blick, und ich blinzelte und schluckte schwer. Meine Hände zitterten in ihren Fesseln.

„Was denkst du, Clint?"

„Halt den Mund! Wie kannst du es wagen? Du gehörst mir, Alexis. Mir, und du bist einfach gegangen. Du darfst mich nicht verlassen, Alexis."

Er trat einen Schritt auf mich zu, und mein Kopf fiel nach hinten, als er mir eine Ohrfeige verpasste. Meine Augen tränten, und ich versuchte, nicht mehr zu zittern, als er zurücktrat und auf und ab zu gehen begann, wieder mit diesem vertrauten Ausdruck der Panik im Gesicht.

„Ich muss nur diese Sache hinter mich bringen, dann wird alles gut."

Ich sah ihn verwirrt an, schüttelte den Kopf und versuchte, zuversichtlicher zu klingen, als ich mich fühlte. „Welche Sache? Wie soll das gut werden? Was hast du vor, Clint?"

„Ich habe gesagt, du sollst den Mund halten! Halt einfach die Klappe! So war es schon immer mit dir. Ich konnte nie klar denken, wenn du da warst." Angst flackerte in mir auf. Ich wusste, wenn es mir nicht gelang, ihn zu beruhigen und ihn dazu zu bringen, mich gehen zu lassen, würde es noch schlimmer werden.

Er hatte mich noch nie geschlagen. Er war gemein gewesen, hatte mir einen Teil meiner Seele genommen und mich emotional niedergeschlagen, aber ich konnte nicht glauben, dass das gerade passierte.

„Clint, lass mich einfach gehen. Das muss nicht noch schlimmer werden." Ich versuchte, so ruhig wie möglich zu bleiben, aber ich hörte die Angst in meiner eigenen Stimme.

Er starrte mich an, und ich schluckte schwer, während das Messer in seiner Hand im Schein der einzigen Laterne auf dem Boden glänzte. Er hatte die Jalousien geschlossen, aber ich musste hoffen, dass vielleicht jemand den sanften Lichtschein bemerkte.

Clint begann wieder, auf und ab zu gehen, und legte das Messer auf einen kleinen Tisch. Leider konnte ich nicht einfach aufstehen und es mir schnappen, um mich zu verteidigen. Er würde mir einfach wieder auf den Hinterkopf schlagen, so wie er es mit dem Stein getan hatte. Außerdem waren meine Hände immer noch hinter meinem Rücken gefesselt.

„So sollte es nicht laufen. Du hättest mich zurücknehmen sollen. Du hättest zurückkommen sollen, so wie es immer hätte sein sollen. Stattdessen bist du gegangen, bevor ich bekommen konnte, was mir zustand. Du warst schon immer so. Wertlos."

Ich schüttelte den Kopf. „Clint. Ich weiß nicht, was du willst. Es tut mir leid."

„Natürlich weißt du, was ich will. Ich musste nur aus den Schulden raus. Wie schwer ist es zu verstehen, dass das Geld uns gehören sollte? Aber nein, du musstest dir nehmen, was du für dein Eigentum gehalten hast, und hast es mir weggenommen. Deinetwegen sind sie hinter mir her."

Ich blinzelte. „Was?"

„Wegen dir. Deinetwegen werden Tawny und die anderen hinter mir her sein, weil ich ein paar schlechte Wetten abgeschlossen habe. Ein paar schlechte Investitionen getätigt habe. Aber ich habe alles getan, was ich tun sollte. Ich habe dir den verdammten Ring besorgt, oder? Ich habe dir auf die romantischste Art und Weise einen Antrag gemacht. Ich habe alles getan, was ich tun sollte. Und du hast mir nicht gegeben, was ich gebraucht habe."

„Willst du mir etwa sagen, dass ein Kredithai oder so jemand hinter dir her ist?"

„Natürlich, verdammt!", schrie er fast. „Verstehst du das nicht? Du hast gewusst, was los war, und mich trotzdem hängen lassen. Du hast es gewagt, mich zu verlassen. Ich habe dir alles genommen, was du hattest. Du hattest nichts mehr und hast dich mir trotzdem widersetzt. Alexis. Du kannst nicht so dumm sein."

„Clint", flüsterte ich. Die Angst traf mich mit voller Wucht, aber ich musste dafür sorgen, dass er weiterredete. Je länger mir das gelang, desto geringer war die Wahrscheinlichkeit, dass er etwas Schlimmeres tat als das, was er bereits getan hatte. Und das bedeutete, dass ich vielleicht hier rauskommen könnte. Ich wollte nur nicht, dass die Wilders darin verwickelt wurden. Sie hatten schon genug durchgemacht. Sie brauchten nicht noch mehr. Ich wollte nicht, dass Eli verletzt wurde. Aber ich wollte trotzdem, dass er mich in den Arm nahm.

Ich musste hier raus. Ich musste nur dafür sorgen, dass Clint weiterredete.

„Ich brauchte das Geld. Und jetzt sieht es so aus, als müsste ich mir einen anderen Weg suchen, um es zu bekommen."

Panik überkam mich. „Ich habe es noch nicht, aber du kannst alles haben, Clint. Ich verspreche es dir. Sobald ich das Erbe bekomme, kannst du es haben."

„Glaubst du, das ist alles, was ich will? Glaubst du, es geht nur ums Geld? Du gehörtest *mir*, Alexis. Und du bist einfach weggegangen, als hättest du das Recht dazu."

„Es tut mir so leid, Clint. Was kann ich tun, um es wiedergutzumachen?" Ich versuchte, die aufsteigende Angst zu unterdrücken, doch sie saß wie ein Kloß in meinem Hals und drohte, mich zu überwältigen.

Er begann wieder, auf und ab zu gehen, und stieß dabei beinahe die Laterne um. Ich sog scharf die Luft ein, denn mir war klar, dass die Hütte in Flammen aufgehen würde, wenn das Feuer eine der Chemikalien erreichte, die sich um uns herum befanden. Ich schluckte schwer und versuchte, mich aus meinen Fesseln zu befreien.

„Clint. Lass mich einfach gehen."

„Eigentlich wollte ich dich heute Abend gar nicht mitnehmen. Ich wollte nur mit dir reden. Oder dir zumindest zeigen, was du falsch gemacht hast. Aber du wolltest nicht. Erst jetzt, wo ich dich hier habe, willst du plötzlich mit mir reden. Ich habe mein Bestes getan, um dir nicht das anzutun, was du verdienst. Aber hier sind wir nun. Alles nur deinetwegen."

Meine Handflächen waren schweißnass, und mir war übel. „Okay. Ich bin hier. Ich gebe dir alles Geld, das ich habe. Du kannst alles haben. Lass mich nur gehen."

„Das wird nicht reichen. Verstehst du das nicht? Das reicht verdammt noch mal nicht."

Ich schluckte schwer. „Okay. Dann finden wir eine andere Lösung."

„Du warst auch immer so beschwichtigend. Deshalb hat unsere Ehe nicht funktioniert. Du hast immer alle anderen vor mich gestellt. Und wenn du mal an mich gedacht hast, dann hast du mich behandelt, als wäre ich einer deiner verdammten Bräutigame, den es zu beruhigen galt. Die Bräute standen immer an erster Stelle."

Ich hatte Mühe, ihm zu folgen. Mein Kopf pochte. Wahrscheinlich hatte ich eine Gehirnerschütterung.

„Es tut mir leid. Ich war eine schlechte Ehefrau."

„Das warst du. Wahrscheinlich war ich auch nicht der beste Ehemann, aber das kann ich nicht mehr ändern." Dann zwinkerte er mir zu, was mir Angst machte. Mein ganzer Körper wurde eiskalt, als er das Messer aufhob und auf mich zukam.

„Clint. Bitte." Die Tränen liefen jetzt ungehindert, und ich wusste nicht, was ich tun sollte. Wie sollte ich für mich kämpfen, wenn ich mich nicht einmal befreien konnte? Er hatte mir alle Möglichkeiten genommen, und jetzt war ich ihm völlig ausgeliefert.

Schon wieder.

„Halt den Mund. Ich weiß nicht, was ich tun soll, Alexis. Ich weiß nicht, was ich tun soll."

Er zog mich hoch, sodass mein Rücken gegen die Wand gedrückt war. Meine Augen wurden groß, als er mir das Messer ans Kinn hielt und mich einfach anstarrte. Die Leere in seinem Blick machte mir Angst.

„Clint", flüsterte ich und versuchte, meinen Kiefer nicht zu sehr zu bewegen.

„Es tut mir leid, Alexis."

„Clint. Tu das nicht. Du musst das nicht tun."

Dann öffnete sich die Tür und Eli stand da. Ich schrie auf, als das Messer meine Haut streifte.

„Eli! Nicht!"

„Oh, gut. Da kommt der Wilder, um dich zu retten." Und dann geschah alles auf einmal. Eli stürmte vor, und Clint holte mit dem Messer aus, rutschte jedoch ab, sodass sich der Winkel der Klinge veränderte. Ich schrie, als das Messer die Haut an meiner Schulter aufschlitzte, und ich fiel zu Boden. Blut durchtränkte mein Shirt, und dann bewegte sich Clint wieder, das Messer erhoben, während Eli auf ihn zulief.

Doch als ich auf dem Boden aufschlug, verschob sich eine der Dielen und stieß gegen die Laterne.

Die Flammen breiteten sich über den Boden aus, und als Clint brüllte, versuchte ich aufzustehen und ignorierte den Schmerz, denn so würde es nicht enden.

Es durfte nicht so enden.

KAPITEL 19

Eli

Alles passierte auf einmal, und ich konnte kaum noch folgen. Ein Mann stürzte mit einem Messer auf mich zu, die Klinge glänzte im Feuerschein hinter ihm. Ich fluchte leise vor mich hin, als ich erkannte, dass es Clint war, Alexis' Ex-Mann.

„Das ist deine Schuld! Du hast alles ruiniert."

Ich hatte keine Ahnung, wovon zum Teufel er sprach, aber ich wusste, dass ich Alexis da rausholen musste. Aus dem Augenwinkel sah ich sie am Boden liegen, blutend an der Schulter, während sie versuchte, sich aus ihren Fesseln zu befreien. Doch das war nicht das Schlimmste. Nein, es war das Feuer, das langsam an den Jalousien und der Wand hochzüngelte, während es sich dem Farbkanister näherte.

„Herrgott", murmelte ich leise.

„Fick dich!", brüllte Clint. Ich duckte mich, wich dem Messer aus und schlug ihm in den Bauch. Er stöhnte auf und fiel. Das Messer landete klappernd auf dem Boden. Clint griff nach meinen Knien und versuchte, mich gegen die Wand zu stoßen. Ich taumelte kurz, trat dann das Messer weg und zerrte Clint aus der Hütte.

„Was zum Teufel ist hier los?", fragte Evan, als er näherkam und sah, was ich sah: eine fast brennende Hütte, Alexis, die aufstand und schrie, während ihr Blut den Arm hinunterlief, und auf mich zu humpelte.

„Bringt ihn hier weg."

Ich drehte mich um, doch Clint war nicht mehr da, wo ich ihn zurückgelassen hatte. Er hatte sich zur Seite gerollt und rannte bereits wieder in die brennende Hütte. Ich trat nach ihm, als er sich an mir vorbeidrängte, und versuchte, ihn zurückzuziehen, aber er ging direkt auf Alexis los. Sie rammte ihm ihr Knie in die Eier, und Clint ging wieder stöhnend zu Boden.

„Eli. Das Feuer", rief sie. „Lass uns dich hier rausholen."

Evan und Everett trugen Clint hinaus, während Elijah, East und Elliot damit beschäftigt waren, das Feuer zu löschen; einer von ihnen telefonierte dabei lautstark.

Meine Brüder waren hier, und wir hatten die Situation im Griff.

Ich beugte mich vor, hob Alexis hoch und trug sie aus dem brennenden Gebäude. Sie hustete an meiner Brust, und ich hielt sie fest an mich gedrückt.

„Wir sind fast draußen."

„War noch jemand da drin?", fragte East mit weit aufgerissenen Augen.

Und dann sank mein Bruder, mein verdammt starker Bruder, der jeden Tag der Hölle ins Gesicht blickte und zu allem fähig war, auf die Knie. Sein Gesicht war blass, und er begann langsam zu zittern. Er beugte sich vor, übergab sich, und dann war Elliot da und kümmerte sich um ihn.

Everett stand daneben, presste seine Hände auf die Augen und murmelte vor sich hin.

Ich wusste, warum East so reagierte, welche Erinnerungen das in ihm wachgerufen hatte.

Meine Brüder standen kurz vor dem Zusammenbruch. Sie waren schon zusammengebrochen. Deshalb waren wir hierhergekommen. Deshalb hatten wir uns dieses Zuhause hier aufgebaut. Doch ich konnte ihnen nicht helfen.

East und Everett würde es gut gehen, Elliot würde sich um sie kümmern.

„Da war sonst niemand drin. Holt Clint raus. Ich will nicht, dass er stirbt." Alexis setzte sich hustend auf den Boden. Sie schwankte, und ich bemerkte, dass sie immer noch aus der Messerwunde an ihrer Schulter blutete.

„Mein Gott", krächzte ich, zog mein Flanellhemd aus und drückte es auf die Wunde.

„Tu das nicht. Es ist schmutzig. Ich habe meine Tasche dabei."

Dann war Elliot bei uns, während Elijah sich neben East setzte und sich um ihn kümmerte.

Die PTBS nahm meinen Bruder langsam wieder ein. Es hatte zwei Jahre gedauert, ihn da herauszuholen, doch das Feuer, die Schreie, all das würde es so schnell nicht besser machen. Everetts Schädel-Hirn-Trauma zwang ihn, sich in unsere Nähe zu setzen, aber er sah schon besser aus als vorhin. East wurde versorgt, und Elliot war bei Alexis und versorgte die Wunde an ihrer Schulter.

„Sie ist nicht so tief. Dir wird nichts passieren."

„Sag das mal dem höllischen Schmerz", krächzte sie und blickte dann zu mir auf. „Du bist in Ordnung. Du bist gekommen."

„Natürlich bin ich gekommen. Ich bin bei dir, Alexis."

Ich nahm ihr Gesicht in meine Hände und ignorierte

Clints Stöhnen, der sich unter Evan zusammengerollt hatte. Mein Bruder hätte ihn beinahe gefesselt, hatte es sich dann aber anders überlegt, als wir alle auf die brennende Hütte blickten und wussten, dass sie verloren war.

Sie atmete schwer aus, ihr Körper zitterte. „Es tut mir so leid."

Meine Hände zitterten an ihren Wangen. „Es ist okay. Alles ist gut. Ich bin bei dir."

„Deine Hütte." Sie versuchte, sich die Tränen abzuwischen, ihre Augen weit aufgerissen, zuckte dann aber bei der Bewegung zusammen.

„Die Feuerwehr ist unterwegs", flüsterte Elliot. In seinem Blick lag dieselbe Angst, die auch ich empfand.

Evan atmete tief aus. „Genauso wie die Sanitäter, die sich um dich kümmern werden. Und wir werden herausfinden, was zum Teufel genau passiert ist."

„Das frage ich mich auch." Ich versuchte, meine Wut zu unterdrücken, die nicht gegen Alexis gerichtet war. Niemals gegen Alexis.

Sie lehnte sich an mich und versuchte, stark zu sein, doch ich wusste, dass sie Schmerzen hatte. „Ich weiß nicht, was passiert ist. Ich kann es nicht glauben."

„Ist schon gut. Ich bin für dich da." Das würde ich immer sein. Egal, was passierte, ich würde da sein.

Dann seufzte sie an meiner Brust, und ich hielt sie fest und wusste, dass ich sie niemals gehen lassen konnte. Ich konnte nur hoffen, dass sie und meine Familie einen Weg finden würden, das hier zu überstehen.

Unversehrt.

Oder so unversehrt, wie wir eben sein konnten.

KAPITEL 20

Alexis

Die Wunde an meiner Schulter war genäht worden, und ich war stolze Besitzerin einer leichten Gehirnerschütterung und würde eine Weile einen Verband und eine Armschlinge tragen müssen. Nachdem die Sanitäter eingetroffen waren und die Feuerwehrleute den Brand in der Hütte gelöscht hatten, war alles verschwommen.

Ich wusste, dass die Wilders gemeinsam daran arbeiteten, das Chaos zu beseitigen, das Clint angerichtet hatte, aber die Hütte, die East renoviert hatte, war nicht mehr zu retten.

Sie war weg. Wäre ich nicht hier gewesen, wäre all das nicht passiert.

Ich wusste nicht, wie ich damit umgehen sollte oder wie ich ihnen wieder gegenübertreten sollte.

Aber ich musste es tun.

Ich saß in einem Krankenhausbett und wartete auf meine Entlassung, während um mich herum Menschen geschäftig umherliefen, Dinge erledigten und sich um andere kümmerten. Ich fühlte mich, als würde ich nur Platz wegnehmen.

Meine Eltern hatten angerufen, ebenso mein Bruder. Sie würden nicht hierherkommen, weil ich sie darum gebeten hatte, aber ich hatte das Gefühl, dass sie im nächsten Monat einen Familienbesuch machen würden. Weil sie sich Sorgen um mich machten. Schon wieder.

Wenn es nach ihnen ginge, würde ich zu ihnen ziehen und mein Leben zum gefühlten zwanzigsten Mal neu beginnen – in Spanien.

Vielleicht wäre das die beste Idee. Zu meiner Familie zu ziehen und das alles hinter mir zu lassen. Clint hinter mir zu lassen.

Eli hinter mir zu lassen.

„Ich bin so froh, dass es dir gut geht", sagte Maddie von der Tür aus. Neben ihr stand Kendall.

Ich blinzelte überrascht, als ich die beiden Frauen sah, da ich nicht erwartet hatte, dass sie hier sein würden, wobei ich das eigentlich hätte tun sollen. Sie waren jetzt meine Freundinnen. Und sie waren für mich da.

Ich wischte meine Tränen weg, und schon standen die beiden an meinem Bett und hielten meine freie Hand.

„Du siehst schrecklich aus, Süße", flüsterte Kendall und beugte sich vor, um mir einen Kuss auf die Wange zu geben. „Und wir lieben dich. Hast du genug Schmerzmittel? Soll ich jemanden holen? Da draußen läuft ein sehr attraktiver Pfleger herum."

Das brachte mich zum Lachen, doch dann zuckte ich zusammen, weil es an meinem Verband zog.

„Er heißt Jeff, und seine Frau ist Chirurgin im obersten

Stockwerk. Sie könnte dich wahrscheinlich schnell sezieren, ohne dass überhaupt jemand merkt, dass du weg bist."

„Sie hat ihr Revier klar markiert, und das respektiere ich", erklärte Kendall mit einem Augenzwinkern. „Tut mir leid, dass ich dich zum Lachen gebracht habe. Das sah nicht angenehm aus."

„War es auch nicht, aber es geht mir gut." Die Tränen flossen jedoch weiter, und Maddie drückte mich an sich, während Kendall meine Hand drückte. Die beiden waren so sanft zu mir, und ich musste mich zusammenreißen, um mich nicht völlig fallen zu lassen und sie alles regeln zu lassen. Ich musste das selbst schaffen.

„Die Wilders waren alle hier, aber einige sind zurückgefahren, um sich um das Anwesen zu kümmern."

„Wie viel ist zerstört worden?", fragte ich und schluckte schwer.

Kendall antwortete: „Nur diese eine Hütte. Sogar das umliegende Gelände ist verschont geblieben. Die Bäume wurden nicht beschädigt, der Weg ist noch begehbar, und weil es die hinterste Hütte war, haben die meisten Gäste erst später überhaupt etwas bemerkt. Feuerwehr und Sanitäter sind über den Hintereingang gekommen. Das wird für die Wilders kein Problem sein."

Ich zuckte zusammen. „Ihre Hütte ist fast bis auf die Grundmauern abgebrannt."

„Nur eine kleine Hütte, und es ist niemand gestorben", flüsterte Maddie und zuckte zusammen. „Das klingt furchtbar, aber keiner der Gäste wurde verletzt. Außer dir war niemand in Gefahr. Aber das war beängstigend genug, und ich möchte nie wieder daran denken."

„Eli hätte verletzt werden können."

„Und wo ist er? Ich dachte, er wäre hier." Kendall runzelte die Stirn.

Maddie schüttelte den Kopf. „Eli muss sich um die Behörden kümmern, und ich glaube, Elijah und Everett sind bei ihm. East ist irgendwohin gegangen, Elliot ist bei ihm. Und Evan ist zurück zum Weingut. Der Betrieb läuft weiter, und es geht allen gut. Der Vorfall hat dem Resort oder dem Weingut nicht geschadet. Ich weiß, dass du dir deswegen Sorgen machst."

„Natürlich mache ich mir Sorgen."

„Musst du nicht. Atme tief durch. Ich weiß nicht genau, wo du mit Eli stehst, weil ich eigentlich vorhatte, dich diese Woche mit Käse und Wein in die Enge zu treiben, um Antworten aus dir herauszubekommen."

Das brachte mich zum Lächeln, und Kendall kicherte sogar.

„Aber das bedeutet nicht, dass du alles aufgeben solltest, was zwischen euch begonnen hat."

„Es ging alles sehr schnell", begann ich, doch zu meiner Überraschung war es diesmal Kendall, die das Wort ergriff.

„Wir alle hier wissen, dass ich die Letzte bin, die behaupten würde, dass Glück, Ehe und eine Zukunft mit einem Wilder einfach sind. Denn das ist es nicht, und bei mir hat es nicht funktioniert. Aber ich sehe, wie du mit Eli bist. Benutz das hier nicht als Ausrede, um wegzulaufen. Ausreden findet man viel zu leicht. Mach nicht dieselben Fehler wie ich."

Ich streckte die Hand aus und drückte ihre.

„Ich weiß nicht, was ich tun soll."

„Sprich mit ihm. Und heile. Und sprich mit uns. Denn wir hatten Angst, Alexis. Ich möchte mir gar nicht ausmalen, was passiert wäre, wenn du nicht rechtzeitig rausgekommen wärst."

„Eli hat mich gerettet."

„Du hättest auch selbst einen Weg gefunden, dich zu

retten", antwortete Kendall. „Denn so bist du nun mal. Du bist verdammt stark. Und es tut mir leid, dass dein Ex-Mann ein Arschloch war."

Meine Augen weiteten sich. „War?"

Kendall hob die Hände. „Entschuldigung, ist. Ein Arschloch *ist*. Soweit ich weiß, lebt er noch und ist in Haft."

„Das ist auch das Letzte, was ich gehört habe, aber du hast ,war' gesagt, und ich dachte, er wäre tot, und es wäre meine Schuld. Ich glaube, ich muss mich gleich übergeben."

Die beiden hielten mich noch eine Weile in den Armen, bevor die Krankenschwester sie schließlich bat, zu gehen, um mir Ruhe zu geben. Ich drückte noch einmal ihre Hände und versuchte, etwas Positives in dem Ganzen zu finden.

Dann hörte ich ein Scharren auf dem Boden und ein Räuspern, und Eli war da.

Ich leckte mir über die Lippen, sah zu ihm auf und atmete tief aus.

„Eli."

„Ich hätte dich verlieren können."

Er beugte sich vor, umfasste mein Gesicht mit seinen Händen und presste seine Lippen auf meine.

Hätten meine eigenen Fehler ihn nicht fast alles gekostet, hätte ich mich in dieser Berührung, in diesem Kuss verloren.

Aber das konnte ich nicht.

Ich durfte mich nicht fallen lassen, nicht schon wieder. Nicht, wo meine Vergangenheit doch seine Gegenwart und seine Zukunft zerstört hatte.

„Es geht dir gut."

Er küsste mich erneut, bevor er sich zurücklehnte und mein Gesicht musterte. „Es tut mir leid, dass ich so lange gebraucht habe, um hierherzukommen. Ich musste mit den Polizisten reden, dann mit den Feuerwehrleuten und dann mit meinen Brüdern, aber jetzt bin ich endlich da. Da du Kendall und Maddie die Erlaubnis gegeben hast, dass die Ärzte mit ihnen sprechen dürfen, wusste ich, dass es dir gut geht. Gott sei Dank!"

„Ja, mir geht es gut. Es tut mir so leid, Eli. Das alles."

Er runzelte die Stirn. „Warum tut es dir leid? Es war Clint. Clint hat das alles getan."

„Clint ist mein Ex-Mann. Nur meinetwegen war er überhaupt hier."

„Du hast ihn nicht dazu gebracht, das zu tun, was er getan hat. Du warst nicht für seine Entscheidungen verantwortlich. Schon bevor er vor allen Leuten auf die Knie ging und dir einen Heiratsantrag machte, warst du nie für etwas verantwortlich, was er getan hat."

„Und doch habe ich Ja gesagt und ihn geheiratet. Und dann habe ich ihn verlassen. Da ist etwas in ihm zerbrochen. Etwas ist in ihm zerbrochen. Ich weiß nicht, was oder warum. Aber etwas hat sich verändert."

„Und ich bin sicher, die Behörden werden das herausfinden, aber nichts davon hat etwas mit dir zu tun."

„Aber ich habe dir das alles eingebrockt. Du hast dein Gebäude verloren."

„Scheiß drauf. Es ist nur eine Hütte. Wir können sie wieder aufbauen. Wir haben eine Versicherung."

„Aber ich habe East gesehen. Es ist, als hätte er einen Geist gesehen."

Ich würde nie vergessen, wie Elis Bruder ausgesehen hatte, als er in die Flammen geblickt hatte, doch Eli drückte nur meine Hand.

„East hat selbst viel durchgemacht und wird das auch weiterhin tun. Ja, das Feuer und zu sehen, wie du verletzt wurdest, hat Erinnerungen bei ihm wachgerufen. Das ändert aber nichts daran, wie er zu dir steht."

„Das kannst du nicht wissen." Und wie stehst du zu mir?

Doch diese Frage stellte ich nicht.

„Ich habe eurem Unternehmen geschadet. Das ist alles nur meinetwegen passiert. Wegen meiner Vergangenheit, wegen meines Ex-Mannes. Wenn ich klüger gewesen und nicht allein im Dunkeln unterwegs gewesen wäre, wäre das alles nicht passiert."

„Gib dir verdammt noch mal nicht die Schuld dafür."

„Es ist schwer, das nicht zu tun. Deshalb denke ich, dass es das Beste ist, wenn ich kündige."

Mir war nicht klar gewesen, dass ich diese Worte sagen würde, bis sie mir über die Lippen gekommen waren. Und obwohl es sich angefühlt hatte, als würde mir jemand die Worte entreißen, wusste ich, dass es das Beste war. Das Einzige, was ich sagen musste. Denn ich wollte Eli beschützen.

Er starrte mich nur an, mit zusammengebissenen Zähnen und glänzenden Augen.

„Vergiss es!"

„Was?", fragte ich überrascht.

„Ich sagte, vergiss es! Du darfst nicht gehen."

„Du hast mir nichts vorzuschreiben", gab ich zurück und fragte mich, warum zum Teufel wir uns darüber stritten.

„Nein. Es war nicht deine Schuld, was er getan hat. Du bist das Beste, was dieser Firma je passiert ist, und das Beste, was mir je passiert ist. Du darfst nicht einfach alle Brücken hinter dir abbrechen und mich verlassen. Die Wilders verlassen. Du gehörst jetzt zu uns. Also komm darüber hinweg."

„Eli. Das wird in den Nachrichten kommen, und es

könnte eurem Ruf schaden. Es wäre besser, wenn du sagen könntest, dass ich nicht mehr hier bin."

„Du darfst nur gehen, wenn du es willst, nicht weil du glaubst, dass du es musst. Und ich sehe, wie du dich gegenüber meiner Familie, gegenüber dieser Firma und mir verhältst. Du bist verdammt großartig. Also darfst du nicht gehen. Hast du mich verstanden? Du darfst nicht gehen."

„Du kannst mir nicht sagen, was ich tun oder lassen soll."

„Bevor du ausflippst und das Pflegepersonal mich hier rauszerrt, möchte ich, dass du etwas verstehst."

„Was?", fragte ich und kämpfte gegen die Tränen an. Ich durfte nicht weinen, aber es war einfach alles zu viel.

„Ich liebe dich, Alexis Lane. Ich liebe dich schon länger, als ich zugeben will. Ich liebe dich verdammt nochmal. Ich möchte, dass du mit mir arbeitest. Mit mir lebst. Unsere Hochzeit planst. Unsere Zukunft. Sei ein Teil davon. Das alles wollte ich schon vor dem Feuer. Und jetzt, wo ich dich fast verloren hätte? Nein, ich kann dich nicht noch einmal verlieren. Ich will keine Zeit mehr verschwenden. Ich habe dich vor über zwei Jahren auf dieser Tanzfläche gesehen und etwas gespürt. Und wir haben so viel verdammte Zeit verloren. Ich will nicht noch mehr verlieren, Alexis. Heirate mich. Sei mit mir zusammen. Aber egal, was du tust, verlass mich nicht."

Diesmal ließ ich die Tränen fließen, doch ich weinte nicht vor Trauer.

„Ich liebe dich auch, Eli. Aber wie? Wie ist das passiert?"
Er lachte, und ich stimmte ein.

„Ich habe keine Ahnung. In einem Moment habe ich noch versucht, mein Leben auf die Reihe zu bekommen, und im nächsten Moment traf mich ein Strumpfband an der Brust, und du hast einen Brautstrauß gefangen."

„Das war keine Absicht."

„Ich habe das auch nicht geplant, aber du planst alles andere, also plane auch das hier. Plane, wer wir sind. Aber kündige nicht. Geh das Risiko ein, aber nur eines, das auf einer soliden Grundlage steht. Wir Wilders brauchen dich, Alexis. Ich brauche dich."

Als er mich erneut küsste, wusste ich, dass noch vieles vor mir lag, viel mehr, worüber ich mir Sorgen machen musste.

Doch schließlich nickte ich und erwiderte seinen Kuss, in dem Wissen, dass er mein Weg war. Meine Zukunft.

Und egal, was mit Clint, den Behörden und den Wilders geschah, das war unser unausweichliches Schicksal.

Ich hatte viele Entscheidungen getroffen, um dorthin zu gelangen, wo ich war. Am Ende gab es nur einen Weg zurück zu ihm.

Und zu uns.

KAPITEL 21

Eli

Wasser lief uns den Rücken hinunter, während ich Alexis gegen die Duschwand drückte und vor ihr auf die Knie ging. Sie stöhnte, öffnete sich für mich, und ich kostete sie, gierig nach ihrem Geschmack.

In den Monaten seit dem Brand waren wir extrem vorsichtig miteinander umgegangen.

Aber jetzt mussten wir das nicht mehr sein.

Ich grub meine Finger in ihre Oberschenkel, leckte sie und saugte an ihrem Kitzler, bis sie auf meinem Gesicht kam. Als ich mich wieder aufrichtete, schlang sie die Arme um meinen Hals, sodass ihre Brüste gegen meinen Oberkörper drückten. Ihre Nippel waren hart, und ich nahm erst den einen und dann den anderen in meinen Mund, während ich ihre Brüste knetete. Sie stöhnte und presste die

Schenkel zusammen, also schob ich meinen Oberschenkel dazwischen und rieb sie damit.

„Eli. Ich brauche dich."

„Du hast mich. Immer."

Ich setzte sie auf die Bank, die ich in unsere maßgefertigte Dusche gebaut hatte, und drang langsam in sie ein. Ein Stoß, dann noch einer. Sie schlang ihre Beine um meine Hüften, und wir bewegten uns gemeinsam, verschmolzen miteinander, drückten uns aneinander.

Als ich kam, stöhnte ich ihren Namen und biss in ihre Lippe. Sie lächelte mich an und gab mir einen sanften Kuss. All das hatte ich gebraucht, ohne es zu wissen.

Danach duschten wir schnell, um nicht das ganze heiße Wasser zu verbrauchen, und stießen beim Hinausgehen fast gegen eine Kiste, während wir uns gegenseitig abtrockneten.

„Wann bekommen wir noch mal die neuen Schlüssel?", fragte sie lachend.

Ich schüttelte lächelnd den Kopf. „Du weißt genau, wann wir ins unser neues Haus einziehen."

„Stimmt. Ich habe alles in meinem Kalender notiert. Und Emily ist bereit, mir bei der Inneneinrichtung zu helfen."

Emily arbeitete nun Vollzeit mit Alexis zusammen, da das Baby etwas älter war und zu Hause bei Emilys Partner bleiben konnte.

Das bedeutete, dass Alexis die Unterstützung hatte, die sie brauchte, um die vielen Hochzeiten im Wilder Resort and Winery auszurichten. Elliot hatte seinen eigenen Assistenten für die anderen Veranstaltungen, und ich schaffte es irgendwie, alles unter einen Hut zu bringen.

Ich war mir nicht ganz sicher, wie, aber wir bekamen es hin.

Als es darum ging, wo wir leben würden, wurde uns klar, dass ein Paar – eine Familie – weder in dem Apartment der Villa leben konnte noch in der kleinen Hütte wirklich Platz hatte.

Also lebten wir vorübergehend an beiden Orten und hatten ein Haus in der Nähe des Resorts gekauft.

Von allem, was aus Alexis' Vergangenheit geblieben war, hatte ihr kleines Erbe von ihrer Großmutter ihr geholfen, ihre Zukunft abzusichern, sodass sie nicht mehr auf frühere Freunde oder einen Ex angewiesen war. Und einen Teil davon hatte sie für die Anzahlung unseres Hauses verwendet.

Ich half natürlich auch, aber es war Alexis' Entscheidung gewesen.

Denn ich hatte ihr ein Zuhause gegeben, als sie sich zunächst keines schaffen konnte. Und nun würde sie mir helfen, unser Zuhause einzurichten.

„Hier stehen wirklich zu viele Kisten."

„Das liegt daran, dass all meine Sachen aus dem Lager nicht in die Hütte passen und jetzt hier stehen. Es ist ein bisschen absurd."

„Bald müssen wir das alles ins Haus räumen."

„Es ist nicht meine Schuld, dass ein Tornado über die Lagerräume hinweggefegt ist und ich fast alles verloren hätte", murrte sie.

„Willkommen in Texas."

Während wir uns schnell anzogen, gab ich mir alle Mühe, nicht auf ihre Brüste zu starren, die beim Anziehen ihres BHs hin und her wippten. Allerdings fiel mir das ziemlich das ziemlich schwer.

„Da wir uns nach unseren Besprechungen für eine späte Dusche und ein paar fantastische Dusch-Gymnastikübungen entschieden haben, kommen wir zu spät zur Familien-Weinprobe."

„Der neue Jahrgang der Wilders", murmelte ich.

„Elijah und Evan freuen sich darauf." Sie hielt inne. „Okay, Elijah freut sich darauf. Ich bin mir nicht ganz sicher, ob Evan es ist."

„Evan ist in letzter Zeit mit vielen Dingen unzufrieden", murrte ich, und wir wussten beide, warum. Nicht, dass wir tatsächlich miteinander darüber gesprochen hätten. Denn wenn wir es laut aussprachen, würde es real werden.

„Wird Maddie da sein?", fragte sie.

Ich schüttelte den Kopf. „Nein, sie hat ein Date?"

„Elijah und Evan freuen sich darauf." Sie machte eine Pause. „Okay, Elijah freut sich darauf. Bei Evan bin ich mir nicht sicher."

„Evan ist in letzter Zeit über vieles nicht glücklich", brummte ich, und wir wussten beide warum. Auch wenn wir nicht darüber sprachen. Denn sobald wir es aussprachen, wurde es real.

„Wird Maddie auch da sein?", fragte sie.

Ich schüttelte den Kopf. „Nein, sie hat ein Date?"

Ich hatte es nicht wie eine Frage klingen lassen wollen, aber Alexis stolperte fast. „Ernsthaft? Warum weiß ich das nicht?"

„Weil ich sie das heute nur nebenbei sagen gehört habe. Sie wollte es dir und Kendall später erzählen. Ich schwöre, dieser Job hat mich zu einem wandelnden Klatschblatt gemacht. Das war nie meine Absicht."

„Oh wow. Das ist interessant."

„Ja. Und eine bestimmte Person weiß es auch, aber keiner von uns redet darüber, denn Gott bewahre, dass wir das tun."

„Das heißt dann wohl, dass Kendall auch nicht kommt?", fragte sie, und ich rieb mir die Schläfe.

„Nein. Heute ist nur die Familie dabei." Die Wilder-Jungs und das baldige Wilder-Mädchen.

Sie klimperte mit den Wimpern und mein Herz zog sich auf die schönste Art zusammen, als ich daran dachte, dass ich diese Frau bald heiraten würde. Die Planung unserer Hochzeit im Wilder Resort würde interessant werden. Vor allem, weil ich gesagt hatte, dass es mir egal war, wann oder wo wir heiraten, solange wir zusammen waren. Als Hochzeitsplanerin bestand sie darauf, die perfekte Hochzeit für uns zu organisieren. Natürlich im Wilder Resort. Es würde also noch ein paar Monate dauern.

Wir machten uns auf den Weg zum Weinverkostungs-bereich für Mitarbeiter und Familienangehörige. Ich nickte ein paar Leuten zu, sprach mit einigen Gästen und tat das, was ich offenbar am besten konnte.

Ich sorgte dafür, dass sich die Leute wohlfühlten. Was ziemlich seltsam war, wenn man bedachte, dass ich ein großer Mann mit einem noch größeren Bart war, aber die Leute unterhielten sich gern mit mir. Und ich passte perfekt dazu.

Natürlich war ich längst nicht so gut darin wie Alexis. Als sie ihre Hand in meine schob und sie drückte, wusste ich, dass wir ein gutes Team waren.

Das Team, das den Wilders dabei helfen würde, diesem Teil von Texas seinen Stempel aufzudrücken.

Die Jungs waren schon da, knabberten Käse und warteten darauf, die neuen Flaschen zu öffnen. Alexis fügte sich sofort ein.

Sie ging auf Elliot zu, umarmte ihn fest, bevor sie dasselbe mit East tat, wobei sie bei ihm etwas vorsichtiger war. Ich wusste, dass East verstand, warum, doch er stieß sie nicht weg, und das war vorerst alles, was zählte.

Elijah und Everett begrüßte sie mit einem Faustschlag und winkte Evan kurz zu, der mit finsterer Miene in der Ecke stand.

Mit meinem Bruder stimmte ernsthaft etwas nicht, und ich hoffte inständig, dass wir bald herausfanden, was es war.

„Du bist da. Dann können wir endlich trinken."

„Danke. Ich freue mich über die Einladung!" Alexis lachte über Evans grummelnde Worte.

„Entschuldige, ich hatte einen langen Tag."

„Ist schon okay. Wir sind wegen des Weins hier. Das ist deine Stärke."

„Das hoffe ich verdammt noch mal", knurrte Evan.

Evan ging mit Elijah die üblichen Schritte durch, erklärte den Körper, die Rebsorten und aus welchen Trauben der Wein hergestellt wurde. Ich hatte ehrlich gesagt keine Ahnung, wovon sie sprachen, aber Alexis hörte aufmerksam zu.

„Maddie ist besser darin. Wir hätten ihr das überlassen sollen", murrte Evan, und Elijah versteifte sich kurz, ignorierte es dann jedoch, und wir nahmen beide einen Schluck Wein. Es war ein kräftiger Pinot Noir, der sich auf meiner Zunge ausbreitete und verdammt gut schmeckte. Ich wurde langsam wählerischer, wenn es um Wein ging. Das war erstaunlich, wenn man bedachte, dass ich vor meinem Umzug hierher und der Eröffnung des Weinguts nicht einmal wirklich den Unterschied zwischen Weiß- und Rotwein kannte. Meine Brüder hatten das Talent geerbt. Ich eher ... nicht.

Wir machten uns alle Notizen und stießen dann an,

wohl wissend. Dieser Wein würde bald an die Mitglieder gehen und bei den Touren ausgeschenkt werden.

Es fühlte sich nach Zukunft an. Nach Familie.

„Wie ich sehe, probieren wir einen neuen Wein. Wie schön. Bekomme ich auch ein Glas?"

Ich drehte mich um, als ich Dodges Stimme hörte. Er und Brayden blickten uns finster an. Nein, Dodge blickte finster drein. Brayden sah nur selbstgefällig aus. Und ich hatte ein verdammt schlechtes Gefühl dabei.

„Das ist eine private Veranstaltung. Ihr könnt euch gern einer der nächsten Touren anschließen", sagte Elijah ruhig.

„Die Führung ist nicht voll? Irgendwie traurig, dass noch zwei Plätze frei sind", fügte Brayden lachend hinzu, doch Dodge brachte ihn zum Schweigen.

„Kein Grund, sich darüber zu freuen."

„Warum seid ihr hier?", fragte Alexis seufzend. Ich drückte ihre Hand.

Sie hatte in letzter Zeit mehr als genug durchgemacht, mit Clint, dem Gefängnis, der Presse.

Ich wollte nicht, dass sie sich auch noch damit herumschlagen musste.

„Wir wollten euch nur mitteilen, dass die Robin-Hochzeit bei uns stattfinden wird. Ich bin sicher, sie werden euch bald anrufen, aber wir wollten, dass ihr es direkt von uns erfahrt. Von Angesicht zu Angesicht."

Ich erstarrte, als Alexis einen leisen Laut von sich gab, den nur ich hören konnte. Und ich wusste, dass ihr diese Nachricht einen Stich ins Herz versetzte.

Die Robin-Hochzeit würde *die* Hochzeit des nächsten Jahres werden. Mit Hunderten von Gästen aus der gesellschaftlichen Elite von Texas.

Wir hatten darum gekämpft, und ich war sicher gewesen, dass wir den Zuschlag bekommen würden. Doch offenbar hatten wir uns geirrt.

„Es kommt eben darauf an, wen man kennt und was die texanische Elite will. Aber keine Sorge, ihr könnt bestimmt ein, zwei andere Hochzeiten ausrichten. Ihr heiratet ja ohnehin das Personal, da steht wahrscheinlich schon eine Hochzeit für dieses Wochenende auf dem Programm, oder?", fügte Dodge hinzu. Ich machte einen Schritt nach vorne, doch Alexis zog mich zurück.

„Bitte richtet eurem Team die besten Grüße aus. Die Robin-Hochzeit wird viel Arbeit sein, aber wenn sie euch zutrauen, dass ihr das hinbekommt, dann schafft ihr das bestimmt. Denn ich weiß: Wenn ihr auch nur im Geringsten versagt, wird die gesamte Elite des Landes davon erfahren. Denn sie werden euch mit einem Lächeln sagen, dass ihr wertlos seid und nichts taugt. Und dabei werden sie wirken, als könnten sie kein Wässerchen trüben."

„Keine Sorge. Du musst uns nicht drohen."

„Ich drohe euch nicht im Geringsten."

„Nein, das ist mein Job", fügte ich hinzu, und beide Männer funkelten mich an.

Alexis strahlte nur. „Keine Sorge. Ihr werdet genau die Hochzeit für sie ausrichten, die sie verdienen, oder ihr bekommt, was ihr verdient. Habe ich recht?" Sie kicherte, und ich hob mein Weinglas. Mein Bruder tat es mir gleich.

„Prost. Und jetzt verschwindet."

„Ihr habt sie gehört. Geht jetzt. Tschüss", fügte Alexis hinzu, wobei ihre Stimme etwas schrill wurde.

„Ich sorge dafür, dass sie gehen", warf Evan ein. Doch in diesem Moment betrat Amos, der Weinmanager, den Raum. Er war groß, bärtig und sah aus, als könnte er mühelos einen Panzer aufhalten.

„Keine Sorge. Ich habe gar nicht bemerkt, dass er auf dem Gelände war. Ich sorge dafür, dass sie den Weg nach draußen finden. Wir wollen ja nicht, dass sie sich verlaufen. Und niemand sollte sie im Wald schreien hören, oder?", fügte er lachend hinzu, und die beiden Männer gaben einen unwirschen Laut von sich, bevor sie gingen.

„Es tut mir leid", sagte ich zu Alexis.

„Nein, schon gut. Diese Hochzeit hätte meine ganze Zeit in Anspruch genommen, und auch wenn ich wollte, um zu zeigen, dass wir das schaffen, wäre es schwierig geworden. Wenn diese Hochzeit nicht perfekt ist, wird die ganze Welt – zumindest ihre Welt – davon erfahren."

„Ich bin irgendwie froh, dass wir diesen Druck nicht haben werden."

Ich sah die Traurigkeit in ihren Augen, aber nur für einen Augenblick, dann blitzten sie.

„Und wenn sie scheitern – und das werden sie, denn Dodge hat keine Ahnung, was er tut –, werden alle zu uns kommen. Zu uns und natürlich zu Roy.

„Hört, hört. Auf Dodges Scheitern und unseren Erfolg." Elijah hob sein Glas, und ich stieß mit mir und Alexis an, bevor ich mich zu ihr hinunterbeugte und sie küsste.

„Auf die Zukunft der Wilders", flüsterte sie.

„Auf dich. Auf mich. Und auf alles Wilde."

ES WURDEN
FEHLER GEMACHT

Kendall

Mir klebte der Schweiß am Körper, ebenso ein paar andere Dinge, über die ich nicht nachdenken wollte. Ich pulte eine mehlige Paste von meinem Oberschenkel.

„Na", sagte eine tiefe Stimme neben mir, und ich atmete tief aus und zwang mich, mich zu konzentrieren. Das war nicht das Ende der Welt. Mir ging es gut. Alles war bestens.

Doch selbst in meinem Kopf wurde das Wort *bestens* immer schriller. Und ich wusste, dass es tatsächlich alles andere als *bestens* war.

Ich starrte an die Decke. Das Metall glänzte.

Der Tisch unter mir gab leicht nach, hielt aber stand. Das hoffte ich zumindest, denn trotz dessen, was wir gerade getan hatten, hatte er schon Schlimmeres erlebt.

Der Mann neben mir atmete tief aus, seine Brust bebte vor Anstrengung, und ich wusste, dass er an dieselbe verdammte Decke starrte.

Schließlich drehte ich mich an der nackten Brust meines Ex-Mannes zu ihm um und ignorierte meine eigene

Nacktheit, meine mit Mehl und Schokoladen-Handabdrücken bedeckten Brüste, meine mit blauen Flecken übersäten Hüften, meine von Bartstoppeln gezeichneten Oberschenkel – und ignorierte einfach alles.

Ich sah Evan Wilder, meinen Ex-Mann, an und blinzelte.

Er setzte sich auf und rückte seine Prothese zurecht. Ich bot ihm keine Hilfe an, weil ich wusste, dass er das hassen würde. Ich lag einfach nur da, nackt und völlig entblößt. Er hatte ohnehin schon alles gesehen, als wir jünger waren. Damals war ich noch fester und straffer gewesen. Jetzt hatte er wieder alles gesehen, geleckt und berührt, als er mich auf einem Tisch in meiner verdammten Küche gefickt hatte. Dabei hatte er gegen jede Gesundheitsvorschrift dieser Welt verstoßen. Wir hatten einfach alles getan.

„Was zum Teufel haben wir da gerade gemacht?", fragte er mit rauer Stimme. Ich tat mein Bestes, um nicht darauf zu reagieren. Mein Körper sehnte sich nach ihm und nach dem, was er mit mir machte, aber mein Herz war zu Recht von Stahl und Eis umgeben.

Ich setzte mich auf, ohne mir die Mühe zu machen, mich zu bedecken. Es gab keinen Grund dazu.

Er tat es auch nicht. Er betrachtete Brüste und dann das Büschel Haare zwischen meinen Beinen. Ich blickte auf seinen immer noch halbsteifen Schwanz hinunter, dann wieder zu seinem Gesicht.

„Sieht so aus, als hätten wir gerade etwas getan, worüber wir nicht reden werden", antwortete ich.

„Gut, dann können wir es wohl einfach auf die Liste setzen."

Und in diesem Moment wusste ich, dass ich gerade einen weiteren Fehler in Bezug auf Evan Wilder begangen hatte.

Als Nächstes in der „Wilder Brothers"-Reihe: Evan und Kendall finden einen Weg, ihr Chaos zu beseitigen, in: Immer der Richtige für mich

Wenn Sie eine Bonus-Szene mit Eli und Alexis lesen möchten:
Hier finden Sie einen besonderen Epilog!

ANMERKUNG VON CARRIE ANN RYAN

Vielen Dank, dass Sie **Der Weg zurück zu mir** gelesen haben.

Es ist surreal, eine Serie zu schreiben, die in meiner neuen Heimat spielt und von Erfahrungen geprägt ist, die ich selbst gerade erlebe (und mir ausdenke). Ich habe unglaublich viel Spaß mit den Wilder-Brüdern.

Ich bin bereits tief in die Welt der Wilders eingetaucht und kann es kaum erwarten, dass Sie die Geschichten der übrigen Brüder lesen. Den Anfang machen Evan und Kendall in **Immer der Richtige für mich.** Oh Mann ... die haben noch einiges zu klären!

Die Wilder-Brüder-Reihe:

Buch 1: Der Weg zurück zu mir
Buch 2: Immer der Richtige für mich
Buch 3: Der Pfad zu dir

Wenn Sie über meine Neuerscheinungen informiert werden

möchten, können Sie sich unter www.CarrieAnnRyan.com
für meinen Newsletter anmelden.
Tragen Sie sich in meine MAILINGLISTE ein, um zu
erfahren, wann die nächsten Neuerscheinungen verfügbar
sind, und um Gewinnspiele und KOSTENLOSE
LESEPROBEN zu erhalten.

BÜCHER VON
CARRIE ANN RYAN

Die Brüder Wilder:
Der Weg zurück zu mir (Buch 1)
Immer der Richtige für mich (Buch 2)
Der Pfad zu dir (Buch 3)

Montgomery Ink Reihe:
Ink Inspired – Tattoos und Inspiration (Buch 0,5)
Ink Reunited – Wieder vereint (Buch 0,6)
Delicate Ink – Tattoos und Überraschungen (Buch 1)
Forever Ink – Tattoos und für immer (Buch 1,5)
Tempting Boundaries – Tattoos und Grenzen (Buch 2)
Harder than Words – Tattoos und harte Worte (Buch 3)
Written in Ink – Tattoos und Erzählungen (Buch 4)
Hidden Ink – Tattoos und Geheimnisse (Buch 4,5)
Ink Enduring – Tattoos und Leid (Buch 5)
Ink Exposed – Tattoos und Genesung (Buch 6)
Inked Expressions – Tattoos und Zusammenhalt (Buch 7)
Inked Memories – Tattoos und Erinnerungen (Buch 8)

Montgomery Ink Reihe: Colorado Springs:
Fallen Ink – Tattoos und Leidenschaft (Buch 1)
Restless Ink – Tattoos und Intrigen (Buch 2)
Jagged Ink – Tattoos und Turbulenzen (Buch 3)

Montgomery Ink Reihe: Boulder:
Wrapped in Ink – Tattoos und Herausforderungen (Buch 1)
Sated in Ink – Tattoos und drei Herzen (Buch 2)
Embraced in Ink – Tattoos und Verbundenheit (Buch 3)

Die Gallagher-Brüder:
Love Restored – Geheilte Liebe (Buch 1)
Passion Restored – Geheilte Leidenschaft (Buch 2)
Hope Restored – Geheilte Hoffnung (Buch 3)

Whiskey und Lügen:
Whiskey und Geheimnisse (Buch 1)
Whiskey und Enthüllungen (Buch 2)
Whiskey und die Geister der Vergangenheit (Buch 3)

Das Aspen Rudel:
Durch Ehre Geschliffen (Buch 1)
In der Dunkelheit Gejagt (Buch 2)
Im Chaos Gebunden (Buch 3)
Unterschlupf in der Stille (Buch 4)

Von Flammen Gezeichnet (Buch 5)

Und auch die folgenden Bücher von Carrie Ann Ryan werden in Kürze auf Deutsch erhältlich sein:

Aus der »Montgomery Ink Reihe«:
Embraced in Ink (Buch 14)
Seduced in Ink (Buch 15)
Inked Persuasion (Buch 16)
Inked Obsession (Buch 17)
Inked Devotion (Buch 18)
Inked Craving (Buch 19)
Inked Temptation (Buch 20)

BIOGRAFIE

Carrie Ann Ryan ist eine *New York Times* und USA Today Bestsellerautorin moderner und übersinnlicher Liebesromane. Außerdem schreibt sie Literatur für junge Erwachsene. Ihre Arbeit umfasst die »Montgomery Ink Reihe«, »Redwood Pack«, »Fractured Connections« und die »Elements of Five«-Reihe. Weltweit hat sie über vier Millionen Bücher verkauft.

Sie hat bereits während ihres Chemiestudiums mit dem Schreiben begonnen und hat seitdem nicht mehr aufgehört. Inzwischen hat Carrie Ann mehr als fünfundsiebzig Romane und Novellen fertiggestellt – und ein Ende ist nicht in Sicht. Carrie Ann wurde in Deutschland geboren und hat schon überall auf der Welt gelebt. Wenn sie sich nicht gerade in ihrer emotionalen und aktionsgeladenen Welt verliert, liest sie gern, während sie sich um ihr Katzenrudel kümmert, das mehr Anhänger hat als sie selbst.

Besuchen Sie Carrie Ann im Netz!

carrieannryan.com/country/germany/
www.facebook.com/CarrieAnnRyandeutsch/
twitter.com/CarrieAnnRyan
www.instagram.com/carrieannryanauthor/